一網打盡古今東西經典推理名作，
學校修不到的推理小說通識課

佳多山大地

王華懋——譯

通往謀殺與愉悅之路

謎解き名作ミステリ講座

編輯體例：

一、本書提到的作品中文名稱均以台版譯本為主，若無台版譯本則採原文直譯。

二、若有兩家出版社以上翻譯出版的作品，則以出版日期較新的版本為主。

三、至二〇一九年十二月為止，不易入手的作品則會加註星號。

本書《通往謀殺與愉悅之路——一網打盡古今東西經典推理名作，學校修不到的推理小說通識課》是從小學館的月刊雜誌《書窗》[1]前後大約連載了六年的專欄〈與八〇年代出生的大學生共讀推理小說〉，全面修潤而成。關於這部連載的**特色**，正文第一回的開場白有詳細介紹，但一言以蔽之，便是五年來與大學生一同閱讀、講解推理小說的摸索紀錄。在這次出版成書時，我盡力去除作為課程紀錄的「味道」，使其適合供入門者至自詡為行家的廣大推理迷閱讀。不過，在大學教育的場域教授推理小說的經驗本身十分寶貴，因此課堂上的對話等等，我認為饒富興味的內容，仍予以保留下來。

在長達五年、共五十次的連載當中，我反映了二〇〇五年度至二〇〇九年度總共五個學年的上課情形。換言之，每十回各是一個年度的講義內容。由於前半年閱讀國外作品，後半年閱讀國內作品，因此從「目錄」便可以看出，每年度各十回的標題當中，前半部是國外作品、後半部是國內作品。集結成書時，我原本打算將整體區分為「海外篇」及「國內篇」，並將閱讀文本依年代次序排列，但最後還是決定保留連載時的次序收錄。實際在課堂上面對學生時，有時我會以「當時最新鮮的時事」做為每一堂的開場白，而我相信這些日漸過時的話題，或許也將對遙遠未來的讀者有所助益。

儘管發表後經過了五十年、一百年，仍綿延不斷地獲得新讀者的古典推理小說，不論是在詭計的創新上，或劇情的獨創上，都具備歷久彌新的價值。與此同時，古典作品的價值，有時就在於它歷經歲月、早已陳舊之處。尤其是推理小說做為風俗小說的一面——亦為大眾文學的推理小說，同時是融入當代流行與時代氛圍，反映世相的「鏡子」，這也是其趣味所在。

理所當然，世上每一部推理小說都曾經是**新書**、**新作品**。無庸置疑，愛倫·坡及柯南·道爾的作品，都曾經有讀者在剛登上雜誌時閱讀到。一九三〇年代，美國某個街角的書報亭也曾有推理小說迷驚呼，「噢！艾勒里·昆恩的新書終於出版了！」並火速拿到櫃台結帳。作品中對**他們**來說理所當然的當時最新的風土民情，或不言自明而未刻意寫出來

1《本の窓》，小學館的免費宣傳雜誌，一九七八年創刊至今。

的當代政治、經濟狀況等等，我們現代的讀者可以透過解讀這些，得到另一番樂趣。具體作法就留待正文闡述，這可是遲來的讀者才能透過努力得到的樂趣。

此外，這或許是與我個人性情有關的問題——我總是希望一部推理作品能夠完美無缺地落幕。不論再怎麼出色的傑作，作品中還是能找到一些瑕疵，這或許是耽溺於詭計與邏輯的類型小說無法逃離的宿命。不過，只是雞蛋裡挑骨頭地揪出這些矛盾，未免過於不解風情。我無論如何就是無法抵抗誘惑，想要消弭其中的矛盾、填補作品中的空白，最好能為它上一層亮光漆，使其臻於完美。

解讀推理小說做為風俗小說的一面，是大學閱讀課中最主要的部分。另一方面，以作品中的材料（有時也會引進作品外的作者相關資訊）嘗試修復作品瑕疵的工程，則適合放在課堂最後十分鐘匆匆進行。總而言之，雖然從連載時便具備上課內容的性質，但每回總是吉凶難卜，難保會是一針見血，或是一塌糊塗，還請多多包涵。

——本書挑選做為文本的推理作品不分國內外，廣納百川，從古典名作到現代爭議作皆有。它們都是入門者絕不可錯過的作品，不過同時也是資深推理迷一定都讀過的作品。當然可以第一回開始依序閱讀，但若是正準備踏入推理小說這座深邃森林的讀者，建議可以先挑選已讀過的作品介紹來讀。之後如果讀了書裡介紹的其他作品，能夠從書架上抽出本書參考的話，那麼我將深感榮幸。

此外，對於課堂上探討的作品，有些回數我會慎重地避免觸及核心劇情，不過在揭露兇手或詭計並加以說明之前，都會預先提醒讀者留意。

第一回

開場白

威廉・艾利希[1] William Irish

《幻影女子》Phantom Lady

……馬可孛羅，二〇一八

去死吧！洋基隊

年輕人的閱讀能力真的下降了嗎？

去年（二〇〇四年）十二月，各報以「閱讀力下降」這樣的大標題報導二〇〇三年經濟合作暨發展組織（OECD）所實施、測量綜合學習能力的國際學生能力評量計劃（PISA）的結果。全世界共有四十一個國家和地區參加這項PISA評比，測驗對象是各國的十五歲學生。在文章及圖表的解讀方面，日本在各加盟中學呈現最劇烈的分數下跌（與上次二〇〇〇年比較）。面對此種慘況，文部科學省臉色蒼白地表示「（日本學童的閱讀能力）不能算是頂尖」，文部科學大臣中山成彬則表示「我們應該明確地認識到我國學生的學力正逐年下滑」，建議應該重新反省所謂的「寬鬆教育」。

出於對過去「填鴨教育」的反省，「綜合學習」科目被視為教育改革的重心，想要讓學童擁有「寬鬆」的餘裕，以培養自主思考及學習的能力，而中小學正式採用這個新指導綱要，才剛經過三年而已。一時之間，重視主要學科的聲浪高漲，批判的矛頭甚至指向學校五日制；然而就在輿論沸騰之中，今年（二〇〇五年）四月，新的一份調查結果顯示在寬鬆教育下，學童的成績表現有所提升。在這份以全國約二十一萬名小學五、六年級生及

1 康乃爾．伍立奇的另一筆名，《幻影女子》是他以威廉．艾利希名義發表的第一本長篇，日本推理小說讀者多以此筆名稱呼本作作者。

約二十四萬名中學生為對象進行的「學力測驗（教育課程實施狀況調查）」中，相較於在舊課綱下進行的前次二〇〇二年的調查，同一問題的答對率提升；各學科的成績方面，新課綱實施後的學童分數普遍也較高。——即使如此，在閱讀能力方面，並沒有得到特別令人放心的結果。因為OECD主持的PISA測驗結果中反映的描述式問題的能力不佳——也就是從文章裡找出需要的資訊，進行解釋及分析的閱讀能力——在國內進行的學力測驗中，也同樣可以看出低落的傾向。

不過以文章描述想法的技能，一九八〇年代以後出生、在十五歲左右便已理所當然地擁有自己的手機的年輕世代，不是應該更純熟才對嗎？本文作者出生於一九七二年，屬於團塊二世[2]世代，青少年時期完全沒有在日常生活中寫信給朋友熟人的習慣，比我們年長的世代，狀況應該也相去不遠。就算是用「打」的而非用「寫」的「電子訊息」、看在老古板眼中簡直是垃圾訊息的對話內容，但是在有限的字數中放入必要的資訊，正確地把意思傳達給對方的能力，應該確實提升了才對。

這或許可以稱為「手機簡訊萬惡論」，有人批評電子訊息用的全是口語，而非邏輯分明的日文，但可別小看了這些電子訊息。如果文章真的欠缺邏輯，彼此的溝通根本無法成立。邏輯上意義不通的文章（或是不符合脈絡的顏文字），即使是在手機訊息的世界，也絕對會遭到淘汰才對。明治時期正式掀起、日本近代文學中最大的革新運動「言文一致」的理想，歷經正岡子規的寫生文運動，在自然主義文學中得到鞏固，並由白樺派[3]完成，成為文學史教科書上的一頁；但是會話文的言文一致，或許正是在現在當下，於網路聊天室的交談和手機訊息的頻繁對話中，朝向徹底的完成邁進。

其實並非教育者的我（我也沒有教師證），是以評論以推理小說為主的娛樂小說為業，所以如果非要一語斷定，我敢說「只要閱讀一定份量的優質作品，就絕對能培養出閱讀能力」。我甚至十分樂觀，認為透過手機訊息累積了口語文書寫訓練的年輕人，只要確實養成閱讀習慣，詞彙就會增加，表現力也會更上一層樓，文藝出版的未來也前景可期。

——言歸正傳。從今年二〇〇五年春季四月開始，不是教育者的我因緣際會，開始

2 也稱為第二次戰後嬰兒潮世代，日本一九七一年至一九七四年出生的世代，為團塊世代的子女。團塊世代即第一次戰後嬰兒潮世代。

3 指一九一〇年創刊的同人文學雜誌《白樺》所帶領的文學思潮。代表作家有有島武郎、志賀直哉、武者小路實篤等人。

在京都市內某家私立大學擔任兼任講師，每週負責一堂課。課程名稱是以前好像叫做「國文學閱讀」的「現代文化閱讀課」。十多年前我讀大學的時候，國文系的四年級生連用村上春樹或村上龍寫畢業論文，都會惹來教授蹙眉；但據說現在江戶川亂步、夢野久作不用說，以宮部美幸、京極夏彥等當代人氣推理作家當做畢業論文主題，都不再是禁忌了。總之在現代，「探討娛樂小說的通識教育」做為一門學科，似乎是大學教育場域的新興需求。

我在學生拿到的「選課參考指南」中揭示的課程主題是「閱讀廣義的推理小說」。課程概要寫得有點嚴肅，「從古典名作到現代爭議作品，實際閱讀國內外推理小說，並分析其結構及主題」，以及「不只是教師授課，亦採取課堂討論形式，為參與型授課，因此學生必須預先閱讀教師指定之小說作品」，一開始就逼迫學生要有一整年持續「閱讀」的心理準備。

最後選修這個（感覺上）極富趣味性的課程的學生共有二十幾名。來的應該都是喜歡推理小說的學生，但令人傷心的是，絕大多數都不曾看過過去的名作，特別是外國的推理小說。因此我第一本指定學生閱讀的文本，是名作中的名作，威廉．艾利希的《幻影女子》（一九四二年）。如果劈頭就從愛倫・坡或G・K・卻斯特頓等人的古典作品開始閱讀，或許會過於晦澀，讓學生無法跟上課程。不，我自己也是在熟悉阿嘉莎・克莉絲蒂和橫溝正史的系列偵探小說**以後**，才逐一攻略草創時期的名作的。我的考量是，那必須是文章易讀，並且能「一讀必殺」，讓讀者成為推理小說魅力俘虜的作品。我會和一九八〇年代中期出生、目前十九、二十歲的學生一起閱讀相同的作品。當然，雖然它們都是我已經讀過兩、三遍的作品，但應該還是能有新的發現。像第一堂課，我立刻碰上以紐約為舞台的《幻影女子》中，主角史考特・韓德森的小情婦凱蘿・瑞齊曼不知為何對火車站站員說「今年的道奇隊似乎沒有勝算呢」的場面，瞬間納悶起來。

沒錯，我在中學讀到《幻影女子》的時候，對大聯盟幾乎一無所知，因此對這句話也是過目即忘；但是道奇隊在一九五八年遷到洛杉磯以前，主場是紐約的布魯克林。作者將愛上有婦之夫的主角情婦凱蘿設定為紐約球隊的支持者，但不是支持當時最強的洋基隊，而是從來沒有贏得結婚戒指——不，冠軍戒指的道奇隊，或許是藉此來低調地反映出她被迫隱忍的處境。

（《幻影女子》稿接下回）

艾勒里・昆恩曾在《多尾貓》的開頭，於害怕連續勒殺魔「貓」肆虐的一名紐約市民的玩笑話中，拿弱小的布魯克林時代道奇隊來揶揄。「（前略）現在那個叫『貓』的怪物把人們整得七葷八素，警方偵辦卻連一壘都無法抵達，這世道真是瘋了。如果讓『貓』照這樣繼續殺人，剩下的人口連艾比斯球場（Ebbets Field）[4]的左外野看台都坐不滿了──這話是不是讓你嫌無聊了？對了，杜洛徹[5]近來如何？」

這名紐約客不是拿洋基隊，而是拿道奇隊的球場當例子，就是因為艾比斯球場實在是門可羅雀。真是的，就是「貓」在那裡大開殺戒，才會害得艾比斯球場的觀眾這麼少！

4 布魯克林道奇隊的主場

5 Leo Ernest Durocher（1905-1991），美國職棒選手、布魯克林道奇隊教練。

第二回（續上回）

威廉・艾利希

《幻影女子》

「幻影女子」究竟躲在哪裡？

夜還年輕，如同他的年紀。但，夜晚的空氣甜蜜，他的心卻十分苦澀。

（夜は若く、彼も若かった。が、夜の空気は甘いのに、彼の気分は苦かった。）[1]

(The night was young, and so was he. But the night was sweet, and he was sour.)

1 台版譯文為「夜色清淺，他的涉世歷練也淺。只不過夜色正甜美，他卻乖戾得很。」（葉妍伶）

這是大名鼎鼎的稻葉明雄[2]譯《幻影女子》的開頭。只要是自詡為推理迷，大多數人應該都能一字一句背誦出來。

人們陸續來到夜晚大街，愉悅的話聲，彷彿把空氣都變成了甜蜜的餐前酒。然而不知為何，一名年輕人卻疏遠了華燈初上的街道興奮的喧鬧，愁眉苦臉地走在路上。這也難怪，因為男子離家的時候，才剛與今晚原本要一同出門的妻子發生嚴重的口角。

——對了，關於《幻影女子》，**有個事實**似乎不太有人知道。其實現市面上流通的早川文庫版，前述的開頭一節已經不復原貌了。因為一九九四年改版的時候，譯者稻葉明雄全面修改譯文，當時開頭的一節修改如下：

夜還年輕，如同他的年紀，但夜晚的空氣甜蜜，他的心卻十分苦澀。

（夜は若く、彼も若かったが、夜の空気は甘いのに、彼の気分は苦かった。）

或許讀者會想，什麼嘛，只不過是少掉一個句點罷了嘛。我自從高中以後，這次暌違十幾年重讀《幻影女子》，才發現原來有過這樣的改譯。由於我指定此版做為課堂文本，為了慎重起見，去書店找了一下，發現不僅書封換了，隨手翻閱瀏覽，排版顯然也比舊版更為寬鬆易讀。這樣一來，要對學生指示頁數講解，不就得重買現行的新版，重新讀過一遍了嗎？所以我讀了變得比舊版更厚一些的新版，卻立刻瞠目結舌，「咦？怎麼不一樣了？」

其實開頭的那段文章，威廉・艾利希是模仿在一九二〇年代大受歡迎的音樂劇《新月》（*The New Moon*）裡的經典歌曲〈歸來吧，我的愛〉（*Lover, Come Back to Me*）的部分歌詞。

> "The sky was blue and high above,
> The moon was new and so was love.
> [……]

---

2 稻葉明雄（1934-1999），日本知名推理、科幻小說翻譯者。

The sky is blue, the night is cold,
The moon is new but love is old.”

新版《幻影女子》的〈後記〉中，譯者稻葉表示「這段諧仿失戀歌曲的文字，舊譯的平仄實在不合，我不甚滿意，而且還經常被人視為名文引用，令我困惑不已」，並說「趁此機會稍作修改，望讀者體諒」。

總而言之，既然翻譯大師都這麼說了，唱人反調未免庸俗，但由於那段文字長年以來深植記憶，令我不免有些傷感。明明句點之後以逆接助詞「但」承接，後面跟隨對子，這簡潔卻又帶有停頓的文章節奏，才更忠於艾利希的原文啊！

關於《幻影女子》這部作品本身，應該不需要再詳細說明了。一九四二年發表的本作，是戰後由江戶川亂步引介至日本，並讚不絕口。這是所謂的時限型懸疑小說，無辜的主角史考特・韓德森由於殺妻罪而被判死刑，他的知交傑克・隆巴與韓德森的小情婦凱蘿・瑞齊曼為了將他救出生天，尋找「幻影女子」的下落。

沒錯，為了證明韓德森的清白，必須找到命案當晚，主角萍水相逢共度一晚的不知名女子。能夠為韓德森證明他不在場的，就只有那名女子而已。但是當晚兩人一同前往的酒吧和餐廳人員，卻沒有一個人記得這名戴著有如南瓜般醒目的帽子的女子。難道這名「幻影女子」，只不過是紐約的夜晚塑造出來的幻象嗎……？

令人鬆一口氣的是，學生的反應相當熱烈。結尾揭穿的意外真兇，果然令他們震驚不已。如果這部名作被學生用一句「不好看」帶過，我這個講師的面子掃地也就罷了，選修這門課一整個學年的學生，肯定更有如墜入不幸深淵。

為了慎重起見，這裡要提出警告，以下將提及《幻影女子》的真相並進行解說，敬請尚未讀過本作品的讀者留意。

《幻影女子》的劇情中，最大的瓶頸在於「幻影女子」本身，也就是為什麼「幻影女子」不肯為了證明無辜男子的清白，主動現身？即使沒有發生肉體關係，但答應與陌生男士約會，絕不能說是一件光彩的事。而這名女子若是有夫之婦（實際上「幻影女子」就是一名人妻），不願拋頭露面也可以理解。但事關一名男子的性命，她應該也可以用匿名為條件，向警方提供線報才對。結果為了解決這個問題，作者安排這名「幻影女子」其實「精神嚴重失常，被送入精神病院」，但這個設定還是無法免於方便主義的批評。雖然第一次讀的時候，真兇其實是主角的好友隆巴這個事實太令人震撼，讓我完全沒注意到這一點。

還有另一點。重讀的時候，有個應該從未有人提出的解讀角度，讓我有豁然開朗之感。就像剛才說的，殺害主角韓德森的妻子瑪樹拉的，意外地竟是他的好友隆巴。隆巴與瑪樹拉長年外遇，隆巴原本要帶她前往南美，卻遭到她反悔，遂在一怒之下失手殺人——作品中儘管有以隆巴做為視角人物的章節，但這段真兇的告白，卻只是藉由刑警之口，間接傳達出「他如此供述」（也完全沒有以回顧的手法做為「事實」描寫）。為何隆巴絲毫沒有悔悟的樣子，「滔滔不絕」地向警方供出他殺害外遇對象瑪樹拉的細節？

……會不會其實隆巴真正愛的並非好友的妻子瑪榭拉，而是好友韓德森本人？隆巴透過除掉瑪榭拉，嫁禍給韓德森，把心愛的人關進牢房裡。即使被隔絕在監獄的高牆之外，但隆巴想要愛同性的韓德森，原本就有著難以跨越的「高牆」。而牢房的牆壁，只不過是將這堵牆化為具象罷了。

韓德森有妻室，還有個年輕的情婦。隆巴是否因為橫豎得不到他，乾脆讓他被關進沒有任何人能得到他的地方？買了兩張前往南美的機票，也只是故布疑陣的一環，如果隆巴只是無法原諒蠻橫地束縛他心愛之人的瑪榭拉——沒錯，或許「幻影女子」其實就存在於兇手隆巴的**心中**。當然，他應該不會向警方坦承這件事。

第二回的畫蛇添足

解讀作品時，如果作者的個人背景「剛好」可以拿來利用，我不會遲疑。小法蘭西斯・M・內文斯（Francis M. Nevins Jr.）有一部力作《康乃爾・伍立奇的一生》（*Cornell Woolrich: First You Dream, Then You Die*），詳述了威廉・艾利希（即康乃爾・

伍立奇）的畢生經歷與全部作品。根據此書，艾利希在他這一生中只結過一次婚。對象是好萊塢電影暴發戶的女兒葛洛麗亞．布萊克頓（Gloria Blackton）。但是這段婚姻很短暫，新娘葛洛麗亞對姊姊瑪麗安泣訴「丈夫拋棄了我，而且我還是處子之身」。還有，葛洛麗亞偷看丈夫的日記，發現「多半都是與許多同性戀者的交遊記錄」。小內文斯分析道，「在讓他（引用者注：威廉．艾利希）感受到強烈疏離的邪惡命運中，同性戀傾向肯定具有莫大的意義。作品中不時出現的對『性倒錯者』的蔑視，就像對膽小鬼的輕蔑一樣，是一種自我嫌惡的反映。」

第三回

阿嘉莎・克莉絲蒂

《ABC謀殺案》The A. B. C. Murders

遠流出版，二〇一〇

光會ABC是不夠的……[1]

今年（二〇〇五年）春季開始，我在京都某私立大學開了一門閱讀分析推理小說的課程。第一堂課的文本，我選擇了（相信）能夠讓讀者一次愛上推理小說、成為此種類型小說的魅力俘虜的傑作——威廉・艾利希的《幻影女子》（第一、二回）。學生的反應大致

1 語出日本以前的英文補習班電視廣告歌詞「光會ABC是不夠的」（ABCは知ってもそれだけじゃ困ります）。

上很不錯。這些八〇年代出生的孩子，即使以推理愛好者自居，實際一問，才知道他們其實都只看國內近年的新作品；所以我想讓他們知道，閱讀外國古典名作的門檻其實沒那麼高，只要能降低他們的抗拒感，就算是跨出成功的第一步了。

但由於我自己也是第一次當講師，這個目標達成了多少，有些拿捏不準，不過為了讓學生理解這種類型小說自我參照（Self-reference）的特性，必須讓他們了解一下長達一百六十年以上的「推理小說史的重量」。也就是，從愛倫・坡開始讀起吧！

與稻葉明雄譯的艾利希相比，愛倫・坡作品的譯文較為深澀，但我還是請學生回到推理小說始祖埃德加・愛倫・坡的名偵探杜邦作品（一八四一年〈莫爾格街凶殺案〉（*The Murders in the Rue Morgue*）、一八四二年〈瑪麗・羅傑奇案〉（*The Mystery of Marie Roget*）、一八四四年〈失竊的信函〉（*Purloined Letter*））讀起；接著是柯南・道爾的福爾摩斯作品第一本短篇集《福爾摩斯辦案記》（*The Adventures of Sherlock Holmes*，一八九二年），以及G・K・卻斯特頓的布朗神父第一本短篇集《布朗神父的天真》（*The Innocence of Father Brown*，一九一一年），以一星期一本的速度，讀完這些如同路標、每一部都不容錯過的名作。眾所皆知，愛倫・坡、柯南・道爾、卻斯特頓的各作品，是充滿了古典詭計創意的「寶石盒」，為了了解後來的推理作家是如何繼承他們的遺產，予以發揚光大，是絕對必須細心研讀的。

——推理小說閱讀課經過黎明時期的三位巨擘，終於來到二十世紀的兩次大戰之間，在英美開花結果、所謂黃金時代的代表作家及作品了。我在阿嘉莎・克莉絲蒂的諸多傑作當中，指定《ＡＢＣ謀殺案》（一九三六年）做為課堂文本，是因為從克莉絲蒂的這部中期名作，可以看出它沿襲了從愛倫・坡到柯南・道爾一脈相傳的敘述形式——名偵探的助手以第一人稱描述偵探的活躍的形式（不過《ＡＢＣ謀殺案》裡有些例外的章節），最重要的是，可以看到克莉絲蒂如何將卻斯特頓知名的悖論加以變奏。

眾所皆知，英國推理天后克莉絲蒂的《ＡＢＣ謀殺案》中，描述了一名自稱「ＡＢＣ」的神祕人物，膽大包天地寄了犯罪預告信給名偵探赫丘勒・白羅，不斷地犯下看似毫無動機的享樂殺人式詭異犯罪。首先在地名以Ａ開頭的地區Andover（安多弗），有個名字以Ａ開頭的人物Mrs Ascher（阿雪爾）遇害，接著在地名以Ｂ開頭的地區Bexhill（貝斯希爾），名字以Ｂ開頭的人物Betty Barnard（貝蒂・巴納德）慘遭殺害。接下來，「ＡＢＣ」的毒手更伸向了Ｃ地、Ｄ地。

倫敦警察對這起跨區犯罪幾乎束手無策，認定兇手是有「字母情結」的瘋子，不可能有什麼常人能夠理解的動機。但是在**特別**注重邏輯的推理小說裡，如果結論是兇手只是根據「地名」與「人名」的首字母，不斷無差別地殺人，是絕對不可能獲得認可的。理所當然，名偵探白羅獨力找出了兇手「ＡＢＣ」隱藏的動機。

偵探角色從乍看之下似乎是隨機挑選的被害人之間，找出意想不到的共同點——。以約翰・羅德[2]的《浦里德街謀殺案》（*The Murders in Praed Street*，一九二八年）為濫觴的這類謎團模式，一般習慣稱為「失落的環節主題」（Missing-link Theme），但克莉絲蒂女士的非凡之處在於，她先在作品中稍微提及前人羅德想到的結構，讓讀者充分意識到這種模式的存在，然後徹底跳脫尋找共同點的推理問題。亦即，《ＡＢＣ謀殺案》令人驚訝的真相，與其說是「失落的環節」的變形，更應該說是鋪陳出一個貌同實異的構想，把重新建構的劇情偽裝成前述的模式。下文將會提到卻斯特頓的短篇〈斷劍之謎〉（*The Sign of the Broken Sword*，收錄於《布朗神父的天真》）的真相，並觸及《ＡＢＣ謀殺案》的核心，敬請尚未讀過這兩部作品的讀者留意。

《ABC謀殺案》無疑是從卻斯特頓的〈斷劍之謎〉得到靈感的。偵探白羅在終於開始解謎時，如此推理兇手「ABC」為何要逐一寄出殺人預告信：

「（前略）寫這些信的目的究竟是什麼？（……）是不是為了刻意把我們的目光導向這些命案——這些**連續**命案上？……貴國偉大的莎士比亞不是也說過嗎？『見林不見樹』。」

白羅記錯了，那不是莎士比亞說的，而是古來的諺語，而且是「見樹不見林」，但我並沒有糾正他。

引文中的「我」，是白羅的摯友，也是述敘者海斯汀上尉，但他說他不打算糾正白羅說的「見林不見樹」，顯然沒有跟上名偵探的思路，真是遺憾。

---

2 John Rhode（1884-1964），本名Cecil John Charles Street，英國本格推理黃金時期的代表作家之一，風格為扎實的本格推理，創作頗豐，超過百作。

卻斯特頓的《斷劍之謎》中，英軍的將軍聖克萊爾為了隱藏出於自私的動機而殺害的部下屍體，命令麾下八百名士兵進行有勇無謀的突擊，然後將親手殺害的一名士兵的屍體，藏進藉此製造出來的自軍士兵的屍山當中。換言之，白羅是想要表達，先人亦引以為戒地說過，只看「林（＝英軍的屍山）」，而不看「樹（＝被將軍殺害的一名英軍）」，是無法找出真相的。

卻斯特頓把真理顛倒過來，「沒有藏木的森林，就自己來造一座林」，以戰場為舞台，描寫製造出「屍體森林」的將軍頹廢的精神狀態；而克莉絲蒂把這樣的結構，搬到了平時的市民生活的英國各地方都市。為了隱藏「真正有動機的殺人（＝樹）」，只要製造出被害人彷彿是被隨機挑選的「連環命案森林」就行了。沒錯，這些命案的真兇，其實是為了龐大遺產，而想要殺害親兄（＝C）的人。從這個意義來說，「ABC」的犯罪看似相隔一定準備期間的連續殺人，實際上卻是**為了殺害特定人物，早已預備好要犧牲多名無辜被害人的、單獨一次的攻擊計畫**——換言之，這也可以說是呼應為了刺殺政治理念相左的政要，安裝炸彈的傳統恐怖攻擊思想。

前些日子震撼全世界的倫敦七七爆炸案，目標不是政要，而是隨機殺害一般市民，從這一點來看，二十一世紀的自爆恐攻，已經「怪物化」到了連已故的克莉絲蒂女士的想像力都望塵莫及的程度。但是在警方全力偵緝下，發現恐攻的四名實行犯似乎只是受到幕後首腦操控的棄子，這一點又和《ＡＢＣ謀殺案》在主要劇情背後詭異地發展的例外第三人稱部分（海斯汀上尉不是敘述者的部分）中，真兇透過洗腦，將無辜之人打造成四起命案實行犯的「操縱」手法相重疊，令人不寒而慄。

第三回的下課休息

愛倫・坡（ポオ／ポー）、艾勒里（エラリー／エラリイ）、克莉絲蒂（クリスティ／クリスティー）、白羅（ポワロ／ポアロ）……要以母語以外的字符正確表達人名，原本就是不可能的事。即使自以為忠實地移植了發音，仍然有所侷限。用日文片假名來標示英語，我覺得似乎還算接近，但最近看到用片假名來書寫蒙古相撲力士的本名（當然是蒙古文），我不禁苦笑，就算照著念，蒙古人也絕對聽不懂啦。

因此關於作家和知名偵探的名字，我向來覺得出版社的高層應該討論一下，決定一個

統一的「登錄名」才好。在本書，Agatha Christie（阿嘉莎・克莉絲蒂）與她創造的名偵探Hercule Poirot（赫丘勒・白羅）根據早川書房的統一表記（アガサ・クリスティー和エルキュール・ポアロ），而推理小說始祖Edger Allan Poe（埃德加・愛倫・坡）與黃金時代的代表作家之一Ellery Queen（艾勒里・昆恩）則依據東京創元社的統一表記（エドガー・アラン・ポオ和エラリー・クイーン），特此聲明。

第四回

阿嘉莎・克莉絲蒂

《羅傑・艾克洛命案》

……遠流出版，二〇一〇

The Murder of Roger Ackroyd

別說「誰在乎是誰殺了羅傑・艾克洛」[1]

不知不覺間，文庫本的價格調漲了不少。我想實際上也有不少人這麼感覺。我讀高中的時候——一九八〇年代後半以前，我們對文庫本的消費感覺是一枚五百圓硬幣有找。

1「誰在乎是誰殺了羅傑・艾克洛」（Who Cares Who Killed Roger Ackroyd?）語出一九四五年一月二十日出版的雜誌《紐約客》（The New Yorker）裡的一篇散文標題。作者為艾德蒙・威爾森（Edmund Wilson，1895-1972，美國著名文學評論家），內容為對偵探小說的批判痛罵。

文庫本怎麼會變得這麼昂貴？當然最大的原因是早已不再高度的經濟成長帶來的「相應的物價上漲」，但同時我也強烈地覺得是因為出版社正在極低調地調升成本。也就是連載第二回主講《幻影女子》時也提到的，變得寬鬆的排版問題。

不知不覺間，文庫本的字體變大了不少。我想實際上也有不少人這麼感覺。將字體稍微調大，更適於閱讀，這樣的貼心之舉，在團塊世代開始戴上老花眼鏡的一九九〇年代成了「時代的需求」，各出版社都紛紛把文庫本的排版調整得更為寬鬆。因此理所當然，每一本書的頁數增加，紙張成本肯定也多了一些。不過最近我向承認老花眼的朋友（年紀大我一輪，近五十歲）對此表達憤懣，他卻大力辯護，「不，到時候你就知道了。字體大一點，讀起來真的輕鬆很多。」看來停止大發牢騷，似乎才是成熟的態度。

不過雖然例子罕見，但以前熟悉的文庫本改版的話，有時會對讀者增加多餘的負擔。其中一例就是創元推理文庫版《羅傑・艾克洛命案》。我家的書架迫於需要，有大久保康雄譯的《羅傑・艾克洛命案》新舊兩種版本。創元版磨損相當嚴重的一本，版權頁是一九八六年六月出版的舊版八十一刷。而嶄新的另一本，則是二〇〇四年三月出版的新版初刷。前者的定價是尚未導入消費稅前的不多不少四百圓整，後者未稅價七百六十圓，另外還要再加上五%的消費稅，因此等於是在十八年之間，價格整整翻了兩倍。

價格先擱一邊，問題是排版。舊版是一頁四十三字×十九行，新版則是四十字×十七行，字體也變大了一些。這樣的變更，讓新版比舊版厚了六十頁以上。雖然我距離老花眼尚早，但近視頗深，確實閱讀起來也倍感舒適。然而在與閱讀新版的學生一起分析《羅傑．艾克洛命案》時，我自己也重新買了新版，結果遇上了更麻煩的狀況。也就是在閱讀此書時，有一本絕佳的副讀本，皮埃爾．拜亞德（Pierre Bayard）所寫的《誰殺了艾克洛？》（*Qui a tué Roger Ackroyd?*），問題是，它是根據創元舊版的頁數進行譯注的。

——在介紹副讀本之前，先來複習一下最重要的本篇情節。我想只要是推理小說愛好家，應該沒有人會不知道天后克莉絲蒂的成名作《羅傑．艾克洛命案》的劇情內容。以下的文章將提及作品真相，並進行解說，萬一尚未讀過此作，而且還沒有被爆雷的幸運兒，速速回頭是岸！

上一回（第三回）提到，從愛倫・坡傳承給柯南・道爾的敘述形式——名偵探的助手以第一人稱描述名偵探的活躍的形式——也由克莉絲蒂的白羅系列所繼承。愛倫・坡在作品當中，讓朋友「我」讚賞擁有爵士頭銜的杜邦的聰慧；而柯南・道爾就如同眾所皆知，讓醫師華生把古柯鹼中毒的奇人拱上了名偵探代名詞的地位。克莉絲蒂的白羅系列也像大家所熟悉的，由老友海斯汀上尉描述運用灰色腦細胞的偵探活躍事跡。

但《羅傑・艾克洛命案》由於時代背景設定較為特殊，因此並非由海斯汀上尉擔任說書人。在這部系列初期作裡，唐突地一下子就描寫了這位比利時名偵探退休後的餘生。而過去記錄白羅活躍模樣的海斯汀老後住在阿根廷，因此是由隱居鄉間的老白羅的鄰居詹姆斯・夏波醫生來擔綱這個任務。

故事從住在金艾博特村的美麗寡婦的自殺揭開序幕。寡婦可能毒殺親夫的流言甚囂塵上，她似乎遭到某個握有證據的人敲詐勒索。此外，當夫人自殺的消息傳遍全村的當天晚上，與她私訂終生的村中鄉紳羅傑・艾克洛也在自家書房遭人持刀刺死。這時，偶然在該村過著隱居生活的老白羅使出未老寶刀，挺身解開事件真相。

講述金艾博特村醜聞事件的第一人稱敘述者，是艾克洛生前的至交好友夏波醫生。夏波有著確實的不在場證明，並且具備與正宗華生相同的醫生職業，毛遂自薦取代海斯汀上尉的角色。儘管如此，其實他正是艾克洛命案的真兇——這就是有名到不能再有名的「意外的真相」。敘述者——在《羅傑・艾克洛命案》裡，正確地說應該是**手記記述者**——「我」=兇手，這種帶來破天荒驚奇的手法，由後續作家絞盡腦汁想出千變萬化，使得它本身已成了一種「模式」。

偵探小說類型會以第一人稱小說的形式誕生，是來自於類型本身特性的必然。身在故事世界中——也就是身為故事角色之一的「我」，只能把「我」眼見耳聞的事情告訴讀者。即使是命案解決之後的回想錄，僅描寫當時、當場所能知道的事實，也不會讓人感到虛假。在辦案的過程中，「我」絲毫未曾懷疑真兇的粗心大意，應該也能為讀者寬容地接納。

相對地，敘述者身在故事世界之外的第三人稱文體，等於是全知的神明從特權的立場俯瞰登場人物，因此當然可以描述以第三人稱指稱的兇手的**過去未來等一切**。不僅可以描寫兇手的內心波瀾，像是擔心犯罪曝光而膽戰心驚、或自大地認為掩飾得天衣無縫，甚至可以在兇手於作品中登場的瞬間，直接揭露「他就是這起命案的兇手」。

偵探小說與第三人稱的寫實主義原本就難說契合。在與第三人稱的全知敘述文所伴隨的虛偽當中找到平衡，也是推理作家必須具備的公平精神，但是讓僅具備有限觀點的第一人稱兇手**漏了說**，反而更能完美地營造出一個公平完整的「作者／兇手」對決「讀者／偵探」的小說解謎空間——克莉絲蒂女士就是驕傲地揭示了這一點。

華生角色敘述者的信用掃地——那麼，如此不可信賴的敘述者，在最後承認自己犯罪，是否其實也是謊話連篇？身兼文學家及精神分析師的皮埃爾・拜亞德在《誰殺了艾克洛？》一書中，尖銳地指出夏波醫生寫下的艾克洛命案情節，有可能其實是為了包庇其他的真兇（！）而寫的。拜亞德在假說中巧妙地列出白羅並未放在心上的種種線索，具備十足的說服力。熟悉老式錄音機刺耳聲音的人竟聽不出那是錄音機聲音的這個老疑問，拜亞德也在假說中給予漂亮的回擊，將這個疑問一筆勾銷。不過就像前面提到的，引用的頁數是根據創元版舊版，因此感興趣的人如果想要仔細研究這本副讀本，就必須到二手書店找到另一本排版擁擠、讀起來吃力的舊版才行。但拜亞德的假說值得這筆開銷，請務必細細品味。

第四回的畫蛇添足

皮埃爾・拜亞德不認為夏波醫生是殺害艾克洛的兇手，最大的理由是，夏波面臨他敲詐寡婦的事實曝光的危機，實在不可能在最多也只有約兩小時的時間裡，「做出科技史上第一台擁有定時裝置的錄音機」。《誰殺了艾克洛？》的原書是在一九九八年出版，倫敦週末電視台（London Weekend Television，LWT）的電視劇《名偵探白羅》（Agatha Christie's Poirot）劇組應該就是詳讀了拜亞德的這本書，被迫打破夏波非兇手理論根據的這面不可能的高牆，因此將《羅傑・艾克洛命案》改編為兩小時電視劇時，加入了原創的伏筆，把夏波醫生設定成平日的嗜好就是修理鐘表、組裝機器（英國本國播放時間為二〇〇〇年一月二日，日本版以〈羅傑・艾克洛殺人事件〉做為該集標題，於同年十二月三十日播出）。

第五回

湯瑪斯・H・庫克 Thomas H. Cook

《審問》Interrogation

公園裡的透明人

本回我想要報告一下二〇〇五年度「上學期評量」的實施結果。

我在課程概要中，已經告訴學生科目的成績評量是根據上、下學期共兩次的報告來進行。學生得到的試煉如下：

閱讀湯瑪斯・H・庫克的《審問》，評價這部作品，並確實摘要劇情，列出你認為的優點及缺點。

報告規定的頁數，為四百字稿紙五至十頁。此外為了順應時代趨勢，也接受使用文書處理器或電腦列印出來的報告。不過有一點補充事項，我預先嚴正警告，這份報告作業唯一閱卷者的我平日就會上網——換句話說，如果從知名書評網站剪貼指定文本的感想，有極大的機率會被我識破，到時候將會被嚴重扣分。

仔細想想，從以前開始，除非是真心立志成為研究者的勤學學生，否則營養學分課的報告，傳統上都是去圖書館用書名和目次找到相關的學術書籍，借用一下（感覺）合用的部分，抄進報告裡；但是這年頭甚至連這些勞力都不需要了。因為雖然需要判斷一下個別來源的可信度，但各科報告作業所需要的**知識**，只要上網搜尋一下，唾手可得。但這樣未免太懶惰了，更何況這可是講求公平的推理小說的報告，這種行為格外罪不可赦。

——開場白就到此打住，重點是報告指定的閱讀文本。作者湯瑪斯・H・庫克是大名鼎鼎的當代美國代表暢銷作家，以背景為民權運動時代的渾厚社會派推理作品《火街》（*Streets of Fire*，一九八九年）一書奠定名聲；接著以回想一名美麗的女老師到鄉間任教而引發的悲劇的《查旦中學事件》（*The Chatham School Affair*，一九九六年）榮獲愛倫．坡獎，是《這本推理小說了不起！》或《週刊文春》雜誌「年度十大最佳推理小說」中名列前茅的常客。在這位實力派作家眾多的佳作中，我會挑選《審問》（二〇〇二年）一書，當然有我的理由，不過首先大致介紹一下劇情吧。

一名女童被人發現陳屍在紐約市立公園裡，遭人用鐵絲勒住脖子殺害。警方根據狀況證據，逮捕了以該公園為據點的年輕遊民艾伯特．史莫茲，但他堅持否認犯案，辯白說他只是在監視想要對孩童下手的「可怕男子」。然而市警徹底查問之後，發現在公園的遊樂區被目擊到的可疑人士，就只有甚至曾經為被害女童畫素描的史莫茲一人。而且史莫茲對自己的過去三緘其口。警察能夠拘留嫌犯史莫茲的時間，只到隔天早上六點為止。警方能在剩餘的十一個小時內，找出關鍵證物、讓嫌犯自白嗎……？

評分的重點之一，在於是否指出這部作品和第一堂課討論的威廉．艾利希的《幻影女子》一樣，屬於「時限型懸疑小說」。就像《幻影女子》以死刑行刑日的倒數計時來提升故事的緊張感，在《審問》中，重要嫌犯的拘留期限也迫在眉睫。而且審問嫌犯的主角刑警搭檔之一有過悲慘的經歷，他的愛女在九歲的時候慘遭變態殺害，因此他在這個案子裡，深切同情被害女童的母親，打定主意要不擇手段逼嫌犯吐實。

《審問》的故事主線，是兩名刑警對不肯自白的青年遊民的逼供，但其他還有垃圾清潔員艾迪・蘭布拉斯可等等，不知道與女童命案究竟有何關聯的許多角色登場，在一晚之間多線並陳地繼續過著他們的人生（因此劇情摘要難度相當高）。然後在兩名刑警的命案偵辦似乎完結以後——以電影來譬喻，就是片尾工作人員名單播完後——在靜謐的氣氛中等待著讀者的，是無法壓抑泉湧而出的興奮的驚異結局。以下將揭露指定文本的真相，並介紹學生對此作品的一些評價，敬請尚未讀過此作品的讀者留意。

史莫茲在偵訊室裡遭到兩名刑警執拗的審問，但其實他並非殺害女童的兇手。命案的真兇，是垃圾清潔員艾迪・蘭布拉斯可在回想中提到幾次的市政府聘用的清掃員查理・史威尼；而他就是史莫茲稱為「可怕男子」、儘管警方拚命偵查，卻完全未被列入嫌犯名單的「透明人」。

案發現場的公園，告示板上說明「遊樂區僅限帶兒童的大人進入」。刑警之一由於嫌犯史莫茲突然自殺，對於命案是否真正落幕感到一抹不安，再次來到現場公園。隻身進入遊樂區的男刑警，引來帶著孩子的家長艾迪質問身分，他亮出警徽，才解開誤會。沒錯，刑警親身「實驗」之後，發現如果真的有史莫茲所主張的可疑男子，一定會有人注意到才對。然而，確實有一名儘管是成年男性，但即使靠近遊樂區，也絲毫不會引起家長戒心的「透明人」。那就是穿著亮橘色工作服、肩上扛著布袋，一手拿著尖頭夾子的清掃員——

用不著說，這是曾經在課堂上讀過的G・K・卻斯特頓的名作《布朗神父的天真》中的一篇〈隱形人〉（*The Invisible Man*）的變化版。這確實是震撼人心的結局，但也有一定數量的學生將它列為缺點，指出「感覺過度依賴巧合」，這些學生的未來不可限量。此外也有不少人指出，場面（視點人物）目不暇給地變換，令人混亂，造成閱讀困難。不過如果要抱怨這一點，就很難閱讀十九世紀所謂的世界文學作品了。

整體來說，令人憂心的是，手寫報告的錯字不少還算情有可原，但以文書處理器或電腦打出來的報告，也有很多漏字及變換選字等錯誤。有時我也會因為太熟悉文明利器而忘了漢字怎麼寫，為此捏一把冷汗，但「無法寫出正確的漢字」與「無法（從諸多選項中）選出正確的漢字」之間，應該還是有很大的差距。只要確實養成閱讀習慣，應該就能有立竿見影的改善效果，總之下學期的課程，我依舊會以每週一本的速度，帶學生閱讀國內推理小說的名作和爭議作品。

第五回的下課休息

理所當然，大學並非義務教育，所以我的推理小說閱讀課完全不點名。

最近的大學比起我所知道的**往昔**，顯然變得過度保護許多。分發出席卡，掌握學生出缺席的做法受到鼓勵，但大學的課程，應該是學生只需要出席無論如何都想聽課的課程就行了。所以我在每年第一堂課的課程介紹中，都會不厭其煩地告訴學生，這堂課沒有所謂的出席分數，如果沒有讀完各堂課的指定文本，就沒有必要來上課。首先，這門課閱讀的是推理小說，課堂上必須揭開古今海內外名作、爭議作品的關鍵謎底，然後進行討論，如果有學生還沒有讀，就等於是奪走了他們「受騙的樂趣」。身為一名推理小說迷，我絕對不想因此而樹敵。

第六回

芥川龍之介〈竹林中〉藪の中

收錄於《文豪偵探》，獨步文化，二〇一九

黑澤明扭曲了「竹林中」的真相

推理小說閱讀課已經邁入下學期。我以學生徹底理解上學期探討的外國古典作品為前提，下學期請他們閱讀國產推理小說的名作和爭議作品。

下學期的國內篇，理當由細心研讀我國該類型小說始祖——江戶川亂步的初期短篇揭幕。由於是重量級人物，各家出版社都推出了各種適合做為文本的文庫本選集，我從當中選擇了新潮文庫的《江戶川亂步傑作選》，不僅價格厚度適中，挑選的作品更都是大亂步不可錯過的各篇名作，如出道作的暗號作品〈兩分銅幣〉、名偵探明智小五郎的可疑氣質正是其魅力所在的〈D坂殺人事件〉、〈心理測驗〉、〈天花板上的散步者〉等三篇、機率犯罪的佳作〈紅色房間〉，以及詭奇風味之大成的〈人間椅子〉等等。

探討亂步的課堂內容，這裡暫不詳述（留待第四十六回），但上課時令我大受衝擊的是，不管是不是在小學時期，出席的學生絕大多數都完全沒有讀過描述小林少年率領的少年偵探團及明智小五郎活躍的「少年偵探系列」。坦白說，這讓我內心吶喊，這不是真的吧！小學閱讀課的時間，尤其是男生，不是應該都會爭奪白楊社出版的少年偵探系列，或是「怪盜亞森羅蘋全集」嗎？「小學時閱讀少年偵探團」，是所謂新本格風潮中堅的六〇年代出生的推理作家共同的閱讀經驗，在我們八〇年代的小學圖書室裡，磨損得最厲害的也都是這兩部系列。但如果現代大學生的記憶沒有錯，那麼九〇年代兒童的小學圖書室裡，似乎「根本沒有放少年偵探團」。看來那個世代正好遇到書本耐用年限到期，是書籍汰舊換新的青黃不接時期。我必須說，這對推理小說界而言，可是水面下的重大「事件」。

——開場白就到這裡，這堂課要讀的是芥川龍之介的〈竹林中〉（一九二二年）。這篇芥川「王朝物」[1]的代表作，是取材於《今昔物語集》的短篇，因為由黑澤明導演改編成電影《羅生門》（一九五〇年），一舉成名。不，我認為由於電影版太過風行，反過來對原作的詮釋產生了不小的影響。這裡先簡單地看一下以平安時代末期的京都郊外為舞台，由於一名武士之死而展開的「竹林中劇場」。

故事前半，類似現代的法官兼菁英警官的官員「檢非違使」各別審問與武士之死有關的證人。一開始是在竹林中發現屍體的樵夫的證詞；接著是命案前天看到被害人夫妻的雲遊僧的說法；然後是逮捕了重要嫌犯盜賊的「放免」（下級警察）的報告；最後是來為武士認屍的老婦人，悲嘆說那確實是自己的女婿。

眾所皆知，故事接下來才是重頭戲。後半是與武士之死直接相關的三人——嫌犯盜賊多襄丸、親夫遇害的女子真砂，以及透過神靈附體的女巫之口吐露冤情的被害人武士武弘——各自作證竹林中究竟發生了什麼事。然而不知何故，應該見證了同一起命案的三人，卻對檢非違使說出了彼此矛盾的情節發展。

1 指取材自平安時代以前歷史故事的作品。

首先從多襄丸的自白開始。多襄丸把武弘綁在杉樹下，姦污了真砂，雖然不曾想過要取武士的性命，但由於女人逼迫說「你也罷，良人也罷，你們之中總得死一個。在兩人面前受玷污，這比死更要痛苦」，因此他與武士堂堂正正進行決鬥，贏得了勝利，口氣洋洋得意。

但躲到清水寺的真砂，卻是如此懺悔的，多襄丸達到目的後走掉了。丈夫武弘以侮蔑的眼神看著遭人蹂躪的自己。事已至此，只好夫妻倆同歸於盡。真砂先刺死了依然被綁住的丈夫——丈夫張動塞滿了竹子落葉的嘴巴，說「殺了我」——卻怎麼樣都沒有勇氣自我了斷，就這樣厚顏無恥地苟活下來。

然而在人世與幽冥的狹縫間徘徊的武士冤魂，說的又是另一回事。遭多襄丸占有的真砂答應做盜賊的妻子，指著丈夫大喊，「請你殺了他！只要他還活著，我就不能跟你走！」多襄丸目瞪口呆，一腳踹開真砂子，問武士，「要不要殺了她？」但妻子趁機逃進竹林裡了。多襄丸解開武士的繩索離開，武士撿起掉落的小刀，刺進自己的胸口，一了百了。

三名當事人的供述都不長，我點名學生，請他們在課堂上朗讀，感覺好像重回了高中國文課的時光。然後我問學生，「這三個人的證詞，誰說的才像是真的？」結果沒有任何學生回答多襄丸，支持真砂和冤魂的有兩、三人，幾乎所有的學生都說「三個都不可信」。實際上因為這部小說，而有了「真相就在竹林中」的說法[2]，每個人的說詞都因為自戀的心態而遭到扭曲，什麼才是真相，無法一概而論，這是多數派的理解。

總之，學生應該也拿來參考的新潮文庫版的書末解說中，國文學者吉田精一[3]說「這篇小說的主題，是針對同一起事件，當事人可能有不同角度的詮釋，（……）由於每個人不同的感情與心理，導致真相呈現出多種樣貌。」並做出結論說本作品「反映出作者懷疑式的人生觀」。但現在似乎已成為普遍看法的這種解釋，不能忽略後來的黑澤明電影帶來的影響。

「我不懂，我完全不懂出了什麼事。」——電影《羅生門》從志村喬扮演的樵夫的這

2 台灣則是受到黑澤明的電影影響，有了「真相有如羅生門」的說法。

3 吉田精一（1908-1984），日本國文學者，專攻日本近代文學。是日本學術界首位將芥川龍之介、永井荷風、谷崎潤一郎作為研究對象的學者。

句台詞開始，而就像開頭的這段話所象徵的，確實「真相就在竹林中」。在冤魂的證詞之後，接著又由實際目擊命案的樵夫說出第四種真相，卻又殘酷地揭露就連這最後的證詞，其實也摻雜了部分的謊言（因為自稱武士屍體第一發現者的樵夫，似乎從現場偷走了感覺可以賣個好價錢的小刀）。

在有死者冤魂登場的怪談作品中，將已離世的人所說的話視為真實，無疑是一種不成文規定。就像電影《羅生門》中千秋實所飾演的雲遊僧強調「人不可能死後還要撒謊」，起碼在《今昔物語集》的時代，人們應該無法想像冤魂還會隱瞞真正的仇人是誰。我認為芥川把幽魂的證詞放在故事的最後，應該就是要透過死者述說的「真相」，明快地傳達生者的話是如何地不可信。

〈竹林中〉完成五年後的一九二七年，芥川服藥自盡。**如此一來**，自己所寫的一切亦都成了無可辯駁的「死者的話」，芥川是否因此而安心地離世了？相對地，黑澤明應該不相信亡靈的存在。他讓小說中只是個小配角的樵夫肩負起將冤魂證詞相對化的重責大任，讓真相懸在半空中；但黑澤明與芥川相反的是，黑澤明對人生並非抱持懷疑的態度。黑澤明甚至讓死者的話都充滿虛飾，卻又在最後描寫出相信生者的希望，讓傾盆大雨之後，雨過天晴。

第六回的畫蛇添足

前東京都法醫、退休後寫下暢銷書《聽聽屍體怎麼說》（死体は語る）的上野正彥，有一部作品《〈竹林中〉的屍體》（「藪の中」の死体，新潮社，二〇〇五年）。這本趣味橫生的讀物，主要是對推理小說中登場的「紙上的屍體」進行驗屍；在現代法醫學的解剖下，芥川龍之介的〈竹林中〉也被推斷出冤魂描述的狀況應該才是真相。上野正彥畢竟是處理過多達兩萬具非自然死亡屍體的大師，分析具備超群的說服力。

第七回

《快活的嫌犯》陽気な容疑者たち

天藤真

我怎麼會在這裡？

一九六三年發表的天藤真的《快活的嫌犯》，從這樣一段文字開始，「假設人的一生平均為六十年，約兩萬天，那麼我已經活過了約一半的一萬日。」不過，這位粗估年約二十七歲的「我」的知識，似乎有必要稍微訂正一下。「我」這位青年，也就是會計事務員沖，他的故事以一九六四年的東京奧運開幕在即的時代為背景，而日本男性的平均壽命在一九五九年就已經超過了六十五歲，相信「人生六十年」這句俗諺而早早認命，可以說略嫌誇張了點。

不過根據最新二〇〇四年的調查，日本男性的平均壽命已經來到七十八・六四歲（女性為八十五・五九歲！），成為全世界首屈一指的長壽國；但相反地，前些日子厚生勞動省才剛公布，從二〇〇五年開始，日本人口將首次因為戰爭和饑荒以外的原因自然減少。也就是每年出生的新生兒人數比死亡人數還要少的「人口減少社會」已然降臨。

根據政府頒布的二〇〇五年度版「少子化白皮書」，二〇〇四年最新的總和生育率（婦女一生中生育子女的總數）為一・二八八人，刷新了過去最低的記錄。這個數字，身為團塊二世世代的我環顧身邊也可以體會，「唔，差不多就是這樣吧。」不過仔細想想——不，用不著細想也知道，一對男女結婚，即使生了兩個孩子，以人口來說，計算上也不是加二，而是**將來沒有增減**。第一回我從重新審視寬鬆教育的議題談起，不過看來少子化對策肯定更是當務之急。

幽默推理天王天藤真的名字，由於作品《大誘拐》（一九七八年）由岡本喜八[1]導演改編成電影而身價十倍，留芳百世。這部保持日本推理作家協會獎小說部門最高得獎年齡紀錄（在作者六十三歲時得獎！）的傑作，將會放在第二十九回討論，這裡我想先探討一下天藤的長篇出道作《快活的嫌犯》。最大的目的，是驗證上學期海外篇研讀的某部知名作品的詭計，後進天藤真是如何重新建構的。

《快活的嫌犯》曾投稿一九六二年第八屆的江戶川亂步獎，可惜未能獲獎，不過在隔年一九六三年做為《東都推理》（東都ミステリー）叢書的一集出版問世。第八屆亂步獎的罕見激戰，是推理迷之間所津津樂道的，佐賀潛[2]《華麗的屍體》與戶川昌子[3]《幻影之城》雙雙成為亂步獎史上首次同時獲得大獎的作品，但與《快活的嫌犯》同樣在決選中被刷下來的作品，還有塔晶夫（中井英夫[4]）的《獻給虛無的供物》。評審之一的大下宇陀兒[5]支持《快活的嫌犯》得到首獎，但全篇充滿渾然天成幽默趣味的投稿作品，不論在當時或現在，都因為比起「輕巧」，「厚重」更容易受到肯定的傾向而有些吃虧。這裡簡單介紹一下本書的劇情——

在伯父的會計事務所任職的「我」，正在為吉田鐵工廠處理公司清算手續的時候，該公司的社長吉田辰造竟在自家土地的倉庫裡猝死。社長平日當成臥室的這座倉庫，其實就形同一座銅牆鐵壁的「堡壘」，在布滿有刺鐵絲網的柵欄內側，圍繞著可怕的溝渠，裡頭插滿了尖銳的鹿砦。這與其說是為了防堵宵小，似乎更是為了阻擋自家公司的工會戰鬥分子，保護自身安全的城堡。「我」為了進行公司清算手續，也留在吉田家的主屋過夜。隔天因為辰造遲遲沒有起身，家人為了確定他的安危而報警，趕來的警察千辛萬苦突破堡壘，卻發現辰造以完全是自然死亡的狀態倒在地上，已成了一具冰冷的屍體。吉田一家歡

1 岡本喜八（1924-2005），日本戰後知名導演，代表作除《大誘拐》之外，還有《獨立愚連隊》、《江分利滿氏的優雅生活》、《日本最長的一日》

2 佐賀潛（1914-1970），日本推理小說家、律師，一九五九年發表短篇集《某種殺意》登上文壇，一九六二年獲得江戶川亂步獎。推理小說之外，也以一系列法律入門書廣為人知。

3 戶川昌子（1931-2016），日本推理小說家、香頌歌手。一九六二年獲得江戶川亂步獎，一九六三年以《獵人日記》入圍直木獎。

4 中井英夫（1922-1993），日本推理小說家、詩人。一九六二年以未完成的《獻給虛無的供物》投稿亂步獎，卻仍進入決選，蔚為話題。

5 大下宇陀兒（1896-1966），日本推理、科幻小說家。戰前變格派的代表作家之一。代表作有《蛭川博士》、《石頭下的紀錄》，並以後者獲得第四屆偵探作家俱樂部。

天喜地地接受了自家暴君的死訊，然而辰造的情婦，酒吧的媽媽桑卻找上門來大鬧，「他是被人殺死的！」這下事情棘手了……

故事敘述者的青年沖是個典型的好好先生。他在前往吉田辰造自家所在的深山村落時，扛了一大堆吉田家的人託他採買的東西，拚死拚活跋涉了四公里的山路。而辰造被發現死亡後，他也被可說是一干嫌犯的吉田一家人推出去擔任「發言人」，以事件當晚「公平的第三者」的身分，向警方說明狀況。

——接下來將會揭露本作品的詭計，也會觸及核心內容，加以分析，敬請留意。

吉田家的暴君死亡之謎的中心，可以說就是青年沖這個人。吉田辰造的死亡真相，是沖同情遭到他的淫威壓迫的吉田一家，答應從窗戶溜進倉庫，偷出裝有辰造全部財產的提包，辰造卻誤以為是工會的刺客來襲，嚇到心臟病發作，一命嗚呼。但沖不光是個好好先生，還膽識非凡，決心一肩扛下與辰造之死有關的罪責，隱瞞他們預先準備的入侵計畫，謊稱當家老闆是病死的。以這個意義來說，《快活的嫌犯》繼承了第四回討論的阿嘉莎・克莉絲蒂的《羅傑・艾克洛命案》（一九二六年）的「述敘者『我』＝兇手」的模式。

在第四回閱讀《羅傑・艾克洛命案》時，我提到對於第三人稱的全知述敘者難以抹除的不信任，並說克莉絲蒂女士挺胸揭示，讓僅具備有限觀點的第一人稱兇手**漏了說**，反而更能完美地營造出一個公平完整的「作者／兇手」對決「讀者／偵探」的小說解謎空間。就像《羅傑・艾克洛命案》的兇手巧妙地漏了說出犯下殺人的場面——正確來說，是在手記中漏了寫——《快活的嫌犯》的主角沖，也完全漏了說出命案當晚，他上床以後直到隔天醒來這段期間實行的「侵入堡壘作戰」的來龍去脈。

《羅傑・艾克洛命案》最大的重點，在於將其實是手記的內容呈現得宛如第一人稱小說；而天藤真《快活的嫌犯》，揭露真相的重點則在於讓人先入為主地以為故事是由第一人稱的述敘者**從頭講述到尾**——這亦是以敘述者及讀者之間的默契為前提。敘述者的「我」儘管只是現在已故的辰造為了清算公司而雇用的一名會計事務員，卻**不知為何**，獲邀出席與命案密切相關的吉田家男女的婚宴這個快樂結局的場面。

在本書中，光榮地擔任名偵探白羅角色的，是前法醫藤江。他現在是村醫，也是吉田家的御用醫師，然而「我卻沒有獲邀參加今天的婚禮。這可不是在埋怨。因為這是理所當然的，畢竟沒有人會特地邀請固定看診的醫生參加喜慶場合」。然而為何吉田家卻特地邀請只是一年前處理過會計事務的青年從東京遠道前來擔任正式嘉賓？直到最後一刻總算登場的名偵探藤江醫師，尖銳地指出敘述者「我」，也就是青年沖**身在此地**的矛盾。

「述敘者＝兇手」模式帶來的不公平感，來自於「我」可以單方面取捨要傳達給讀者的訊息。但《快活的嫌犯》公平地呈現出敘述者「我」身在故事最後一幕的不自然。此外，被害人的情婦在告發吉田一家的時候，為了記錄與他們的對話，使用了「錄音機」這個道具，雖然機器的體積已不可同日而語，但暗示了以錄音機製造不在場證明的《羅傑・艾克洛命案》，這別出心裁的伏線，也不能錯過。

第七回的下課休息

有時會有一些人對日語的用法很囉唆，所以關於一些我明知是誤用，卻刻意用之的詞彙，先在這裡解釋一下。

在說明作品劇情概要時，我常會說「簡單介紹一下劇情（さわり）」。沒錯，講求語言精確的人都知道，「さわり（触り）」其實是指故事中印象最深刻的場面，如果對象是推理小說，如果不點出兇手或結局，就不能算是切中要點。但如今「さわり」一詞的語意似乎已經有了微妙的變化，現行慣用的解釋，已成了不觸及真相，僅介紹**表面**看到的劇情。我想在不久後的將來，「さわり」一定會完全失去「核心」這個語義。——附帶一提，不管在口語或書面，我是那種即使「全然」（完全）之後不接否定形「～ない」也「全然」ＯＫ的人[6]。

6 日文副詞「全然」用在否定句上，但現代日文口語常有接肯定句的用法。

第八回

泡坂妻夫

〈DL2號機事件〉……收錄於《亞愛一郎的狼狽》，獨步文化，二〇一〇★

DL2号機事件

中井英夫

《獻給虛無的供物》……小知堂文化，二〇〇七★

虛無への供物

天災與受災者家屬……

時光飛逝，超過六千四百人死亡的阪神．淡路大地震，到今年（二〇〇六年）已經過了十一年了。對關西地方的居民而言，每年的一月十七日是無法忘懷的鎮魂之日。

一九九五年地震當天早上，當時大學四年級的我，不是待在老家大阪，而是身在東京田端的租屋處。枕邊的電話一大清早便鈴鈴響起，是大學同學打來的，「喂，大阪出大事了！」我睡眼惺忪地打開電視，竟看到神戶的市街在燃燒。

東京土生土長的同學會把大阪和神戶混為一談，也是情有可原。我看了看電視跑馬燈，上面說死亡人數十幾人。咦，燒得這麼嚴重，卻只有這點程度的死傷，豈不是近乎奇蹟嗎？我放下心來，收拾東西準備去學校參加第一堂期末考。直到快中午的時候，才得知地震的傷亡人數非比尋常——

畢業後回到故鄉的我，每逢震災紀念日當天，就會不由自主地聯想起泡坂妻夫的出道作〈DL2號機事件〉。在推理小說閱讀課上，我也討論過收錄此一短篇的《亞愛一郎的狼狽》（一九七八年），但自從那場大地震以後，我個人就再也無法發自心底享受這篇原本特別鍾愛的名作了。

素有「日本的卻斯特頓」美譽的泡坂妻夫，在他的名作〈DL2號機事件〉中，偵探亞用賭骰子為例，分析人在預測接下來會出現幾點時，「通常有三種思考方向」。如果第一次出現一點，認為接下來也會出現一點的，是賭徒類型；完全不理會第一次出現的點數下注的，是理智派；而認為第一次出現一點，接下來應該就不會再出現一點的，是一般的普通人。但是這最為「普通」的第三種思考，如果「近乎信仰」地徹底支配了一個人的行為，會發生什麼事？這便是本作品的精髓所在。名偵探亞為了闡述犯人這種極端的性質，第一個舉的例子就是對「地震」所採取的行動。「好比地震之類的，如此一來，這位極端恐懼遇到地震的人，對他來說，應該住在什麼地方最好呢？」

「以剛才預測骰子的第三種思路去想就對了吧？怕地震的話，搬去剛發生過大地震的地方就行了，因為對第三類思考的人來說，他們相信一塊土地不可能接連發生大地震……」

這樣的想法，肯定就是現在仍繼續住在關西的「普通」人的真心話。不過由於造成了那樣慘重的死傷，當地居民可以把它轉化為「自嘲」，「這下子起碼五十年以內都不怕再有大地震了。」但即使像〈DL2號機事件〉的犯人那樣，根據這種想法搬去該地的例子太極端，還是不會想聽到其他地方的居民說些毫無根據的安全神話。

——從震災之日的話題往前回溯，去年（二〇〇五年）十一月因為校慶停課一週，我趁這段期間指定了**分量十足**的閱讀文本，也就是中井英夫的巨篇《獻給虛無的供物》（一九六四年）。

作者中井英夫將自己的祖父誠太郎的經歷、在上一場戰爭尾聲投下的原子彈的慘禍、以及戰後一九五四年造成共一千兩百人死亡及失蹤的洞爺丸沉船事故等「現實」融入劇情，淋漓盡致地描寫了不幸的冰沼一族所遭遇的不可能殺人的連鎖及推理大戰。這部厚達一千兩百頁的大作，堪稱是以橫溝正史、鮎川哲也及高木彬光等人為中心帶領復興的戰後本格推理的一個終極巔峰。

對於這部畢生大作，作者本身在初版後記隱晦地說「這是一部反地球、反人類的故事」，但其實應該說它相當單純，處理的是非常「人性」的犯罪動機。小說構想的中心是兇手的動機，這一點從作者的日記也可以窺知，「這個動機，是這兩年來我亟欲書寫的。」

不過，這裡先來思考一下推理小說中所描寫的犯罪動機吧。犯罪的動機，世事百般終歸不脫**色與欲**。我國推理界的泰斗江戶川亂步在〈偵探小說中的異常犯罪動機〉（探偵小説に描かれた異様な犯罪動機，收錄於一九五四年出版《續・幻影城》）一文裡，基於各英美評論家對犯罪動機的研究，整理為以下四個項目。不過，大亂步亦聲明「括弧內的項目或彼此重複、或水準高低不等」，因此「並非一種分類」。

一、感情的犯罪（戀愛、怨恨、復仇、優越感、自卑感、逃避、利他）
二、利欲的犯罪（物欲、遺產問題、自保、保密）
三、異常心理犯罪（殺人狂、變態心理、為犯罪而犯罪、遊戲式的犯罪）
四、信念的犯罪（基於思想、政治、宗教等信念的犯罪、出於迷信的犯罪）

傳統的推理小說，比起找出標新立異的動機，更是把精力傾注於追求意外的兇手和創造新穎的殺人詭計。犯罪動機盡可能單純明快——如果根據前述的權宜分類，只需要恰如其分地說明是「出於感情的犯罪」或「出於利欲的犯罪」，就會是讀者也會積極「接納」的一種形式。

總之，發生感情糾紛或爭奪遺產時，是否會犯下殺人行為，是個人性格的問題，要說服每一個人接受如果自己身在相同的處境，應該也會做出一樣的事，實在難如登天。更別說快樂殺人或**受到教唆**的情況了。色或欲還好，但讓人能感同身受、具備無比說服力的「標新立異的動機」，真的相當困難。

若是根據亂步權宜上的分類，《獻給虛無的供物》的兇手應該是犯了第四種「信念的犯罪」。作品中雖然發生了多起密室殺人案，但也有將突發的意外死亡偽裝成殺人，偵探角色牟禮田俊夫以作中作小說演示「未來將發生的命案」的情況，其實演示冰沼一族巨大悲劇的兇手真正玷污自己的雙手犯下的殺人，僅有一起而已。

當然，這起命案的罪孽一樣深重，但兇手相信透過這起殺人，訂正了上帝「可怕的錯誤」，賦予了比擬為《聖經》中弒弟的該隱的角色「復仇」的死亡。這是為了讓包括他親手殺害的被害人之死在內，使過去侵襲冰沼一族的種種「偶然死亡」，回歸於呼應神話的壯大「故事」的行為。兇手為了達到這個目的，除了親手犯下的一起計畫殺人外，毫不猶豫地將多起命案、意外事故都攬在身上，甘於蒙上大量屠殺者的污名（雖然完全只是妄想）。亦即，為了維護遭遇偶然死亡的重要之人的尊嚴，兇手不惜與全世界為敵。

《獻給虛無的供物》的犯罪動機，是拚命思考「面對摯愛之死，被留下來的人該如何從這份悲傷中振作起來」而得出的結論。除非是典型的壽終正寢，否則失去摯愛，其悲傷讓人難以承受。而那若是毫無前兆的意外或災害、或成為隨機殺人下的冤魂，家屬的悲傷更是難以平復。確實，《獻給虛無的供物》的兇手投身了怪誕的行為，但其動機之真切無可置疑；同時本作品對於第三者輕易向被害人（受災者）家屬表達同情的行為所提出的抨擊，往後應該也將會發揮超越時間的影響力。

第九回

十角館の殺人

綾辻行人《殺人十角館》……皇冠文化，二〇一八

真的一個都不留了嗎？

關於酒精與香菸，哪一樣對人類危害更甚，結論昭然若揭。想當然耳，非酒精莫屬。讀者身邊應該也有一兩個一喝醉就會性情大變的人（也許讀者自己就是）。如果只是變得愛哭，或退化成幼兒還好，若是會發酒瘋，動手動腳打老婆孩子，事情就嚴重了。自人類有史以來，由於酒精而導致家庭崩壞的例子，應該是多如牛毛。

相較之下，抽了菸就會性情大變的人，至少我身邊沒有見過。我孤陋寡聞，沒聽說過

抽太多菸而忍不住動手打人的暴力事件，即使是為了點菸而疏於留意前方，引發車禍，相較於酒駕而一再上演的悲劇，根本是小巫見大巫。

其實我雖然喝酒，但完全不抽菸。不過我身為非抽菸者，對於「反菸思想」在社會上如此跋扈橫行的狀況，坦白說感到相當異常。司法、行政機關與其把心力放在推動公共空間的禁菸禮貌，廣為宣傳「離開家門就不喝酒」，才是造福世人。

然而狀況卻不是如此，說穿了這是因為喝酒是壓倒性多數人的享受，而遺憾的是，癮君子已成了無處容身的少數派。與肺癌發生率高低的健康問題無關，對經濟產業省和環境省的官員來說，比起讓香菸產業成長而能得到的利益，迫害癮君子這些少數派，甜頭肯定更要大多了。我想不出多久，只要通過日本國內所有的政府機關和公共設施都有義務隔出吸菸區與非吸菸區之類的法案，製造及維修排煙機器的廠商，就會成為官員退休後絕佳的空降地點。

總而言之，癮君子往後只要繼續是少數派，他們的生存就會受到歡迎。然後我就能以多數派之一的身分，繼續享受對人類而言應該比香菸危害更烈的酒精。

綾辻行人的登場，感覺並非多久以前的事。冠以「新」、「NEW」的流行多半都是短暫的，然而綾辻行人以一九八七年出版的出道作《殺人十角館》掀起的所謂新本格熱潮，卻推翻了這個普世法則，不僅跨越世紀，至今仍在持續，而且這段期間，綾辻本人仍不斷在該領域第一線活躍。在終將到來的現代本格風潮告終的時候，《殺人十角館》應該會率先被稱為「新古典」，成為照亮以謎團和推理為骨幹的本格推理的復興階梯的里程碑之作。在本作品出版前後的年分出生的學生，對於這部描寫與自己同齡的年輕人被捲入的孤島連環命案作品，有何看法呢？

漂浮在大分縣S町外海五公里處的孤島——角島。這座如今已無人居住的小島，曾是以機關愛好者聞名的異端建築師中村青司一家人被捲入慘絕人寰的四重命案的現場。當地K＊＊大學推理小說研究社的七名男女來訪這座殘留著慘案傷痕的孤島時，此地將再次化為慘劇的舞台——

故事全篇以第三人稱多視角敘述，直到中盤為止，由兩個部分交互進行，描寫現在的角島發生的連續殺人命案的「孤島」部分，以及推理角島過去發生的四重命案之謎的「本土」部分。

在「孤島」部分登場的K＊＊大推研社的學生，遵循學長姊留下的「社團傳統」，不是用本名，而是各別以他們敬愛的該領域大師的名字做為暱稱。艾勒里、卡（John Dickson Carr）、勒胡（Gaston Louis Alfred Leroux）、愛倫・坡、阿嘉莎、奧希茲（Baroness Orczy）、范・達因（S. S. Van Dine）……這些學生從頭到尾如此彼此稱呼的描寫，在作品問世當時，也有些人批評為滑稽或造作，讓人看了發窘。坦白說，我在高中的時候初讀《殺人十角館》時，也覺得尷尬極了，這些人居然能面不改色地用外國人的名字彼此稱呼！——不過一九九〇年代中期以後，網路急速普及的現在，比方說透過網路論壇認識的網友在真實世界碰面時，依然會以平時網路上的代號彼此稱呼，本書的描寫與這樣的「慣例」有著共通之處，我想不分世代，對於這一點的抗拒已經逐漸淡薄了。

另一方面，留在「本土」的推研社成員家中收到了一封信，告發了過去的某個事實，這正是接下來「孤島」即將上演的慘劇的動機。寄件人是應該早已在角島的青館命喪火窟的「中村青司」，信上寫道「被你們**殺死**的千織，是我的女兒」。前往「孤島」的推研社成員其實有著一段共同的「過去」，他們曾經強灌現在身處的十角館館主的女兒千織喝酒，害她喪命。在「本土」，自詡為安樂椅偵探的推研社才俊則提出了這樣的可能性，以為是中村青司遺體的焦屍有可能是別人，其實青司還活在世上，暗中計畫要為女兒復仇。《殺人十角館》中，大量殺人的動機，全寫在以中村青司名義寄出的告發信裡。其實早在序章即以「他」的身分登場的本書真兇——在千織生前與她私下交往的人物——一直窺伺著機會，要把這些強灌酒精而奪走女友性命的傢伙一個不留，統統殺光。

在動機方面，《殺人十角館》與上一回（第八回）的主題，中井英夫的《獻給虛無的供物》有著異曲同工之妙。上一回我提到，《獻給虛無的供物》的犯罪動機是拚命思考「面對摯愛之死，被留下來的人該如何從這份悲傷中振作起來」而得出的結論；而《殺人十角館》的兇手亦是難以接受女友酒精中毒死亡的現實，將捲入她的父母的四重命案悲劇也融入「故事」中，決心登上醜惡而縝密的復仇計畫的「神」的位置。無論在角島執行大屠殺是多麼駭人的一件事，真兇如果失去了這個「故事」，自我將會崩潰。

——話說回來，這部作品中變得過時的部分，意外地是造成這普遍性動機的狀況。一九八五年，拚酒時的吆喝聲「一口氣！一口氣！」甚至拿下了當年的流行語大獎，但令人慶幸的是，這種拚酒文化在現在的大學生之間似乎已經徹底絕跡了——儘管在運動類社團似乎仍根深柢固。我問了一下，經驗過一口氣拚酒的學生只占了極少數，因此我表演了一下我們團塊二世世代剛開始接觸酒精時正值鼎盛的幾種拚酒助興吆喝詞，結果講台下的學生眼神頓時變得冰冷萬分……

《殺人十角館》就像作品中也再三暗示的，是以阿嘉莎．克莉絲蒂的《一個都不留》（*And Then There Were None*）的設定為本，這部古典名作將留待本書第二十二回進行探討。懷著度假心情把自己關在孤島上的七名男女，遭到偽裝成夥伴的計畫殺人魔逐一殺害，仿傚這部巨匠之作的《殺人十角館》，在最後暫時是**一個都不留**了。然而作品中再三提到該部孤島名作，本身其實就是為了不讓讀者悟出真相的誤導手法，這正是本書的精妙之處。作品中的兇手與第三人稱全知的敘述者這兩名「共同正犯」聯手打造出來的詭計，正是其非凡的衝擊性，推開了新本格時代的大門。

第十回

宮部美幸《火車》

火車……臉譜出版，二〇一四

現代的機率犯罪

新年度（二〇〇六年度）的上學期課程已經開始了，不過在這一回，我想以去年度的「下學期評量」實施報告，來為菜鳥講師的第一年畫下句點。

下學期國內篇的報告閱讀文本，我挑選的是宮部美幸的《火車》（一九九二年）。關於作者，應該也毋需在此贅言了。宮部這位無人不知、赫赫有名、首屈一指的當代暢銷作家，在一九八七年以〈鄰人的犯罪〉獲得ALL讀物推理小說新人獎，並在同年以《鎌鼬》

得到歷史文學獎佳作，展開作家生涯。自出道以來，她便將軸心放在推理，並廣泛跨足時代小說、科幻、奇幻等領域，發揮旺盛的創作力，並且皆得到極高的肯定，值得驚異。宮部以主題為超能力的《龍眠》（一九九一年）得到日本推理作家協會獎、以驚擾市井的異象為題材的時代小說《本所深川不可思議草紙》（一九九一年）得到吉川英治文學新人獎、以描寫信用卡破產造成的悲劇的《火車》得到山本周五郎獎、以現代青年時空跳躍至「二二六事件」當時的《蒲生邸事件》（一九九六年）得到日本SF大獎、以模仿紀實報導筆法追查滅門慘案之謎的《理由》（一九八九年）獲得直木獎——都列出了這麼多，卻仍未完全囊括她全部的得獎經歷，實在令人肅然起敬。去年年底，由小學館出版的現代推理大作《模仿犯》（二〇〇一年）分成五冊，由新潮文庫推出文庫版，盤踞了書店平台長達兩個多月的時間，那景象著實壯觀。

——好了，來談談重點的課題作品吧。故事從因傷休養中的刑警本間俊介接到親戚栗坂和也的拜訪揭幕。和也任職於一家大銀行，與他訂婚的女友突然消失，和也卻想不到任何理由。兩人為了新居採買家具和窗簾等物品時，和也發現女友——關根彰子連一張信用卡都沒有，便以「身上帶太多現金很危險」為由，讓她申辦自家銀行的信用卡。然而信用卡部門卻捎來意外的通知，令和也陷入困惑。其實彰子過去曾經欠下不可能還清的巨額債款，申請破產。這件事的曝光，肯定與未婚妻突然的失蹤有關。但如果想要隱瞞這段過去，不管和也再怎麼建議，女友應該也會拒絕申辦信用卡才對。本間出於職業因素，好奇起來，於是鞭策復健中的身體，單獨展開尋人調查……

報告的評分項目之一「劇情摘要」，由於全篇是以第三人稱固定視角（視角人物為本間刑警）貫穿全書，應該相當容易。接下來將會提及本作真相並進行解說，敬請尚未讀過《火車》的讀者注意。

在本間刑警的調查下逐漸揭露的關根彰子失蹤之謎的核心，是古典的「人物掉包」。在失蹤前自稱「關根彰子」的女子，其實並非真正的關根彰子本人。**她**的本名叫新城喬子。以前喬子一家人在房貸壓迫下，一家離散，後來喬子結婚，然而討債人甚至追到岳家來，結果她被迫再次孤獨地過起逃亡生活。如果想要得到普通的幸福，就必須徹底甩掉「新城喬子」這個名字才行。在第一次的婚姻失敗後，喬子在進口內衣的郵購公司得到行政工作，從顧客資料中挑選適合冒充的對象，並殺害條件完全符合的關根彰子，奪走了她的戶籍；但喬子並不知道真正的關根彰子以前曾經申請破產。終於查出事情真相的本間，在內心如此呢喃，「妳們是背負著同樣辛苦的人。〔……〕**怎麼會這樣**？**妳們兩個等於是同類相殘**。」

《火車》中的「人物掉包／侵占戶籍」的特異性，在於這是一起**機率犯罪**。雖然這並非一般的看法，但可以說是所謂的機率犯罪極為現代的變形版。這裡所說的機率，指的不是像谷崎潤一郎的〈途中〉（途上，一九二〇年，發表於雜誌《改造》）或江戶川亂步的〈紅色房間〉（一九二五年，發表於雜誌《新青年》）那樣，殺人的手段能否成功，全看機率（而且不會弄髒自己的手），而是指在挑選被害人方面，完全仰賴**機率**決定——預先計算自己在冒充該人的時候，不會被周圍發現的「機率」。

其實對兇手新城喬子而言，關根彰子並非「目標名單上的首選」。侵占戶籍的對象，必須是年紀相仿的女性，而且無親無故。喬子原本找到其他目標，正蘊釀行動，卻在此時得知後面幾名的候選人關根彰子的母親過世，變得孑然一身。因此喬子把彰子的順位往前挪，改為對她下手。

「機率式」的犯罪，其實是詐騙的典型手法。從以前就有的婚姻詐騙、虛構的投資計畫、已逐漸退燒的匯款詐騙（電話詐騙）等等，根本的想法簡而言之，也是「亂槍打鳥」的機率問題。因此這些詐騙犯罪總是伴隨著「上當的人也有錯」的論調，但是在《火車》裡有個場面，為關根彰子申請破產的律師溝口，向本間說明把多重債務的原因歸咎於個人是不對的。書中闡述信用卡產業結構性問題的部分十分具有說服力，讓人再次認識到，自從一九八〇年代前半的「消費者金融混亂」[1]以後，這個問題絲毫未曾過時。沒錯，標榜

1 一九八〇年代前半，由於方便的小額信貸普及開來，製造出大量的多重債務者，許多人因為債務問題，遭到討債而自殺或連夜潛逃，形成社會問題。

「一星期內免息！」的廣告宣傳看似誘人，但它只是利用所謂的「灰色地帶利息」[2]，「機率式」地製造高額債務人來牟利的制度背後微不足道的一小塊光明罷了。這次選擇《火車》做為報告指定文本，目的之一也是期待它能對即將步入「信用卡社會」的學生具有一定的教育效果，從學生的報告來看，似乎也充分達到了這個目的。

話說回來，非戰時的殺人，原本與「機率」應該是格格不入的。在基於明確動機下手殺人的命案中，兇手與被害人的關係是「絕對」的——如果除了這名被害人以外，兇手不管殺害任何人都無法洩恨的話。然而現代社會的問題是，人們對隨機殺人的不安日漸高漲，擔心自己或家人某天可能也會突然「機率式」地淪為被害者。新城喬子彷彿準備進行詐騙一般，大量竊取郵購公司的顧客個人資料，根據它製作出一份「機率式」的被害人名單。由於沒有具體連結被害人與加害人的殺害動機，對於這類「機率犯罪」，警方也幾乎是束手無策。

2 指「利息限制法」的上限利率（年十五%～二〇%）和修正前的「出資法」的上限利率（年二九・二%）之間的利率。許多消費者金融業者合法利用這中間的利率借錢，造成多重債務者增加等問題。

埃德加・愛倫・坡
〈瑪麗・羅傑奇案〉The Mystery of Marie Roget

收錄於《愛倫坡驚悚小說全集》，好讀出版，二〇一八

類型始祖可愛的失敗之作

上年度（二〇〇五年度）實施的「授課評量問卷」的統計結果發回來了。這也算是所謂的「老師的聯絡簿」。

這份由學生作答的畫卡式問卷，雖然也有一些像是「對你自己的評分（以什麼樣的態度聽課）」的項目，但最重要的還是「對這堂課的評量」。其中列出了像是「課程內容是否依照課程概要進行」、「課程內容是否能激發興趣或關心」等問題，其中可怕的是甚至

有這樣的問題，「是否從教師身上得到對學問或人生觀的刺激或影響？」對於這些問題，學生做出「非常同意／還算同意／普通／不太同意／完全不同意」的五階段評量。當然，為了避免這年頭流行的（？）學術騷擾問題，問卷以匿名進行。

我頗為緊張兮兮地拆封一看，統計結果是——相對於全部科目的平均值為三．五〇（五分滿分），我的個人評量平均值為四．二七，應該算是相當不錯。看來對於認真地以一週一本的速度閱讀指定作品、積極參與課堂的學生，我可以算是回應了他們的需求。此外，各門課程的評量分數會以雷達圖公布在大學的內部網路上，供學生做為下年度選課時的參考。

回想起來，我們團塊二世世代在就讀大學時，還沒有學生為教授、講師打分數的機制。不，即使在現在，也只有部分私立大學實施吧。實際像這樣站在「上課被打分數」的立場一看，我認為這類評量比起大學教育，更應該在義務教育的現場實施才對。前面提到的授課評量中，也有「老師的口條是否清晰？」、「老師黑板的使用方式是否恰當？」等項目。在義務教育的現場，仍然有許多教師認為「教育不適合人氣投票般的授課評量」，堅決抵抗，但板書或口條清晰度這些，只要當成自我檢討的材料，坦然接受就行了吧？

新年度也繼續開課的「現代文化閱讀課」的主題，和上年度一樣，是「閱讀廣義的推理小說」。實際請學生閱讀國內外推理小說的古典名作到現代爭議作品，分析其主題及社會背景，加深對這個蔚為現代文化潮流之一的文學類別的理解。

新年度的上學期也以外國古典作品為中心。我指定的第一本文本和上年度一樣，是威廉・艾利希的《幻影女子》（一九四二年）。這是已經在第一、二回講解過的名作中的名作，讓只熟悉現代暢銷作品和輕小說的學生擺脫對翻譯作品的抗拒感，是這門課的第一步。

隔週從《幻影女子》往前回溯約一個世紀，閱讀推理小說始祖埃德加・愛倫・坡的名偵探杜邦作品——〈莫爾格街凶殺案〉、〈瑪麗・羅傑奇案〉、〈失竊的信函〉等三篇。若說推理小說史上只有一個年代必須背誦，那肯定是愛倫・坡在《葛拉翰雜誌》（*Graham's Magazine*）發表〈莫爾格街凶殺案〉的一八四一年。在我國也稱為「本格物」的謎團與推理的娛樂小說，偉大的創始人就是埃德加・愛倫・坡。

愛倫・坡的〈莫爾格街凶殺案〉描寫的是一起發生在巴黎公寓的密室命案，這將在第二十一回及第四十一回討論。讀完之後，應該一輩子都忘不了那極具衝擊性的兇手。此外，黑心政治家握有涉及某貴婦名譽的信件的〈失竊的信函〉，提出了尋物盲點的意外藏信地點，堪稱是第一部描寫犯人詭計的作品。「最高明的隱藏方法，其實就是完全不藏」，這種弔詭的原理，在往後的推理小說史中生出了千奇百怪的種種變化，而且這篇小說即使忘了細節，信藏在哪裡，應該也會永存於記憶之中。

相較於以上兩篇，杜邦作品的第二篇〈瑪麗・羅傑奇案〉就顯得有些乏善可陳了。就像過去江戶川亂步也曾經批評本作品「推理過程詳盡到近乎無趣」，所謂中盤高潮的懸疑要素可說是付之闕如。本作全以無甚奇特的溺死命案的解謎部分冗長地鋪陳為一篇，若非自詡再三反覆熟讀玩味各篇作品的愛倫・坡愛好者，應該根本不記得這到底是怎樣的一起命案、誰又被指控是兇手。

一八四二年發表的〈瑪麗・羅傑奇案〉，是根據前年發生的真實事件，亦即紐約的香菸店店花瑪麗・羅傑斯的神祕死亡事件所寫成。一八四五年收錄三篇杜邦作品的短篇集

《故事集》出版時，愛倫坡在〈瑪麗．羅傑奇案〉正篇的開頭加上了下述的原注：

一名年輕女孩，瑪麗．塞西莉亞．羅傑斯，在紐約附近遭人謀殺。她的死亡引發了激烈而持久的興奮，但是在本作品撰寫和發表的當下（一八四二年十月），此案之謎依舊懸而未決。在此，作者以描述一名巴黎年輕女店員的命運之形式，寫下瑪麗．羅傑斯命案的真實故事。〔……〕基於此虛構故事的一切論證，亦適用於事實。

〈瑪麗．羅傑奇案〉中，名偵探杜邦根據報導知名女店員之死的諸多報紙內容來推理命案真相。漂浮在塞納河上的瑪麗屍身，有生前遭到凌辱的痕跡，疑似遭到一群混混攻擊。然而相對於警方這種占優勢的複數兇手說法，透過杜邦之口所述說的愛倫．坡的推理，卻強調僅由一人所為，並且暗示兇手可能是瑪麗以前鬧失蹤時成為話題人物的海軍士官。關於這個推理，愛倫．坡在前面引用的原注中誇耀自己的功績，說透過紐約命案的相關人證其後的告白，「使其不僅是泛泛之結論，也充分證實了導出該結論的一切重要細節之假設，故不妨記錄於此。」

……但十分遺憾的，可以肯定的是，愛倫・坡的推理結果錯得離譜。作品中以德呂克太太的身分登場的旅店老闆娘在死前告白說，瑪麗是在她的旅館接受非法墮胎手術時暴斃，遺體被人趁夜拋入河中。這部分的經過，在曾擔任報社記者的作家約翰・沃爾什（John Evangelist Walsh）的《神探愛倫・坡》（*Poe the Detective: The Curious Circumstances Behind "The Mystery of Marie Roget"*）一書中有詳盡的分析，但現在只能在二手書店才找得到了。

現在閱讀文庫本等版本時，並不會意識到，其實〈瑪麗・羅傑奇案〉在當時是分成三回在雜誌上連載的。《神探愛倫・坡》一書說，第二回發表的時候，旅店老闆娘「死前的證詞」突然公諸於世，讓愛倫坡慌忙把第三次的稿子延後一個月發表，努力試圖修正。約翰・沃爾什所導出的這番「近乎確實的假設」，即使不是愛倫・坡迷，讀了也要笑淚摻半。博學強記的科林・威爾森[1]在他的《世界懸案百科》（*The Encyclopaedia of Unsolved Myseries*）裡提到瑪麗・羅傑斯神祕死亡事件時，斬釘截鐵地說把此案寫成小說的愛倫・坡「無疑是個**蹩腳**的騙子」，不過這篇為了邏輯推理而耽溺於邏輯推理的杜邦的第二起案子，讓讀者接觸到耽溺於酒精而死的天才充滿人性的一面，應該可以評為可愛的失敗之作吧。

1 Colin Wilson（1931-2013），英國小說家、思想家。一九五六年發表評論《局外人》（*The Outsider*），一舉成名。

第十二回

阿嘉莎・克莉絲蒂《東方快車謀殺案》Murder on the Orient Express

……遠流出版，二〇一七

理想的國際紛爭調停機構

社會上的世足賽熱潮應該老早就過去了，不過請理解我在寫這篇稿子的時候，是我們日本代表隊與克羅埃西亞才剛零比零平手收場的隔天。在進入與王者巴西的決戰之前，我由衷希望「SAMURAI BLUE」[1]的挑戰能善始善終，留下完美的結局。

話說回來，日本對決克羅埃西亞戰的後半六分鐘，在決定性的場面沒有射球入門的柳澤敦，實在了不起。這除了「武士之情」——手下留情之外，還能怎麼形容？他完全不負日本代表的宣傳口號，就像個武士般奮戰到底，我絕對不容許把他視為戰犯對待。總之，下次如果日本還有機會打入世足賽，個人希望不會出現偷偷帶著手槍觀賽、有辱武士風範的卑鄙之徒。

——言歸正傳。第二年的推理小說閱讀課，在熟悉愛倫・坡、柯南・道爾、卻斯特頓這黎明期三巨頭之後，終於要進入二十世紀兩次大戰之間，在英美開花結果的黃金時代代表作家的作品。上年度我先從英國推理小說天后阿嘉莎・克莉絲蒂的代表作選擇了《ＡＢＣ謀殺案》（第三回）和《羅傑・艾克洛命案》（第四回）；本年度則挑選前者及同樣是天后家喻戶曉的名作《東方快車謀殺案》（一九三四年）。

克莉絲蒂女士的《東方快車謀殺案》是一部不幸的作品，因為它的真相不限於推理小說迷，實在是太廣為人知了。先看到導演薛尼・盧梅[2]執導的知名改編電影《東方快車謀

1 日本國家足球隊的暱稱，「藍武士」。

2 Sidney Lumet（1924-2011），好萊塢的大師之一。代表作有《十二怒漢》、《東方快車謀殺案》、《熱天午後》、《螢光幕後》等等。

殺案》（一九七四年）的人，還算是幸福的一群。在小時候讀到粗製濫造的推理謎題書，一下子就被爆雷的人應該為數不少（在早川書房「克莉絲蒂文庫」版的本作品書末解說中，有栖川有栖也傾訴遭遇到相同的狀況）。總而言之，希望受害者不會再繼續增加了。如果有哪位尚未讀過《東方快車謀殺案》，而且完全不知道它的內容的幸運兒，請盡快拿起這本應該會永遠留名推理史的名作一讀。以下的解說，希望只有已經讀過此作，或是還沒有讀，但已經知道真相的不幸人士繼續閱讀。

《東方快車謀殺案》的主要舞台，就像書名「Murder on the Orient Express」所預告的，發生在從土耳其的伊斯坦堡開往法國加萊的東方快車的某班次臥鋪車內。名偵探赫丘勒・白羅剛好搭乘的此班快車，於途中栽進積雪當中，受困原地。就在此時，一名叫雷切特的美國紳士竟被人發現陳屍在頭等包廂。而且駭人的是，被害人全身共有十二處刺傷……

——對了，我想命案舞台的東方快車究竟被迫停在何處，應該幾乎沒有人正確記得吧。據法國車掌說，**那裡**是「在文科威和布羅德兩地之間」。

「這裡到底是哪一國？」赫伯德太太語帶哭聲問。

有人告訴她是南斯拉夫，她說：

「天哪！是巴爾幹半島的國家。那你還能指望什麼？」

如果不知道在二十世紀初，巴爾幹半島被稱為「歐洲火藥庫」的時代背景，就會覺得這位美國夫人哀嘆「你還能指望什麼」實在太誇張了。一九一二年，在大國俄國的支持下，塞爾維亞、蒙特內哥羅、保加利亞、希臘四國組成的巴爾幹同盟，向當時正與義大利交戰的鄂圖曼帝國（土耳其）宣戰，並贏得勝利。但是保加利亞為了土耳其放棄的巴爾幹半島的領土分割問題，與其他三國決裂，土耳其及羅馬尼亞加入其他三國參戰，半島再次陷入戰火。到了一九一四年，塞爾維亞在俄國撐腰下，再次燃起擴張領土的野心，與哈布斯堡君主國（奧匈帝國）陷入一觸即發的狀態，在奧地利皇太子夫妻遭到塞爾維亞青年暗殺的塞拉耶佛暗殺事件後，歐洲分成了德國與奧地利等同盟國，以及法國、俄國、英國等協約國，爆發「分割世界」的大戰。

眾所周知，第一次世界大戰當時的鄂圖曼帝國及哈布斯堡君主國分裂後誕生的南斯拉夫這個國家，在進入二十一世紀前便從世界地圖上消失了。東方快車被積雪困住的巴爾幹半島上的地點，就在目前於世足賽中二度與日本交手的克羅埃西亞境內。

回到正題的作品分析上。不必說，《東方快車謀殺案》的推理，核心就在於「所有的人都是兇手」的驚奇。在臥鋪包廂內遭到刺殺的老紳士雷切特，他的真實身分是專門綁架富家子女、勒索贖金的綁架集團首腦。殺害雷切特的兇手們——計畫性地乘上同一班列車的「不同階級、國籍和年齡」的男女——都與愛女慘遭這名惡徒雷切特殺害的阿姆斯特朗夫妻有著密切的關係。他們的人數就和陪審制的陪審團人數一樣是十二人（不過，阿姆斯特朗上校夫人的妹妹夫妻算一個人），對雷切特做出了死刑判決，並且對因安眠藥而昏睡的「死刑犯」，一人一刀，刺下懷有深仇大恨的制裁利刃。故事以名偵探白羅消極同意隱瞞真相的台詞落幕，換句話說，白羅自身也成了命案的事後從犯之一。

在「所有的人都是兇手」的衝擊中，不應遺漏的是，對於一九三四年此作品發表當時的讀者來說，**現實的國際情勢漂亮地協助隱瞞了殺人命案的真相**。雖然又像回到了世界史課，不過自從第一次世界大戰以後，美國無論在經濟或政治上都居於指導地位，然而對於戰後以維持世界永久和平為目的而倡議成立的「國際聯盟」，結果卻因為國內的因素而無法參與。而且這個機關沒有軍事能力可以仲裁大國之間的糾紛，自然不可能具備多大的調停功能，它在一九二九年經濟大恐慌席捲世界時，放任歐洲極權主義崛起，以及一九三三年德國納粹政權成立、一九三五年義大利法西斯主義政權侵攻衣索比亞。

請再次看看殺害雷切特的「每一個都是兇手」的這些人。三名英國人、四名美國人（其中一名是歸化美國的義大利人）、兩名匈牙利人（其中一名在婚前是猶太裔美國人）、兩名法國人（其中一名是歸化的俄國人）、瑞典人和德國人各一名——沒錯，當時絕大多數的讀者，肯定都遺漏了這些將會在風雨欲來的第二次世界大戰中，分成軸心國與同盟國彼此對抗的各國出身者，竟在素有「歐洲火藥庫」之稱的地區，攜手同心對抗「絕對惡」的構圖。也許《東方快車謀殺案》也是一次嘗試，試圖在列車中實現最終成了空中閣樓的國際聯盟的「理想」。

附帶一提，《東方快車謀殺案》出版的該年，義大利舉辦了第二屆世足賽。這場大賽被以喜好足球而聞名的獨裁者墨索里尼當成誇耀國威的工具，在主辦單位任意「挖角」阿根廷選手歸化等計謀下，順利以主辦國得勝的結果落幕。吹響決戰哨聲，抗議「（義大利）想贏的心態太露骨」的主審楊．蘭格努斯和白羅一樣是比利時人，這也算是某種巧合嗎？

第十二回的畫蛇添足

赫丘勒．白羅拜訪美麗的安雷尼伯爵夫人詢問狀況時，兩人聊到了國際聯盟。驕傲自大的白羅的應答讀來令人爽快。

伯爵夫人：「火車經過南斯拉夫的時候，我以為車上沒有偵探——起碼在抵達義大利以前不會有。」

白羅：「我不是南斯拉夫的偵探，夫人，我是國際偵探。」

伯爵夫人：「你為國際聯盟工作？」

白羅：「我為全世界工作，夫人。」

第十三回

派翠西亞・海史密斯 Patricia Highsmith

《火車怪客》Strangers on a Train

遠流出版，一九九八★

布魯諾為何要指示槍殺？

心理懸疑派的天后派翠西亞・海史密斯完美的出道長篇《火車怪客》（一九五〇年），反而是以希區考克（Alfred Hitchcock）導演的同名「電影原作」更為知名。雖然沒有人做過統計，但比起小說和電影兩邊都看過的人，只看過希區考克的電影版，而未曾讀過原作的人應該更多。

希區考克是出了名地會大刀闊斧改編原作，《火車怪客》亦不例外，小說和電影版從中間開始，便成了兩個完全不同的故事。我希望學生能夠兩相比較，因此提出比平常更多的預習要求，請他們也去租來電影，好好看過。

海史密斯的小說與希區考克的電影版，兩者核心的犯罪構圖是一樣的。沒錯，《火車怪客》是燦然留名推理史的、所謂「交換殺人」這類主題的濫觴。

為了慎重起見，這裡簡單說明一下交換殺人的基本概念。出於某些理由，A想要殺C，B想要殺D。但如果A和B親手殺了B和D，肯定會被警方從動機上追查到自己的頭上來。因此A與B祕密聯手，由A殺掉（B有動機殺害的）D、B殺掉（A有動機殺害的）C。理所當然，A和B會在「同夥」動手行凶的時刻，各自確保不在場證明。如此一來，除非警方查到A與B的祕約，否則兩名兇手就能從自己不可能成為重要嫌犯的**各別**殺人案的偵查中脫身。

海史密斯的《火車怪客》中，執行這種「破天荒計畫」的，是富豪的敗家子查爾斯·安東尼·布魯諾，以及新科建築師凱亨·達尼爾·赫因斯這兩名青年。痛恨父親的布魯諾，聽到偶然乘坐同一班火車的凱亨正想擺脫不願離婚的妻子蜜莉婭，提出了一個可怕的建議，「我來殺掉你太太，你來幫我幹掉我老爸。」聽到這意想不到的交換殺人提議，凱亨害怕得幾乎窒息，拒絕說，「不要再說了。」然而布魯諾卻對凱亨的困境近乎異常地同情，終於擅自找到凱亨的妻子蜜莉婭，把她給勒死了。

即使如此，起初布魯諾幾乎並不要求凱亨做出「回報」。然而殺人之後，凱亨對布魯諾的態度實在是過於冷漠，甚至想要和他殺害蜜莉婭時不知道其存在的情婦安・弗克娜再婚，導致布魯諾的態度也漸漸硬化了。蜜莉婭的命案背後有一場可怕的交換殺人約定——事實上凱亨根本沒有答應過——如果不想要我把這件事告訴警方和你的情婦，你無論如何都非殺了我父親不可。布魯諾如此對凱亨施壓。

布魯諾不停寄出「殺人計畫」給凱亨。信上除了自家格局與周邊道路的地圖外，還鉅細靡遺地寫下了行凶的步驟。此外，布魯諾甚至用小包寄了一把漆黑的大型手槍給凱亨，就像在指示這就是「計畫」中記載要使用的凶器。

小說在接下來寫到凱亨終於承受不住，執行了交換殺人的場面。淪為布魯諾計畫傀儡的凱亨，在深夜侵入布魯諾家，把槍口對準在臥室裡沉睡、無冤無仇的主人，扣下扳機——然而後來布魯諾沉醉在交換殺人順利成功的完美犯罪中，愈來愈想要親近絕對不能夠親近的殺人同夥凱亨。

為了尚未讀過小說的讀者，劇情介紹就到此為止。完成交換殺人的兩人，接下來將會步上什麼命運？這是小說後半的高潮。

而電影版的部分，則從凱亨侵入深夜的布魯諾家後，出現了截然不同的發展。在原作中，凱亨在操縱下犯下殺人，然而電影版的凱亨假裝同意交換殺人，其實是想要警告布魯諾的父親。沒想到躺在布魯諾家主臥室床上的，竟是恐嚇者布魯諾。他早就看透凱亨要背叛他了。電影後半的高潮，是布魯諾想要讓不肯答應交換殺人的同夥再次蒙上殺妻罪，而凱亨試圖阻止，兩人展開緊張刺激的追蹤對決。

不過海史密斯的原作——不，正確地說，是布魯諾的「殺人計畫」裡——有個乍看之下完全矛盾的地方。也就是布魯諾為什麼要刻意指示凱亨用「槍殺」這個方法殺害自己的父親？事實上，凱亨在殺人現場就被聽到「房間爆炸般的巨響」而趕來的管家追捕，雖然千鈞一髮逃出大宅，卻又差點遭到接獲通報趕至現場的警方包圍，狼狽不堪地逃走。

前去殺害布魯諾的父親時，凱亨的精神已經失去了平衡。他甚至沒辦法想到在有管家的深夜房屋開槍的危險。即使如此，指示槍殺的仍舊是主使者布魯諾。那麼比起讓交換殺人成功，布魯諾是不是更希望凱亨因為殺人現行犯而遭到逮捕？

沒錯，這或許才是布魯諾內心最夢寐以求的發展。不難想像，陷入心神耗弱狀態的凱亨即使和盤托出交換殺人的計畫，警方應該也不會採信。以殺人現行犯被逮捕的凱亨逃不了罪責，但布魯諾最終應該會因「罪疑惟輕」而獲得赦免。即使被告凱亨在法庭上主張兩人約好進行交換殺人，但直接證據的布魯諾的來信也都被他自己「全數焚燬」了。角川文庫版由新保博久所寫的「解說」中，介紹了希區考克的說法，認為布魯諾對凱亨的行動，有著同性戀式的愛戀，而指示凱亨槍殺父親的安排，似乎也可以說是暗示了這一點。結果由於凱亨勉強逃離殺人現場，使得完美犯罪成立，但布魯諾後來仍陰魂不散地糾纏著凱亨。如果殺害父親是布魯諾所追求的終極目的，那麼他應該絕對不會做出這種跟蹤狂般的行為才對。

如同推理迷都知道的，電影版《火車怪客》（一九五一年）的劇本上還有冷硬派作家雷蒙・錢德勒的名字（不過最後錢德勒與希區考克意見不合，「中途退場」了）。其實電影裡面留下了證據，顯示懸疑電影的巨匠與槍擊場面高手的編劇早已發現布魯諾指示槍殺的矛盾。各位還記得這個電影版才有的場面嗎？在凱亨的情婦父母家舉辦的派對上，布魯諾這名「不請自來的客人」對著兩名打扮得花枝招展的老婦人，起勁地聊著危險的殺人話題——

坎寧安太太：「得弄到手槍才行呢。」

布魯諾：「不不不，槍聲太大，而且現場會變成一片血海。」

安德森太太：「那毒殺怎麼樣？」

布魯諾：「毒殺似乎比較好。（……）毒殺是個好主意。不過，如果急著把人殺掉怎麼辦？毒殺得花上十到十二個星期，才能讓目標看起來像自然死亡。」

否決了槍殺與毒殺的布魯諾，向兩名老婦人推薦的「最佳殺人手段」，竟是他殺害凱亨妻子的手法「勒斃」。希區考克與錢德勒肯定明白指示凱亨槍殺的計畫有多危險，因此從凱亨（彷彿）槍殺布魯諾父親的場面以後，大刀闊斧地加以改編，使它變成了一部傑出的驚險電影。

角川文庫版的解說中，「新保教授」也提到的希區考克論——唐納德・史波托（Donald Spoto）著《天才的陰暗面——緊張大師希區考克》（*The Dark Side Of Genius: The Life Of Alfred Hitchcock*）中，《火車怪客》成為分析主題。不，與其說是分析，更應該說是透過相關人士的證詞來揭開舞台幕後，「他（引用者注：飾演布魯諾的演員勞勃・華克（Robert Walker））和希區考克兩個人費盡心思，討論該角色微妙的動作，以避免被審查單位識破副主題其實是同性戀者的求愛。」

第十四回

弗列德・卡薩克[1] Fred Kassak

《刺客夜曲》Nocturne pour assassin：

讀者反被作品讀

自一九九五年起，每年文化廳都會舉辦「國文輿論調查」。也許是反映這年頭的「日語熱潮」，今年（二〇〇六年）七月發表的最新調查結果，新聞報導的篇幅也較往年大了許多。

1 Fred Kassak（1928-2018），法國推理小說家，代表作除本文提到的《殺人交叉點》之外，還有《星期天不下葬》（*On n'enterre pas le dimanche*），曾獲得法國推理小說大獎（Grand prix de littérature policière）。

調查期間為今年二月至三月，以十六歲以上的男女為對象，針對敬語和慣用語的用法狀況，得到二千一百零七份回答。調查結果發現，誤用情況嚴重的慣用語之一為「怒り心頭に発する」（怒從中來）。這句慣用語的意思是怒意自心中油然而生，然而答對的比例僅占全體的十四％，誤以為是「怒り心頭に達する」（內心憤怒直衝腦門）的人，多達將近七十五％。

這個慣用語確實容易混淆。「心頭」指的並不是「心和頭」。這裡的頭，就像「駅頭」（車站附近）、「路頭」（路邊）一樣，是「附近」、「一帶」的意思。換句話說，「心頭」就是心的周邊（心裡）。亦即內心湧出憤怒之意。

最近茂木健一郎[2]提出的感質（qualia）理論膾炙人口，加上腦科學研究長足的進步，不分老幼世代，絕大多數的人應該都知道「心」或「意識」是由頭蓋骨裡的大腦所製造，並且也在「腦袋」中如此理解。但正如同即使在西方，heart一樣除了「心臟」之外也指「心」，原本日本人也認為「心」就在胸口一帶，而不是腦袋，這樣的感性根深蒂固。就像難過的時候我們會說「心痛」而不是「頭痛」。

在日常對話中，我們不會用到「心頭」這種詞彙。把「心頭」的字面拆成「心與頭」，將之理解為「心」所發生的憤怒感情**衝到**「頭」，或許也頗合情合理。日常生活中我們常說「頭にくる」（氣昏頭，字面是「（怒意）衝上頭來」的意思），但如果情感從一開始就是從腦袋發出的，應該就不會用「くる」（來）這個動詞了。

總之，文化廳在調查「怒り心頭に発する」這種少見的慣用語使用狀況前，應該先詢問一下「口頭」或「店頭」這種一般詞彙的意義比較好。因為根據我任意的揣測，應該有不少年輕人會誤以為前者是「嘴唇」而不是「聲音」，而後者是「屋頂或招牌」而不是「店面」。

弗列德・卡薩克的《刺客夜曲》（一九五七年）是一部以極高的完成度為傲的傑作，但其實如果哪一天這部作品不再被人稱為名作，應該才是最為理想的。這就是一部讓人興起如此矛盾感慨的作品。

《刺客夜曲》在法國出版兩年後，由東京創元社列入外國推理叢書《犯罪俱樂部》中

2 茂木健一郎（1962-），日本知名科學家，著書甚豐，也經常出現在媒體上。

的一冊，引介至日本；只能以「精彩」二字形容的驚奇結局，令過往的推理小說迷瞠目結舌。卡薩克在一九七二年全面修改後，出版了改訂版，並獲得該年度的法國推理評論家獎。在日本，則是於二〇〇〇年將這部大幅修改後的決定版譯本放在創元推理文庫中出版（同時收錄另一篇作品《連鎖反應》（*Carambolages*）），使得這部長年絕版的「夢幻名作」再次得到廣受閱讀的機會。

文庫本約一百八十頁左右，是偏短的長篇，由兩名角色輪流擔任敘述者直到最後。其中一名是十年前失去摯愛的兒子波布的「盧尤爾夫人」，另一名則是學生時期與波布過從甚密的「塞里尼昂律師」。

生前的波布，是個只要看到女人就情不自禁要追求的花花公子，他把女友蘇珊娜・潔拉爾送給朋友貝爾納・西蒙後，接著便橫刀奪愛，搶了法律系學生傑克・塞里尼昂的女友克勞蒂・桑佩茲。但波布很快就厭倦了與克勞蒂的戀情，開始誘惑傑克新愛上的女孩薇奧萊特……

塞里尼昂律師告白了十年前所犯下的罪。十年前，就快被波布強姦的薇奧萊特，抓起附近的刀子刺進對方的咽喉，然而波布在死前一刻，也掐住薇奧萊特的脖子，兩人同歸於盡——警方如此斷定的這起凶案，塞里尼昂卻告白說其實是自己衝動之下犯下的雙重殺人。而殺人兇手「我」現在成了個光鮮亮麗的律師，過著幸福的婚姻生活。

然而就在時效逼近的第十年，一個匿名恐嚇者出現在盧尤爾夫人及塞里尼昂律師面前。該人握有決定性的證據，要夫人與律師競標買下那樣**證物**。對盧尤爾夫人來說，是為了洗刷兒子的污名，對塞里尼昂律師而言，則是為了保住社會地位及婚姻生活，雙方無論如何都想要得到它。兩人拚命想方設法。

——需要細心注意的劇情介紹就到這裡，以下將揭開本書的結局並加以分析，尚未讀過本作品，不知道驚人真相的人，請絕對不要繼續往下看！

在恐嚇者主辦的競標中敗下陣來的盧尤爾夫人，決心親手葬送讓兒子波布蒙上污名的真兇。沒錯，傑克・塞里尼昂當時雖然擁有不在場證明，但他心儀的女人兩度被兒子奪走，他肯定就是兇手。夫人終於在深夜的路上槍殺了傑克，但其實她不可挽回地誤會了一件事。也就是犯下雙重命案的真兇——告白自己的罪行的「塞里尼昂律師」，並不是傑克・塞里尼昂。「另一名敘述者」，其實是與傑克・塞里尼昂結婚，以**菜鳥女律師**身分過著忙碌的每一天的克勞蒂・塞里尼昂（舊姓桑佩茲）。

這也就是所謂的敘述詭計。相對於作品角色的兇手為了誤導偵查機關而設下的一般詭計，人們如此稱呼作者直接對讀者設下的後設層次（meta level）的詭計。

其中像《刺客夜曲》這種讓讀者誤會某個角色的性別的敘述型計謀，有時會特別稱為「性別詭計」。像本書，讀者一直深信「塞里尼昂律師」的獨白是來自男性的傑克・塞里尼昂，卻在故事的最後一行，發現那其實是女性的克勞蒂・塞里尼昂。書中的一切鋪陳，全都是為了製造這樣的驚奇。

讀者確實有足夠的理由相信敘述者塞里尼昂律師是男性而非女性。傑克・塞里尼昂是最憎恨波布的人，而且塞里尼昂律師抽菸，對公共電話亭裡「墨里斯是**戴綠帽老公**！」

（粗體為引用者所加）的塗鴉過度反應，他甚至犯下雙重殺人這種可怕的罪行……當然，讓讀者誤認性別最主要的因素之一，就是讀者是否存有性別刻板印象，直接把塞里尼昂的「律師」頭銜當成了「男人的職業」。

結尾揭穿雙重命案的真兇是誰時，以為在讀作品的讀者，會發現其實是自己被作品給**讀**了。咦？你也被騙了嗎？——律師這一行是只有男人才能幹的嗎？作者早就看透了特別是潛藏在男性讀者內心的性別刻板印象了。

雖然問世之後已經過了將近半個世紀，但《刺客夜曲》的「攻擊力」絲毫沒有減弱。從這次的課堂上，讀完本書來上課的學生不分男女，沒有半個人想到法律系學生克勞蒂·桑佩茲將來成為律師，與放棄成為律師的傑克·塞里尼昂結婚的可能性來看，亦可見一斑。這表示應該在戰後的教育中一直提倡的「男女平等」理念，即使對八〇年代出生的年輕人來說，也僅止是「腦袋」理解層次的知識罷了嗎？

第十五回

吉兒・馬貢 Jill McGown

《復仇掩護者》The Stalking Horse

復仇鬼出籠

本年度（二〇〇六年）的上學期課程，我也請學生讀了威廉・艾利希的《幻影女子》（一九四二年）。這部以紐約為舞台的作品已經在第一、二回討論過，我在文中分析主角年輕的情婦凱蘿・瑞齊曼對火車站站員說「今年的道奇隊似乎沒有勝算呢」，反映出她被迫隱忍的處境。一直要到《幻影女子》出版十三年後的一九五五年，布魯克林道奇隊才總算擊敗宿敵洋基隊，贏得世界第一的封號。

談到道奇隊的根據地遷移，我想起一句印象深刻的電影台詞，出自瑪麗蓮夢露展現喜劇才能的電影《熱情如火》（*Some Like It Hot*，一九五九年）。在黑幫經營的地下酒店，傑克・李蒙（Jack Lemmon）飾演的低音提琴手傑利正為了發薪日而開心，東尼・蔻蒂斯（Tony Curtis）飾演的薩克斯風手喬興沖沖地說要把兩人的薪水拿去賭明天的賽狗。傑利擔心萬一輸光怎麼辦，喬巧言哄騙，「別老往壞處想，擔心被卡車撞、股票暴跌、瑪麗・畢克馥（Mary Pickford）和道格拉斯・費爾班克斯（Douglas Fairbanks）離婚、**道奇隊離開布魯克林**、密西根湖的水滿出來那些事。」

這部電影以不久之前的禁酒令時期（一九二〇至三三年）為背景，不過布魯克林道奇隊是在電影上映的前年，一九五八年的賽季開始變成洛杉磯道奇隊。看來蔻蒂斯飾演的薩克斯風手雖然流落到芝加哥演奏，但家鄉似乎是紐約下城。

《熱情如火》的導演是無人不知的巨匠比利・懷德[1]，不過從他與同行的電影導演卡

1 Samuel "Billy" Wilder（1906-2002），美國最成功的導演之一。代表作有黑色電影《雙重保險》、愛情喜劇《熱情如火》、《公寓春光》、《龍鳳配》、推理電影《控方證人》等等，不知凡幾。

梅倫・克羅[2]的對談錄《與懷德對話》（*Conversations with Wilder*），可以看到更耐人尋味的插曲。開始選定《熱情如火》的演員時，懷德與寫劇本的夥伴I・A・L・戴蒙德（I.A.L. Diamond）各自帶著妻子一起去看道奇隊的開幕戰。當時在球場的開幕儀式中登場的人物之一，就是喬・E・布朗（Joe E. Brown），他在電影中熱烈追求男扮女裝的傑克・李蒙，說出留名電影史的最後一句台詞——Well, nobody's perfect（好吧，世上無完人）——惹得全場觀眾爆笑。懷德從默劇時代就看過布朗幾次，對他有印象，但不知道在五〇年代後半當時他還在演戲，看到布朗登場的瞬間，懷德便忍不住大喊，「就是他！非他莫屬！」立刻邀他參與演出。

懷德沒有詳細說明年代，不過《熱情如火》在一九五八年八月至十一月拍攝，於隔年一九五九年三月上映；而導演「重新發現」喬・E・布朗，是一九五八年的季賽開幕戰——換句話說，是道奇隊來到電影之都所在的美國西岸的第一年。因此東尼・蔻蒂斯飾演的薩克斯風手的那段台詞，對東海岸的球迷來說，等於是**現實到不行的未來預言**，實在教人笑不出來吧。畢竟他們在一九四〇年代後半之後，好不容易才培養出一支強隊道奇隊，它卻就此撒手離去。懷德的心眼實在太壞了。

開場白有點太長了，這裡例行報告一下「上學期評量」的結果吧。這次指定給學生的報告文本，是吉兒・馬貢的《復仇掩護者》（一九八七年）。擁有《完美絕配》（*A Perfect Match*，一九八三年）、《舞者之死》（*Death of a Dancer*，一九八九年）等代表作的馬貢，名符其實，是真正繼承阿嘉莎・克莉絲蒂及克里斯緹安娜・布蘭德（Christianna Brand）衣缽的現代英國「推理天后」。《復仇掩護者》是馬貢的成名作，也是一部令人讀後興奮不已的精湛之作。

主角比爾・霍爾多喫違十六年重返故鄉。被判終身監禁的他，好不容易盼到了假釋。比爾的罪名是殺害外遇對象、青梅竹馬艾麗森，並為了封口，把她的丈夫雇來調查外遇的私家偵探也給謀殺了——然而其實比爾並未殺害任何人。他想要從頭釐清命案，設法查出讓他蒙上殺人污名的真兇。唯有這復仇的念頭，支撐著這名含冤服刑的男子。比爾出獄以後，和相信他的清白的女記者珍・溫特沃斯合作，著手挖掘十六年前的命案真相……

2 Cameron Crowe（1957-）美國導演，代表作有《開放的美國學府》、《征服情海》、《成名在望》。

選擇《復仇掩護者》做為報告主題，當然是有所考量的。這部作品描寫的是已經被課以荒謬刑罰的冤罪者的調查活動，希望學生能夠和已經在課堂上讀過的《幻影女子》做比較。《幻影女子》是一部「時限型懸疑」作品，描述搶在無辜男子命喪死刑台之前證明他清白的故事，行刑日前的倒數計時，更強烈地營造出迫切感。相對地，《復仇掩護者》則是以一九六九年廢除死刑後的英國為舞台，以某個意義來說，能夠「無時限」地尋找真兇。兩者還有一個明確的不同，即《幻影女子》是好友傑克・隆巴替牢獄中無辜的男子奔走調查，而《復仇掩護者》則是無辜男子自己便化身復仇鬼，徹底追查冤案。

不過，馬貢女士將這部小說的命案設定在死刑廢除的隔年發生，同時未將它寫成像《幻影女子》那樣的「時限型懸疑」作品，這樣的安排本身，其實就是本書「詭計」的核心。既然甚至捨棄營造懸疑效果，也要讓無辜的男子親自追查命案，其中必定有著宏大的戰略意圖。這次我要避免解說謎底，因此難免有隔靴搔癢之感，但真相揭曉的那一刻，讀者應該會發現原來這部作品是「遲來的青春推理小說」。

死者艾麗森自小就被認為將來一定會與主角比爾結婚，比爾把目標集中在可能對艾麗森心存殺意的人進行調查，對於後來發生的私家偵探命案，則當成生魚片旁邊的白蘿蔔絲般看待。他完全把自己視為世界中心的「主角」，也可以說是耽溺在青春時代的「傲慢的特權」。主角對青梅竹馬的痛惜之深，正是最大的誤導，讀者愈是將感情代入這名無辜的男子，看到真相揭曉時，衝擊也就愈大。

學生（尤其是女生）的報告中，有不少人批評女記者珍·溫特沃斯這個角色對主角「太方便」，我對此完全同意，不過安排珍這種付出不求回報的愛情的協助者登場，似乎正證實了馬貢女士參考了先行作品《幻影女子》的協助者傑克·隆巴。

松本清張

《點與線》点と線

……獨步文化，二〇一九

破解「四分鐘假說」的矛盾！

自戰後不久的一九四七年起，《每日新聞》每年都會舉辦「閱讀輿論調查」，今年的最新調查結果出爐了（二〇〇六年十月二十六日特輯報導）。這份於全國三百個地點，對十六歲以上共兩千八百二十四名男女進行的問卷調查結果，詳情請至附近的圖書館查閱，個人頗感興趣的數據，是針對「想要閱讀更多的書籍或雜誌嗎？」這個問題，各個世代的回答。

對於這個問題，回答「想」的人占了全體的六十六%，然而從年齡分布來看，十五至二十歲為八十二%，數字極高，二十至四十歲為七十%，五十歲至六十歲為六十八%，六十至七十歲大幅下降，為五十七%，到了七十歲以上更是暴跌，只剩下三十六%，很顯然地，隨著年齡增長，閱讀欲也跟著減退。

我曾在連載中抱怨，說文庫本的字體變得比以前大了許多。將字體放大，以易於閱讀的趨勢，在所謂的「團塊世代」開始戴起老花眼鏡的一九九〇年代成了「時代的要求」，各出版社開始將書籍改版，特別是文庫本的排版變得寬鬆，如此一來，頁數必然會增加，書籍價格也會上漲。

但是根據前文提到的「閱讀輿論調查」，年輕世代的閱讀欲望極為旺盛——雖然我不否認這有可能僅止是想想而已，相反地，不斷高聲批判「最近的年輕人都不讀書，不像話！」的大人（團塊世代以上的人們），才是確實地遠離鉛字。

這樣的話，為了中老年人而把文庫本的字體放大，甚至提高價格，其實是違反現實需求的。想要讓青少年讀者閱讀的海外及日本名作文學的文庫本，應該恢復過去那種緊密的排版，調降價格，顯然才是正確的經營之道——像是我每個月都期待出版，會購買幾本的光文社《古典新譯文庫》，對年輕人的眼睛來說，排版也舒適過頭了。要培養能自由運用的零用錢還不多的「未來的讀者」，小字體就足夠了。

——言歸正傳。從這一回開始，將進入下學期國內篇的課程。讀過江戶川亂步的初期短篇和芥川龍之介的〈竹林中〉，以及代表戰後本格派的橫溝正史的《惡魔的手毬歌》之後，接著終於要介紹社會派推理小說的第一把交椅，松本清張的名作《點與線》（一九五八年）了。從開頭提到的最近一次「讀書輿論調查」中也可以看出，松本清張現在依然名列「最喜歡的作者」第四名，雖然逝世已經過了十四年，但人氣絲毫未見衰退。最近他的代表作《砂之器》《黑革記事本》重新翻拍成電視劇等，跨媒體結合的效果，應該也是讓他的人氣延續不墜的主因。

關於這位大師的生平，應該毋需贅述了。松本清張以〈某「小倉日記」傳〉（一九五二年）獲得芥川獎後，正式展開作家生涯，以短篇集《顏》（一九五六年）得到日本偵探作家俱樂部獎，一九五八年完成描寫支票詐騙的《眼之壁》及描寫官商勾結貪污事件的《點與線》，皆大為暢銷，一舉奠定他在文壇的不動地位。附帶一提，即使不是狂熱的書迷，也推薦前往清張故鄉的北九州市小倉的松本清張紀念館一遊。清張原本在東京杉並高井戶的住家書房和會客室整個遷移到該紀念館，在作家的紀念館當中，我從未見過比這裡更豪華的。

——回到正題，進入被譽為旅行推理先驅的《點與線》的分析吧！事件從一對男女被人發現雙雙陳屍於九州博多的香椎潟海岸揭幕。男女喝下摻有相同毒藥的果汁，看似殉情。女方是在赤坂料理店當招待的阿時，男方是公務員，在中央機關擔任副課長的佐山憲一。其實警方認定佐山是某起貪污事件的關鍵人物，正準備傳訊他問案，結果他竟突然身亡了。

然而，沒有任何一個人知道佐山與阿時的關係親密到甚至會一起殉情，就連親兄弟都對兩人的殉情震驚不已。但又有人明確地作證兩人狀似恩愛地一同出發前往博多。阿時的兩名同事、一名店裡常客，以及機械工具商安田辰郎偶然在隔壁月台目擊到兩人相偕搭上從東京車站出發的臥鋪特快車「朝風號」。由於安田與正捲入貪污疑雲的政府人員過從甚密，警視廳的三原刑警對他過於湊巧的目擊證詞心生懷疑，為了拆穿安田的不在場證明，東奔西走……

松本清張的《點與線》當中有個矛盾，也就是膾炙人口的「四分鐘的假說」。現在市面上最容易買到、因此我指定做為課堂文本的新潮文庫版中，平野謙在書末的解說指出了這個「瑕疵」。以下扼要說明。

在到站與發車的列車絡繹不絕的東京車站，從相隔兩條鐵軌的隔壁月台，可以看到開往博多的特快車「朝風號」停靠的東海道線月台的時間，就只有短短四分鐘而已。目擊者安田辰郎確實可以設法將阿時的同事帶到月台，好趕上那四分鐘。但問題是，身為無辜被害人的佐山與阿時這兩個人，**怎麼會兩兩相伴，而且這麼湊巧，就在那短短的四分鐘之間，出現在對面月台上？**（儘管兩人搭乘的「朝風號」在東海道線的月台停留了四十一分鐘之久）接下來將提及事件意外的幕後黑手，尚未讀過《點與線》的讀者，請先讀過作品再繼續看下去。

在故事的解決篇中，讀者將為兩名人物的形象徹底翻轉而驚訝。其中之一是安田辰郎體弱多病的妻子亮子。亮子由於罹患絕症，經常臥床不起，總是將時刻表當成枕邊良伴，她就是想出香椎潟海岸雙重殺人計畫的「真兇」。而另一個印象翻轉的則是女招待阿時。在認領遺體的場面中，佐山的哥哥輕蔑地形容阿時是個「狐狸精般的女人」，而來自秋田鄉間的阿時的老母，對此只能默默承受，阿時就宛如集讀者同情於一身的可憐被害人……然而其實阿時是在安田之妻亮子的公認下，領取薪資的「安田的小三」，這讓她是否是全然無辜的被害人，留下了疑問。

關於東京車站的「四分鐘的假說」，清張並未在作品中解決它的矛盾，但應該可以解釋為是**被害人一方刻意為之**。而且不是安田的主意，肯定一樣是幕後黑手的亮子所寫下的劇本。亮子由於無法和丈夫有床笫之歡，便用錢為丈夫「買」了個女人，也許她一樣用錢，把這個女人也斡旋給鰥夫佐山。在東京車站的東海道線月台上，看在敏銳的女人眼中也狀似親密地現身的這兩人，或許曾在某些地方發生過肉體關係。要解決平野謙指出的矛盾，推測阿時在雇主亮子指定的時間（那四分鐘之內！）帶著佐山搭上「朝風號」，就可以拿到一筆獎金，似乎是最為合情合理的解釋。

有學生說，只是男女陳屍在一起，「驗屍沒有他殺屍體那樣縝密，也**完全沒有進行偵查**」，質疑警方會如此草率地處理非自然死亡事件嗎？我舉出前些日子秋田發生的幼童米山豪憲[1]死亡的例子，說「天氣那麼冷，感覺警方會用一句『沒錯，就是殉情』打發掉吧」，讓學生似乎很不滿。對於八〇年代出生的學生來說，不知道是杉下右京[2]的活躍，還是劍持、目暮兩位警部[3]的人品使然，讓他們似乎意外堅定地信賴警方。

1 指二〇〇六年發生的秋田連續殺害兒童案件。兇手畠山鈴香陸續殺害自己的女兒與鄰居的小孩米山豪憲，第一起命案當初被警方認定為意外死亡。

2 杉下右京為日本朝日電視台及東映聯合製作的刑警電視劇《相棒》中的主角之一。

3 指劍持勇及目暮十三，分別為《金田一少年之事件簿》及《名偵探柯南》中的刑警角色。

第十七回

《人偶為何被殺》
人形はなぜ殺される

高木彬光

佛洛伊德的徒孫

修訂後的《教育基本法》，在前年（二〇〇六年）十二月十五日於參議院全體會議中通過成立。先前成為議論焦點的所謂「愛國情操」，明記於第二條（教育的目標）第五項，「尊重傳統與文化，愛鄉愛國，尊重他國，培養貢獻國際社會和平及發展的精神」。內容可圈可點，基本上我沒有異議。

不過這新的《教育基本法》的「目標」能否如同它所提倡的達到效果，我深感懷疑。

雖然我只能根據自己的經驗來談，不過身為團塊二世世代的我在就讀大阪的府立高中時，在校內最有勢力的教師，都是在六〇年代與七〇年代大肆抗爭過「美日安保條約」，卻又不可思議地在思想上妥協，成為公務員的一群精明人物。日本史教師對排球比賽的「日本！恰、恰、恰！」的加油聲＋三下拍手怒不可遏，「這太不像話了！不可以說國名，要喊選手的名字加油！」教地理的導師反對升日之丸國旗而缺席畢業典禮，最後在教室裡給我們的臨別贈詞是，「以後工作要選擇工會強大的公司。」

這些教師本身的「心靈教育」，實在不能算是成功。因為我和我的朋友肯定就是因為這些教師，而成了思想有些右派的高中生。來自講台上的尊貴薰陶，在教育上顯然造成了反效果。所以所謂的愛國情操教育，對小學生或許還管用，但是到了高中，我覺得很有可能朝著政治人物所期望的另一個方向反彈。

這次閱讀的《人偶為何被殺》（一九五五年），是與橫溝正史、鮎川哲也等人共同締造戰後本格推理小說熱潮的高木彬光的代表作。高木以得到江戶川亂步推薦的出道作《刺青殺人事件》（一九四八年）受到讀者好評，以描述眉清目秀的天才型偵探神津恭介的活躍的本格作品打響知名度，並且在社會派推理興起的時期，以《成吉思汗的祕密》（成吉思汗の秘密，一九五八年）等歷史推理開拓新境界，此外還有以近松茂道及霧島三郎等檢察官擔任偵探角色的系列，獲得廣泛支持。

高木的著作有段時期不好在書店買到，不過最近光文社文庫以「高木彬光全集」為名號，逐步重新出版他的代表作。《人偶為何被殺》與神津恭介系列的另外兩篇短篇合併收錄的新裝版也在前年四月出版了，因此我立刻把它加入下學期的課程當中。首先介紹一下劇情。

在業餘魔術師的新作發表會上，與真人唯妙唯肖的人偶頭，竟眾目睽睽地從後台消失了。這就宛如預告著悲劇的發生，飾演在舞台上被砍掉首級的「女王」的京野百合子，日後被人發現淒慘地遭到斬首死亡。被害人的首級被兇手帶走，現場掉落著從後台消失的人偶頭部。法醫學者神津恭介出面破解命案之謎，然而嫌犯全是老練的業餘魔術師，難以對付。而且緊接著發生了國會議員綾小路實彥的次女佳子命案，兇手竟讓名偵探搭乘的列車輾斷被害人的身體，挑釁意味十足。這第二起命案，也是先有人偶被列車輾斷，預告了不祥的未來。人偶為何被殺？神津前往綾小路家的別墅，然而那裡又發生了第三起「滅口殺人」，案情更加撲朔迷離……

這部作品最大的賣點無庸置疑，是第二起命案所使用的大膽詭計。兇手讓沉默的人偶被列車輾得四分五裂後，當晚繼這場「預演」之後，把應該是被迷昏的綾小路佳子柔軟的身體放在冰冷的鐵軌上。事前有人偶被殺，不能單純視為只是為了製造怪奇氛圍，或滿足獵奇嗜好。讓列車輾過人偶，其實是為了確保堅不可摧的不在場證明，兇手的奸巧，即使在作品發表後過了半個世紀的現在，我敢保證依舊能為讀者帶來新鮮的驚奇感受。

——話說回來，《人偶為何被殺》雖然是高木彬光的本格作品中數一數二受歡迎的作品，然而再次讀過，也讓我重新確認有個無法釋懷的部分。不，其實這也讓我了解到這個疑問正是這部傑作真正前衛的地方……在解說這一點之前，我必須警告接下來將要揭露命案結局，請尚未讀過此作品的讀者就此打住。

第一次讀的時候，讓我耿耿於懷的是一連串慘案的主犯精神科醫師澤村幹一的「動機」，與「犯罪內容」實在不匹配。澤村醫生與綾小路家「最後一個女兒」典子舉行婚禮的時候，神津恭介闖入禮堂，指名他就是兇手，將其逮捕，當晚澤村醫生便在警視廳的拘留室服毒自殺了。因此他的動機並非本人親口招認，僅僅是神津推測他的目的應該是為了獲得綾小路家的「億萬巨富」。

真正與綾小路家有仇的，是共犯京野百合子。百合子的生父綾小路實彥拒絕承認她這個女兒，而可能與百合子有肉體關係的水谷良平，又與她同父異母的妹妹綾小路佳子訂婚。百合子在強烈的嫉妒之下，不知在何時何地與澤村醫生聯手，醞釀出滔天犯罪的胚胎。第一起命案的「無頭屍體」其實並不是百合子，而是在澤村擔任副院長的精神病院長期住院的綾子路家的長女滋子。而百合子偽裝成滋子住院，她遲早會成為綾小路家最後一個人，繼承全部的財產，與澤村分贓。但澤村愛上了綾小路家的三女典子，甚至成功與她訂婚，遂將共犯百合子當成「綾小路滋子」，暗中葬送掉她。

這裡值得注意的是綾小路典子愛上澤村醫師的經過。姊姊滋子住院的時候，典子偶爾會去澤村的醫院給姊姊探病，但當時她與澤村並不親近。典子的說法是，「發生了那樣的慘劇，我精神上實在承受不了，因此多次前往醫院診療，那叫做**精神分析**嗎？在接受那種治療的過程中……」（粗體為引用者所加）

在日本，佛洛伊德的學說是從戰前的一九二九年，春陽堂出版《佛洛伊德全集》（フロイト全集）之後開始廣為人知的。任教於東北帝國大學的精神科，也曾經到維也納留學（在當地和佛洛伊德見過面）的古澤平作[1]，回國後於一九三三年，在東京玉川開設了日本第一家精神分析診所。悠遊於虛實皮膜[2]之間——戰前戰後二十多年之間，古澤醫師是日本唯一一名了解精神分析，並且實際進行醫療行為的醫師，感覺澤村年輕時應該曾經拜在他的門下。

雖然不清楚澤村醫師的「精神分析」方法是什麼，不過無法否認他可能為了讓綾小路典子愛上自己，對她做出了某些「暗示」。不，即使他沒有這麼做，精神疾病的患者原本就特別容易對主治醫師心生依賴。回想起來，澤村也曾花言巧語地操縱第二起命案的被害人次女佳子，讓她自掘墳墓，而且他也任意控制了對綾小路家恨之入骨的京野百合子，使她成為自己的棋子之一。

名偵探神津恭介感慨說真兇澤村幹一是「天才殺人魔」、「最難纏的敵手」。不過這樣一個強敵卻輕易地自殺身亡，徒留空洞的印象。我怎麼樣都無法從他身上感受到為了獲得億萬巨富，奪取包括共犯在內的四人性命的貪婪。如果澤村不是個變態殺人魔，沒錯，或許其實他也受到了操弄——被當時的尖端科學、甚至能詐騙式地控制人心的「精神分析」這種船來思考給操弄。

1 古澤平作（1897-1968）：日本精神科醫生，以佛洛伊德的學說為底，發展出日本獨自的精神分析學說，為日本的臨床精神醫學打下基礎。

2 「虛實皮膜」是江戶時代的淨瑠璃及歌舞伎作者近松門左衛門的藝術論，認為藝術的真髓，在於虛構與現實幽微的狹縫之間。

第十八回

筒井康隆

《羅特列克莊事件》ロートレック莊事件

僅靠文字魅惑人心的魔法

筒井康隆的斷筆宣言騷動，實在是恍如隔世[1]。與小松左京、星新一並稱日本科幻小說界「御三家」等，有諸多稱號的筒井康隆，在推理小說領域也有兩部歷年最佳傑作等級的作品。

其中之一是一九七八年出版的《富豪刑事》。這部連作短篇集描述一名屈指可數的大富豪的兒子不知何故，竟跑去當刑警，以揮金如土、脫離常識的偵查方針，漂亮破解種種困難案件。作者透過塑造出一個無極限地揮霍自己的錢（正確來說是父親的錢）的「富豪刑警」，嘲笑平凡刑警摩頂放踵一步一腳印的偵辦行動，甚至反砍一刀，將古典名偵探的邏輯推理解決方式都給一併斬斷。作者筒井可說是揭示了比起必須解決的「謎團」的設定，搞不好或許已落入俗套的偵辦方法——亦即通往「解謎」的手段，更是一片值得開拓的沃野。

這部《富豪刑事》不久前才將主角刑警的性別從男性變更為女性，並請來偶像深田恭子擔綱女主角，改編為電視連續劇。而筒井推理作品的另一部代表作《羅特列克莊事件》（一九九〇年）則是一部永遠都不可能改編成影視的作品。首先我非常**表面地**介紹一下劇情。

夏季尾聲，身為畫家兼電影導演的「我」，與好友工藤忠明兩人一起拜訪俗稱羅特列克莊的別墅。這處別墅目前的屋主是實業家木內文麿，裡頭有三名魅力十足的新娘候選人

1 一九九三年，筒井康隆收錄於高中國文教科書的作品〈無人警察〉遭到日本癲癇協會抗議有歧視癲癇病患之嫌，歷經後續種種風波之後，筒井一怒之下，宣告斷筆。後來在各方協調之下，重於一九九六年宣布復出。

正等待著「我」們的到訪。這三人是木內正值花樣年華的獨生女典子，以及她的同學牧野寬子和立原繪里。「我」深受牧野吸引，她也很愛慕「我」。然而問題是，她的家境並不富有。「我」拍的第一部電影並不賣座，為了拍攝下一部作品，「我」需要一個願意大手筆資助的金主。但「我」不願意欺騙自己的感情，依舊與牧野結為連理。然而就在隔天早上，兩道槍聲劃破了羅特列克莊清晨冰冷的空氣！才剛與「我」互許終身的可憐的牧野，身中某人射出的凶彈，香消玉殞……

雖然並未被暴風雨或暴風雪隔絕，不過本書應該可以算是以「封閉空間」做為舞台的猜兇手小說。警方接獲通報，趕到羅特列克莊後，當然也考慮過外人犯案的可能性，但兇手無疑就是內部人士，在「第十六章　錯」的最後三行暗示真相之前，讀者就可以指出甚至殺害了剩餘兩名新娘候選人的連續槍殺犯是誰……不過筒井康隆這名鬼才的妙筆，可不會讓事情如此輕易落幕。

不管怎麼樣，沒有親自讀過本作品的人，即使讀了接下來的劇情介紹，或許還是不解為何**它**無法改編成影視作品。理由是這部作品隱藏真兇的手法極為特殊。文庫版的話，本書是以亨利・德・土魯斯＝羅特列克（Henri de Toulouse-Lautrec）的繪畫代表作之一

《珍・阿芙麗兒》（*Jane Avril*）做為封面，並印刷了作者、書名及「新潮文庫」四個字而已，但一九九〇年出版的初版精裝本，在封面而不是書腰上，堂而皇之地印上了以下的挑釁詞句：

兩道槍聲！

夏季尾聲，慘劇在美麗的洋樓揭開了序幕……

無法搬上螢幕。前無古人的語言詭計。挑戰讀者的後設推理。這部作品是「一本書，兩次享受」。

敬請各位書評家切勿揭穿本書詭計。

這裡所說的「語言詭計」，現在一般稱為「敘述詭計」。也稱為「記述詭計」的敘述詭計，已經在第十四回介紹弗列德・卡薩克的《刺客夜曲》（一九五七年）時解說過了。亦即，相對於作品角色的兇手為了逃離偵緝而設下的一般詭計，敘述詭計是作者直接對讀者設下的後設層次的詭計。

更淺白一點說明，應該可以說是文章作者利用讀者的「成見」而設下的詭計。舉個老套的例子，就類似這種問題，「一對警察與模特兒夫妻在山路上賽跑。上坡警察跑得比較快，下坡妻子跑得比較快。先跑到終點的會是誰？」抗議光從這段文章無法看出誰會贏的人，就是基於經驗認定丈夫（男）一定是警察，妻子（女）一定是模特兒。但如果這對夫妻，丈夫是雜誌《JUNON》出身的模特兒，妻子是正義感十足的警察，那麼上面的文章，等於已經明白地點出不管是上坡還是下坡，都是妻子跑得比較快。

一般在向人介紹使用敘述詭計的推理作品時，揭穿它是「敘述推理作品」被視為禁忌。其中有些作家被稱為「敘述詭計的名家」，像是中町信或折原一，讀者在閱讀他們的作品時，就會以遇到這類詭計為前提，儘管有這樣的例子，但完全是特例。而這本《羅特列克莊事件》，作者筒井也完全沒有義務預告本書採用了敘述詭計，但他仍自信十足地認為本書的詭計絕對不會被識破，向讀者扔出手套要求決鬥。尚未閱讀本作品的諸賢，請務必挽起袖子，接受挑戰。

前面的劇情介紹沒有提到，其實「第一章　序」裡面，首先描述了本書的主角「我」——重樹，在八歲的時候因為脊椎受傷，下半身停止成長，成了個侏儒。重樹本人說，「真是諷刺啊，木內文麿收藏的對象，居然是形貌與我相似的羅特列克的作品。」正如同美術愛好者都知道的，將海報提升至藝術境界的巨匠羅特列克由於遺傳性的骨骼疾病，加上十幾歲時的骨折，導致下半身未能充分成長，外貌與正常的成人相去甚遠。

對於這名青年重樹的設定，佐野洋在新潮文庫的書末解說裡有些疙瘩地說「拿身體殘障者做為題材娛樂大眾，讓人有些難以釋懷」，不過我想這段發言是考慮到要讓本書的敘述詭計成立，將主要人物之一設定為侏儒，完全不是必要條件。因為只要把故事最後階段，別墅裡用來運送料理等等的小型升降機被用來犯罪的部分稍加改寫，應該也可以寫成一部只有**所謂的健全者**登場的一般（？）敘述詭計作品。

但筒井康隆沒有這樣做。這不僅僅是因為他想要透過登場角色，來描寫羅特列克只能以局外人的目光去看那些歌頌青春的健康幸運人士的孤獨，而且他也不想讓這部作品僅止於是一部運用了嶄新敘述詭計的「拐騙小說」。如果讀者是**所謂的健全者**，看到身為侏儒的重樹被女人吹捧為「帥得要命的美男子」，三名美麗女孩為了奪得他的歡心而爭風吃醋

（父母也都希望自己的女兒和重樹結婚），肯定會覺得渾身不對勁。同時，對於重樹與牧野的床戲，一定也會懷著特別的好奇心去讀。沒錯，「最大的謎團，就是為什麼這種男人會這麼吃香！」男學生這樣的發言儘管赤裸裸，但當然也難掩其中的心虛。

當敘述上的詭計揭曉，看見故事中先前視而未見的部分時，讀者將對畫家兼電影導演的青年的真面目驚愕萬分，同時恍然大悟。而這樣的**恍然大悟**，也讓人驚覺這正證明了我們對身障者的歧視。

第十八回的下課休息

這次做為敘述詭計的例子而舉出的「警察與模特兒夫妻」的謎題，是從約翰・斯萊德克[2]在他的代表作《看不見的綠》（*Invisible Green*，一九七七年）中介紹的「法官與模特兒」的例子改寫的。噢，《看不見的綠》並不是以敘述詭計為主的作品，因此在這裡說出它的書名也無妨。雖然我不認為這部作品以廁所為舞台進行的知名密室詭計很棒，但相關的神祕怪事全都邏輯分明地解開，並且幽默十足，是一部難能可貴的優秀作品。

此外，即使會破哏，但我無論如何還是想舉出書名介紹一部敘述詭計小說，那就是真木武志[3]的《維納斯的命題》（ヴィーナスの命題）。不僅是敘述詭計的機關本身讓人驚豔，機關與找兇手過程之間的關聯也極為精彩，我從來沒有看過**像這樣**利用敘述詭計的傑出作品。

2 John Sladek（1937-2000），美國推理、科幻小說家。以諷刺、超現實的作風著稱。

3 真木武志（1971-），二〇〇〇年以横溝正史獎決選作《維納斯的命題》出道，目前僅有此部作品。

第十九回

有栖川有栖《雙頭惡魔》

双頭の悪魔

……小知堂，二〇〇二★

在世界的中心呼喊邏輯

二〇〇七年二月底，巴黎市內某棟公寓，有兩幅估計總價五千萬歐元（換算成日幣約八十億圓！）的畫失竊了。住戶是那位畢卡索（Pablo Ruiz Picasso）的孫女，失竊的畫便是她偉大的爺爺的作品。由於沒有強行闖入的痕跡，手法疑似行家……不過居然把價值連城的畫直接就掛在公寓牆上，這神經不會太大條了嗎？

但話又說回來，即使把珍貴的畫寄存在美術館，也無法完全放心，因為現實上存在著一個巨大的失竊繪畫地下市場。前些日子，我津津有味地讀完了生動描寫美術犯罪偵查不為人知內幕的實錄作品《追查孟克！奪回〈吶喊〉的倫敦警視廳美術特搜班的一百天》（*The Rescue Artist: A True Story of Art, Thieves, and the Hunt for a Missing Masterpiece*，愛德華・多爾尼克（Edward Dolnick）著），名畫散發的光輝愈是強烈，背後的影子理當也更深更濃。上一回（第十八回）偶然才剛介紹了以畫家羅特列克為主題的筒井康隆的傑作《羅特列克莊事件》（一九九〇年），不過與羅特列克同為將油彩速寫提升至藝術境界的創始者的，就是大名鼎鼎的《吶喊》（*Skrik*，一八九三年）的作者愛德華・孟克（Edvard Munch）。

名畫《吶喊》實在太有名了，甚至讓人覺得有名過了頭。不祥的紅色天空底下，彷彿骷髏頭般的詭異人物雙手摀耳，嘴巴大大張開……據說這名宛如骷髏頭的人物是作者孟克把他的幻覺體驗直接塗抹在畫布上而成。一八九二年孟克在病榻寫下的回憶筆記中說，「我筋疲力盡，靠到扶手上，在青黑色的峽灣與市街上空，看見了血色與火舌。朋友已經先走了，但我佇立在原地，害怕得直發抖，聽見貫穿大自然的無盡吶喊聲。」──沒錯，其實在吶喊的並不是骷髏般的人物，而是圍繞著他的「自然／世界」！

——對了，孟克的《吶喊》也被現代推理小說界的矚目新星道尾秀介做為重要的小道具，運用在作品《影子》（二〇〇六年）裡。心愛的妻子被病魔奪走後，丈夫不知為何在葬禮結束後，在自己的房間牆壁掛上了《吶喊》的複製畫。作者道尾——不，正確地說，是作品中的該名角色，在寄給姊姊的信中，如此說明這幅畫，「妳知道嗎？就是那個張大了眼睛和嘴巴**發出慘叫的男人**（粗體為引用者所加）」。

不必挑剔這是誤認事實，作者道尾顯然是把在日記中說「疾病、瘋狂與死亡，是糾纏我這一生的天使」的孟克（孟克自小就體弱多病，畢生受到恐慌症及廣場恐懼症所折磨，四十五歲的時候，由於極度精神衰弱，不得不住院了八個月之久），與在房間掛上不適合做為裝飾的《吶喊》複製畫的小說角色重疊在一起，傳達出這樣的訊息，如果周圍全都失常了，有時自己必須拚命發出吶喊，才能保持理智。

除此之外——或者說總算要進入課程正題了，身為新本格推理首棒跑者之一，持續奔跑的有栖川有栖的代表作《雙頭惡魔》（一九九二年）裡，也有提到《吶喊》的場面。作者有栖川——不，正確地說，是登場人物有馬麻里亞聽到樂團平克．佛洛伊德（Pink Floyd）的歌曲〈小心斧頭，尤金〉（Careful With That Axe, Eugene），不由得恐懼萬分，渾身爬滿雞皮疙瘩地說，「看到孟克的名畫《吶喊》時，我覺得那是一幅很美的畫。**摀住雙耳尖叫的男人**，那張表情總有些惹人疼惜。不過這首曲子卻不是這樣。」（粗體為引用者所加）

《吶喊》這幅畫，完全沒有必要回歸作者孟克的個人體驗，做出絕對的解釋。在二十世紀歷經兩次大戰的人們，從被納粹指定為「頹廢藝術」的孟克自畫像式的骷髏人當中，聽見了普遍的絕望吶喊，益發認同這幅畫在藝術上的價值，與它產生共鳴。在現代，把這位骷髏人視為是為了抵抗幾乎要壓垮自我存在的恐懼而發出吶喊，這樣的解釋應該是更有說服力的。

——好了，接下來要進入正題，《雙頭惡魔》的內容了。有栖川在一九八九年以鮎川哲也推薦的《月光遊戲》出道，貫徹在現代繼承艾勒里·昆恩的作風，尤其是初期的作風——以《羅馬帽子的祕密》（*The Roman Hat Mystery*）為首的「國名系列」，以及從《X的悲劇》（*The Tragedy of X*）開始的「悲劇四部曲」——的態度，格外講求公平提示線索，以及透過邏輯推理來找出兇手。其中《雙頭惡魔》可以說是一部幾近完美之作。接下來將要非常簡單地介紹一下故事劇情，如果想要從《雙頭惡魔》這部作品開始接觸有栖川的推理世界，請記得本作是以英都大學推理小說研究會會長江神二郎擔任偵探的系列作品的第三集（《月光遊戲》是第一集），故事從第二集《孤島之謎》（一九八九年）以後，該研究會的一點紅有馬麻里亞經歷了親近的人們的死亡，搬到四國深山的「藝術家之鄉」的木更村開始。

麻里亞的父親委託江神會長等四名推理小說研究會的成員，請他們把女兒帶回來，一行人來到木更村的鄰村夏森村，這裡與木更村以一座橋相連。但藝術之鄉的居民對外人防心極重，也拒絕他們連繫麻里亞。江神等人認為這樣下去不是辦法，趁夜潛入木更村，然而除了會長以外的其他人都被趕回了夏森村。此時由於大雨沖斷橋梁，木更村化成了「陸地上的孤島」，而居民之一——即將成為女資助者第二任丈夫的畫家，被人發現陳屍於洞窟內。同時在夏森村，想要報導躲藏在藝術之鄉的前偶像歌手的攝影師，也遭人勒斃……

故事以只有江神會長成功潛入的木更村，以及不期然地環抱了一座「陸上孤島」的夏森村雙線並行。木更村由有馬麻里亞，夏森村由與作者同名的研究會成員有栖川有栖擔任敘述者。在惡劣的天候中，兩座村子幾乎同時發生殺人命案，在「內側」由系列偵探的江神，「外側」則由被留下的研究會成員，根據物證及證詞進行推理，邏輯分明地鎖定兇嫌。筆法穩健踏實，並且驚險懸疑。

此外，本作在殺人命案的動機上，也安排了大規模的誤導詭計。在結局揭穿的詭計那驚奇感十足的構圖，是來自於某個知名的點子，許多作家都以它發展出各種作品。不過既有的各種版本，都掙扎著試圖跳脫原創，然而不知為何，有栖川卻予人一種省略踏板直接跳躍成功的印象。而且這個詭計運用在命案的證明，是在與留名推理史的知名犯人「雙頭惡魔」緊張的對決場面中，一樣邏輯分明地分析得出。有栖川的炫技，不會利用浩大場面來矇混過關。

最後再回到孟克身上。木更村的麻里亞遇到命案的當晚，提到了《吶喊》，其實這也是一個優雅的伏筆。這是重要的線索，因此我就不說破，迂迴地解說——已經讀過本作品的讀者，應該會想到如果將骷髏人視為「被害人」，那麼摀住雙耳，**象徵性地聽不見周圍聲音**的他，便可以和在洞窟內遇害的畫家（沒錯，被害人是畫家！）重疊在一起。沒錯，預定不久後就要和女金主結婚的畫家，有著外表看不出來的肉體缺陷。而根據麻里亞的解釋，骷髏人是**自己發出吶喊**。因此殺人兇手才能夠循著畫家不知不覺間發出的「聲音」殘響，即使身在有許多岔路的洞窟中，也不會迷失路途。

第二十回

《碎片》フラグメント

（原書名《少年們的密室》（少年たちの密室））

古處誠二

教室與密室

二〇〇七年四月十三日，我參加了今年的江戶川亂步獎（第五十三屆）的預選會，決定出最終候補作品。這是我擔任預選委員第三年，頭一次預感似乎可以成為第一個讀到得獎作的人——撇開這件事不提，亂步獎預選的第三天，我搭乘十七點三分自東京車站發車的新幹線抵達新大阪車站時，發現地方線班次竟一片大亂。我仔細聆聽廣播，得知上午三重縣中部發生五級多的地震，後來也餘震不斷，對交通造成影響。

幸好電車晚了約三十分鐘就發車了，但三月下旬，石川縣能登半島才剛遭遇六級多的地震侵襲，感覺最近強震不斷，令人憂心忡忡。據說西日本從一九九五年的阪神淡路大地震以後，地震活動就變得頻繁，我踩在等待地方線電車的月台地面上，對著大地說，天災就應該像天災，可別在當地人都尚未遺忘之前又來襲啊！

言歸正傳，新年度（二〇〇七年度）的上學期課程已經開始了，不過這回得報告一下去年度「下學期評量」的結果。這次我指定給學生的報告文本，是古處誠二的《碎片》。報告的要求及注意事項，就和第五回的說明一樣，這裡不再重複，不過有件事必須一提，也就是上學期評量以吉兒．馬貢的《復仇掩護者》做為閱讀文本的報告裡，有一名學生抄襲了書評網站的內容。這不是在替學生說話，不過我也在網路上搜尋過該文本較為出色的一些「網路書評」，發現那名學生借用的「感想」特別發人省思，忍不住有些佩服。我找來那名「剪貼王」學生，激勵他說，「既然你有這樣的鑑別眼光，就應該好好自己寫報告。」

這次指定文本的作家古處誠二，自從推出成為山本周五郎獎候補作的《規則》（ルール，二〇〇二年）以後，便以戰爭文學年輕旗手的身分受到矚目，是一名異才。得到第十四屆梅菲斯特獎的二〇〇〇年出道作《UNKNOWN》，利用作者自身在航空自衛隊從軍時的經驗，以自衛隊基地內的竊案為題材，是一部主題性強烈的推理作品。接著在同年發表的KNOWN系列第二部，就是這次的《碎片》，不過這部作品在最早的講談社NOVELS版，是以《少年們的密室》為書名出版，請小心別重複買到兩次了。《碎片》可說是作者古處誠二在推理小說領域的代表作，主要舞台是某棟大廈的地下停車場，但在作者的精心安排下，這個地點成了警方難以輕易介入的「密閉空間」。同樣經歷過阪神淡路大地震的作品內世界，這次發生了人人恐懼的東海大地震，包括主角男高中生相良優在內，有七個人被關在了崩塌的大樓地下樓層。這裡大略介紹一下劇情。

漫長的暑假結束了，然而相良優的死黨宮下敏太卻沒有出現在教室裡。八月的最後一天，宮下的屍體被沖上伊豆半島南端的海岸，他的死亡被當做失足意外處理。但相良不相信警方的說法，因為他懷疑同班的城戶直樹這群不良少年與好友的死有關。九月五日，相良等六名學生乘坐導師塩澤駕駛的迷你廂型車，前往參加宮下的葬禮。但是一行人來到城戶居住的大廈地下停車場，才剛接城戶上車，就遇上了東海大地震。地下停車場被大廈一樓壓垮，相良等人被關進了無法自力逃脫的「地下密室」。飲水只有保特瓶裡僅剩的三百多毫升，也無從得知外界的受災情況。而且就在唯一的燈光，廂型車的車內燈也熄滅的一片黑暗中，城戶被混凝土碎片擊中腦袋身亡了。這是餘震造成的崩塌所引發的意外嗎？還是有人趁著黑暗瞄準他的要害，給了他致命的一擊？

故事的主要舞台，是以主角相良為視點人物，由導師及六名高中男女所演出的密室劇。在伸手不見五指的黑暗所支配的極限狀況中，如果城戶的死亡不是意外，那就是沒有人能夠下手的不可能犯罪了。除了這個主軸以外，校園特有的「霸凌」問題亦瀰漫於整個解謎過程中。不過，被當成失足意外死亡的宮下，平日並非城戶這群不良少年霸凌的對象，他與相良兩個人，一直是背離「暴力」所構築的金字塔階級的「教室裡的異物」。相良的班上，有被城戶一夥人勒索金錢的「加島」，和被脫下褲子，被迫在走廊上奔跑的「佐佐木」。然而導師塩澤即使會警告買菸的加島，訓斥做出荒唐行為的佐佐木，也絕對不會追究誰才是真正的元兇。而且城戶的父親是建設公司的老闆，本身就是「平時各種負面傳聞不斷的人物」，城戶剛進高中，被三年級學長盯上時，他的父親便「親自率領自家公司的年輕人，闖進那些學長家裡」，沒有人惹得起。而導師塩澤也只會汲汲營營於保住學校和自己的面子，不管學生之間出了什麼問題，都只會拚命壓下來。

更改後的書名「フラグメント」（fragment）是碎片、破片的意思，或做為動詞，有使成碎片之意。這應該是影射生前的宮下寄給報社的告發投書上所說的「將原本毫不相干的幾十名學生聚集在一起」的教室荒廢的景象，以及在「地下室的密室」的殺人凶器吧。比起新的書名，我怎麼樣都覺得把「學校／教室」與無法脫逃的地下停車場重疊在一起，稱之為「密室」的舊書名更勝一籌。

宛如學校教室疊影的「地下室的密室」，在地震發生後約五十四個小時後，因外界的救援而被打破了。發生在死亡人數超過兩千五百人的大地震當中的殺人事件之謎，則是在受災一個月後，在幾名失去住家的教師還在學校操場上過著帳篷生活的時候，真相揭曉——**這個設定**極為巧妙。阪神淡路大地震時也是如此，受災戶把公園或當地學校操場當成避難所，形成帳篷村，在此遮風避雨過生活。相良等人就讀的高中操場，在災害之後也有附近居民住在這裡，並有義工進出。沒錯，在地震前形同「密室」的學校，諷刺地在地震後向「外界」洞開，掌握大廈地下室密室命案關鍵的塩澤教師，等於失去了保護自己的**象徵性盾牌**。

無可否認，本書登場的不良學生形象有些老套，針對霸凌問題，社會派式的校園批判筆法也略嫌直白。但最近青少年承受不了霸凌而自殺的新聞報導接連不斷，還有二〇〇五年九月北海道龍川市的小六女生自殺未遂事件，市教育委員會起初堅稱女生的遺書只是普通的「信」，試圖逃避責任，後來還要求北海道教職員工會執行部不許協助調查，這種隱瞞真相的態度引來強烈抨擊，看來「學校／教室」對弱勢學生而言是無處可逃的「密室」這一點，至今依舊不變。

第二十回的下課休息

今年（二〇一一年）三月十一日發生了東日本大地震，我在電視新聞上看到地震引發的海嘯凶猛的即時影像，好半晌哆嗦不止。

這讓我重新意識到自己多次在課堂上介紹以地震災害做為重要主題的作品，像是第八回泡坂妻夫的〈ＤＬ２號機事件〉，以及這次古處誠二的《碎片》。就像過去中井英夫面對洞爺丸沉沒事故的悲劇，寫出《獻給虛無的供物》（一九六四年）那樣，受災者之一的谺健二[1]也沒有逃避阪神淡路大地震的恐怖，完成了《拂曉的噩夢》（未明の悪夢，一九九七年，第八屆鮎川哲也獎得獎作）一書。讀到他手寫的投稿稿件時的衝擊，到現在依然深刻地殘留在我的心中。

1 谺健二（1960-）日本推理小說、動畫工作者。一九九七年以《拂曉的噩夢》出道，動畫工作之外，也持續發表推理小說。

第二十一回

埃德加・愛倫・坡

〈莫爾格街凶殺案〉The Murders in the Rue Morgue

收錄於《愛倫坡驚悚小說全集》，好讀出版，二〇一八

美國人筆下的巴黎

時光飛逝，在京都某私立大學擔任兼任講師的這份差事，在這個新年度（二〇〇七年度）也邁入了第三年。我的身分還是一樣，只是個漂泊不定的一年約聘人員，不過從今年開始，負責的科目多了一個，變成了兩堂課。

過去兩年我在本專欄傳達課程內容要點（或廢話）的「現代文化閱讀課」就這樣繼續開課。這堂課的主題是「閱讀廣義的推理小說」，請學生實際閱讀古典名作到現代爭議作

等國內外推理小說，以增進對形成現代文化潮流之一的推理類型文學的理解。

除此之外，從新學年開始，我新開的一門課叫「大眾文學研究」，聽起來煞有介事，不過大學也並未要求我掏出截然不同的絕活來授課，因此這堂課的主題，我設定為「以推理小說為中心，閱讀戰後日本大眾小說」。我預定以頒發給廣義的推理小說的獎項中，最具歷史及權威的「日本推理作家協會獎」及「江戶川亂步獎」，根據年代挑選得獎作品來介紹，尤別是在該界新人獎中被視為最高峰的亂步獎得獎作，頗能直接反映出**時代氛圍**及熱門社會問題，因此應該也能成為不錯的教材，復習一下在高中日本史課程中無可避免被快速帶過的現代史（戰後史）。

總而言之，上學期的海外篇，還是一樣在這個專欄實況介紹每年抽換部分文本來安排授課計畫的「現代文化閱讀課」，而下學期的國內編，我將穿插介紹「大眾文學研究課」中學生反應熱烈的一些作品。

新的年度，「現代文化閱讀課」的上學期課程，一樣以外國古典名作為中心進行閱讀。今年的課堂第一步，首先也要來消除學生只熟悉當代暢銷作品和輕小說的「翻譯作品過敏症」。往年我都讓學生閱讀威廉．艾利希的《幻影女子》（第一、二回）之後，一口氣回溯到推理小說始祖埃德加．愛倫．坡的杜邦作品，不過易讀程度的落差（？）似乎太大，後來我反省了一下，決定中間先插入一部阿嘉莎．克莉絲蒂的《東方快車謀殺案》（第十二回）。

如今細想才發現，推理小說的始祖愛倫．坡以詩人及小說家身分執筆創作的一八三〇到四〇年代，說到我國日本，還是黑船尚未來襲以前的時代。同樣是日本人，當時博得人氣的讀物——像曲亭馬琴[1]的《南總里見八犬傳》及柳亭種彥[2]的《偐紫田舍源氏》這些作品——在現代若是沒有相當的知識量，實在無法直接閱讀。把愛倫．坡時代的英語再翻譯成極東語言的文章，會讓人覺得萬分古老艱澀，也是極為天經地義的事。

〈莫爾格街凶殺案〉這部作品早在一百六十六年以前，便描寫了在上鎖的「密室」中發生的不可能命案，並且以信奉近代理性主義精神的沒落貴族做為偵探角色，對於可能是「幽靈」作祟這類超自然解釋不屑一顧。這裡來簡單介紹一下它的劇情。

慘劇的舞台是法國首都巴黎。一天晚上，萊斯巴拉葉母女居住的四樓屋舍傳出慘叫，劃破了夜晚的寂靜。附近鄰居撬門進入，衝上階梯，破門進入從房間內上鎖的四樓起居間，結果室內顯然有過發生爭執的痕跡，然而四下環顧，卻不見半個人影。很快地，居民在起居間的暖爐煙囪裡發現了女兒的屍體，並在屋子庭院發現母親的屍體。然而兇犯卻如同一陣輕煙，從除了上鎖的門以外，無路進出的四樓房間內消失了。擁有罕異推理能力的杜邦爵士，在熟識的警察局長特別的安排下，實際前往現場進行勘驗……

接下來將揭開〈莫爾格街凶殺案〉的真相，進行解說，因此在此預先警告。即使未曾讀過本作品，卻不幸在粗製濫造的推理猜謎書中得知了兇手身分的讀者，請繼續讀下去無防。

1 曲亭馬琴（1767-1848）：江戶時代的人氣讀本作者，《南總里見八犬傳》為其代表作，是日本文學史上第一個單靠稿費為生的創作者。

2 柳亭種彥（1783-1842）：江戶時代後期的人氣戲作者，代表作《偐紫田舍源氏》是《源氏物語》的仿作，創作發表期間長達十三年，一直至作者死去。

杜邦爵士縝密地勘驗過現場後，發現以為嚴密關好的門窗，其實有一道窗戶是可以開關的。窗外有避雷針（應該是沿著牆壁設置的柱子，用來連接插在屋頂上的避雷針延伸而出的導線），兇手應該可以利用驚異的體能，順著**它**進出四樓的現場。但人類實在不可能實行的這場雙屍命案——其實並不是人類所為，而是從婆羅洲被帶到巴黎，從飼主身邊逃脫的**猩猩**下的手！

這是無比光榮、在全世界第一篇推理小說中登場的「意外的犯人（犯猩）」，不過該說不出所料嗎？這三年來的課堂上，學生的反應從來沒有一次是好的。就連幸運地完全不知道它的內容，首次讀到的學生，反應也像是聽到了什麼糟糕的玩笑，不肯坦然表現出驚嘆之色，令人落寞。儘管我覺得聽到猩猩怪叫的證人（他們來自歐洲各地，非常符合國際都市巴黎的特色）各自猜測那是母語之外不熟悉的歐洲語言，莫衷一是的場面，是一項相當深謀遠慮的的伏筆。

千里迢迢來自大海另一頭婆羅洲的兇犯——這樣的圖式，可以說是後來柯南．道爾在夏洛克．福爾摩斯系列中反覆描寫的「大英帝國／歐洲」與「殖民地／非歐洲」這二元對立公式的雛形。福爾摩斯系列中，犯罪動機經常是在殖民地結下的冤仇，或是有如〈莫爾格街凶殺案〉諧仿般的密室殺人作品〈花斑帶探案〉(*The Adventure of the Speckled Band*)的實行犯,名偵探一樣必須從來自殖民地=非歐洲世界的「邪惡」手中,保護善良歐洲人民的生活。

——不過關於〈莫爾格街凶殺案〉的兇手所喚起的恐懼泉源,我們必須留意的更重要的觀點是,將舞台設定在十九世紀國際都市巴黎的這部小說的**作者是美國人**。美國文學研究者巽孝之在著作《新美國主義　美國文學思想史的故事學》(ニュー・アメリカニズム　米文学思想史の物語学,青土社,二〇〇五年增補新版)中,參考外國的愛倫・坡研究,指出愛倫・坡人生的大半都在美國南部的維吉尼亞州里奇蒙市渡過,並寫過肯定奴隸制度的書評;愛倫・坡在〈莫爾格街凶殺案〉中象徵性地表現出來的恐懼,是「萊斯巴拉葉母女/南部的白人女性」可能被「猩猩/黑人奴隸」強姦的恐懼,這樣的分析具備難以否定的說服力。身為巴黎異鄉人的敘述者「我」,不言自明,顯然就是對於自己出身北波士頓一事誇張地感到羞恥的愛倫・坡本人,而名偵探杜邦則是**明智的**——也就是堅定支持奴隸制度延續的——南部知識分子的理想形象。

沒錯,愛倫坡生活的那個時代的美國,是奴隸制度尚未廢除的美國。要到愛倫・坡離世以後十二年，北部二十三州與南部十一州劇烈衝突、林肯總統率領的北軍贏得勝利的南北戰爭（一八六一至六五年）才會爆發。一八〇九年，愛倫・坡出生在波士頓，父母是巡迴演員，但很快地父親失蹤，母親亦年紀輕輕便撒手人寰。愛倫・坡實際上是由在里奇蒙經營香菸鋪的約翰・愛倫夫妻撫養長大，後來在主導南部意識形態的雜誌《南方文學信差》（*Southern Literary Messenger*）擔任總編。可以說是愛倫・坡故鄉的里奇蒙，後來成為只存在了四年多的夢幻國度「南部聯盟」的首都，就是這樣一塊宿命的土地。

（〈莫爾格街凶殺案〉稿接第四十一回）

第二十二回

阿嘉莎・克莉絲蒂《一個都不留》And Then There Were None

遠流出版，二〇一〇

印地安島已不復存在

推理天后阿嘉莎・克莉絲蒂所創造出來的名偵探裡，眾所皆知，有著一張圓臉和翹鬍子的赫丘勒・白羅，以及在聖瑪麗米德村愛好小道八卦的老婦人珍・瑪波小姐這兩位，人氣無人能及。不過在克莉絲蒂眾多的優秀作品中，若問哪一部最推薦給推理小說入門者，我個人認為是獨立作品的《一個都不留》（一九三九年）。這是單篇作品，因此不必擔心遺漏了系列角色的相關樂趣，而且也是數一數二易讀的代表性長篇作品。

克莉絲蒂女士的《一個都不留》，一般的評價是所謂的孤島推理古典名作。也就是由於兇犯的計謀，截斷了與本土的交通手段，在無法指望警方迅速介入的封閉空間舞台裡，發生連續殺人事件。作品舞台的印地安島，以前曾經被一名美國富豪買下來，興建了一幢極盡奢侈的近代豪宅，現在似乎由一名叫歐文的人持有，而一群男女獲邀來到這幢宅第。抵達島上的第一天，晚餐在主人缺席的狀況下結束，正當眾人各自休息的時候，一道留聲機的「聲音」打破了寂靜，宣布意外的告發內容。

被邀請的八名賓客，加上不久前剛受雇的傭人夫妻總共十人，被指控是一群罪人，過去都曾經犯下殺人罪。沒有現身的歐文，其實從一開始就混進這些人當中，佯裝若無其事。很快地，這十人裡面有一個被選中，遭到死亡的制裁；接著毫不留情地又一個、再一個，「死刑犯」的數量逐步減少。

詭異地增添了懸疑氣氛的，是擺飾在餐廳桌子中央，象徵了印第安人的十尊陶瓷人偶。客房裡則掛著裱框的羊皮紙，上面寫著鵝媽媽童謠。那是一首數數歌，內容描述一開始共有十名的印第安少年，一個吃飯被噎死、一個被熊咬死……一個個消失。殺人犯就彷佛依據這首耳熟能詳的古老童謠內容，殘酷無情地進行制裁，而且每死去一個人，餐桌上的人偶就會消失一尊，讓餘下的人們的恐懼到達了巔峰。最後，終於就像書名所預告的那樣，充滿了末日審判恐懼的島上，倒臥著十具屍體——沒錯，就彷彿根本沒有應該潛伏在他們十人之中的殺人魔一般。

本作品的英國版與美國版，出版時的書名並不相同。本國英國版的書名是“*Ten Little Niggers*”（十個小黑人），但晚了一年由美國出版社出版時，改成了“*And Then There Were None*”（一個都不留），後來英國版也改成了美國版的書名。經常有人說美國版的書名變更，是為了避開對黑人的蔑稱「nigger」，但這個解釋應該不對。本書出版的年代，還要再七年以後，傑基・羅賓森（Jackie Robinson）才會成為史上第一位大聯盟非裔球員，所以美國出版社會特別將外國作家取的書名改掉，實際上應該是為了配合美國標準，也就是該首童謠在美國廣為傳唱的版本是“The Little Injuns”（Injuns是American Indians的口語說法）。

總而言之，為了備課，我買來美國大出版社哈潑柯林斯（HarperCollins）出版的平裝本大致瀏覽了一下，震驚地發現現在別說小黑人（nigger boys）了，連印第安人都不見了。若無其事地出現在書中的，是十名soldier boy（小戰士），理所當然，陶瓷人偶也變成了士兵造型。而且舞台的孤島也不是老書迷都記得的「印第安島」，而變成了「戰士島」（在二〇一〇年十一月出版的日本新譯定本，譯為「士兵島」）。這樣的改寫，應該經過生前的作者或「克莉絲蒂財團」的同意，不過這樣一來，關於前陸軍上尉菲利浦・隆巴德的罪行諷刺的發展，就失去了意義。

因為相較於其餘九人，隆巴德被告發的罪狀顯得特殊，也就是他曾經「殺害東非某村落的二十一名村人」。隆巴德本人申辯說，他並沒有動手殺人，而是在叢林裡迷路時，他們拿走了剩餘的糧食，導致那些土著餓死。女教師薇拉・柯索恩輕蔑地說，隆巴德會見死不救，是因為「他們是土著」，而信仰虔誠（過頭）的老婦人愛蜜莉・布蘭特責怪說，「無論是黑人還是白人，都一樣是我們的手足」，薇拉聞言，內心赤裸裸地表現出人種歧視的思考，「（我們的黑人手足——我們的黑人手足！我真不敢想像，我簡直要發瘋了……）」但這樣的薇拉，最後也成了童謠歌詞裡的**土著**（小黑人或印第安人）之一，加入屍山之中，對她來說，這是何等的羞辱！

光談書名和童謠，就耗掉了不少篇幅，不過這也是因為最重要的劇情等分析，都可以交給諸位先進賢達。我只要把特別以研究納博科夫（Vladimir Vladimirovich Nabokov）聞名的英美文學研究者若島正發表的評論〈明亮的館的祕密〉（明るい館の秘密，收錄於美鈴書房出版《亂視讀者的回歸》（乱視読者の帰還））擺在講桌上，根據它來上課就ＯＫ了。長年以來，一般來說，《一個都不留》被視為意圖讓讀者出奇不意大吃一驚的懸疑小說，獲得極高的評價；但若島在著作中認為，本作品以第三人稱的客觀描寫將兇手的心理呈現在讀者面前，並且沒有捨棄公平地猜兇手的趣味的同時，依然保有敘述性詭計作品的體裁，對此再次予以肯定，而且尖銳指出過去的清水俊二的譯文中有著重大的「誤譯」，引發該界話題。不久前，早川文庫將克莉絲蒂作品全部重新出版，而新版應該是認同了若島理論的說服力，對若島指摘的譯文部分做出了修正。那是書中第十一章第六節及第十三章第一節，並未明說是倖存者當中的誰的心理描寫；我讓學生回答那些獨白各別屬於哪一名角色的內心話，完成了一次理想的參與型授課。

最後我無論如何都想要揭穿兇手來談論某個部分，因此敬告尚未讀過本作品的讀者，
請就此打住，千萬不要繼續讀下去。

發生在印第安島的大屠殺命案的兇手——被甜美的「正義」沖昏頭的沃格雷夫法官在告白信中舉出了三個可以糾出他就是兇手的線索。但第一個線索是讀者不可能得知的事實（只有偵查機關有辦法），第二個線索的「紅鯡魚」云云，也實在只有推理狂熱者才會想到。最後的線索確實很有力，但並非基督教徒的讀者應該難以領會——「第三個線索是象徵性的，也就是留在我額頭上的紅點。毋需贅言，那就是該隱的印記」，這是指什麼？

《舊約聖經》創世紀第四章裡，描寫了人類最早的命案。亞當與夏娃生下的兄弟，農夫該隱與牧羊人亞伯各別獻上供物給耶和華，然而耶和華只取走了亞伯的供物。遭到輕視的哥哥該隱遂殺死了弟弟亞伯，但他的蠻行立刻就被耶和華得知，耶和華宣布該隱受到詛咒，將永遠種不出作物，並且在大地上流離飄泊。該隱懇求「如果你拋棄我，一定會有人來殺我」，於是耶和華給了該隱一個「印記」，表示殺害該隱的人必將得到七倍的報復。《一個都不留》的兇手沃格雷夫法官就是把即將留在自己額頭上的彈痕與「該隱的印記」重疊在一起，在死前大大地發揮了幽默精神，表示自己是有「印記」的、不可能被人殺害的人。而最後奪走法官性命的確實不是別人，就是法官自己。

文庫本解說的工作是一期一會，可遇不可求。理所當然，解說者不可能主動要求說想要為哪一部作品寫解說，這完全是被動的案子。

早川書房出版的阿嘉莎．克莉絲蒂作品，從二〇〇三年十月開始依序換上新裝，成為「克莉絲蒂文庫」重新推出時，我不禁期盼起來，「希望可以為其中一本寫解說。」就在克莉絲蒂前期與中期的代表作已一部部推出新版時，我總算接到了引頸長盼的早川編輯部的電話。但我不安地疑惑到底還剩下哪些作品，詢問邀稿內容，結果是，「我們想請佳多山先生寫《柏翠門旅館》（*At Bertram's Hotel*）的解說。」聞言我忍不住在電話這一頭大喊快哉，「原來還剩下這麼棒的作品!?」

一九六五年出版的《柏翠門旅館》，是瑪波小姐系列長篇的倒數第三部作品。瑪波小姐嗅出置身的村莊神祕空間的「虛假」，這一點肯定會讓忠實書迷受到深沉的衝擊。這是克莉絲蒂後期作品的代表傑作，請務必不要錯過。

第二十三回

法蘭西斯・艾爾斯 Francis Iles

《獻給女士的謀殺故事》Before the Fact: A Murder Story for Ladies

女殺砒霜毒地獄[1]

兩年前（二〇〇五年）驟逝的小說家倉橋由美子，有一部逝後整理出版的書評集《偏愛文學館》（講談社，二〇〇五年），書中介紹了珍・奧斯汀（Jane Austen）的《傲慢與偏見》（一八一三年），給予極高的評價，「這是一部讓女人了解如何謀得一樁好姻緣的技

1 此副標應為諧仿江戶時代劇作家近松門左衛門的人形淨瑠璃作品標題《女殺油地獄》。

巧、讓男性了解女性這種生物想法的絕佳教科書。」這部以英國鄉間地主班奈特家的次女伊麗莎白為女主角的戀愛喜劇，故事角色中最聰明的女子順利得到了**最棒的男人**，而愚蠢的女子，只能找到匹配其水準的男人，度過不幸的人生。倉橋女士斷定這是「普遍且不變的『真理』」，面對如此辛辣的評論，年屆三十四卻依然孤家寡人的我，坦白說只覺得羞愧不已。

在推理小說領域裡，則有法蘭西斯・艾爾斯的《獻給女士的謀殺故事》（一九三二年）可以推薦做為教科書，而且絲毫不遜於《傲慢與偏見》。不過這部作品並非描寫聰明女子如何挑選適合自己的新郎，而是自我認知似乎不怎麼正確的女子與匹配她的男子結了婚，結果飽嘗辛酸的故事。本作品開頭聳動的文字一口氣擄獲了讀者的心。

世上有些女人生下殺人犯，也有些女人與殺人犯上床。同時，也有些女人和殺人犯結婚。麗納・亞斯葛斯與丈夫共同生活了八年，才總算悟出枕邊人是個殺人犯。

故事女主角麗納・馬克雷卓（舊姓）是軍人家庭的兩名女兒中**比較不漂亮的姊姊**。她在二十歲前積極參與女性平權運動，強烈鄙視世上的普通男子以及不理解女權的家人，最後終於走上極端，在二十八歲認識望族米德海姆家的親戚喬尼．亞斯葛斯時，「她的內心已成了個傳統女子，認為唯有幸福的婚姻，才是女人的幸福」。

麗納是透過與上個年代的日本也盛行過的「聯踏」沒兩樣的景點野餐活動，認識迷倒年輕小姐的英俊的喬尼。噢，八〇年代出生的學生當然沒聽過「聯踏（男女聯合踏青）」這種詞彙，就連團塊二世世代的我都不曾親身體驗過，總之我把它當成一點道聽塗說的小知識，在這裡介紹一下。

閒話休提。雖說是名門貴族的親戚，但喬尼家並沒有多少資產。身為四兄弟么兒的喬尼，說穿了就是個沒錢的花花公子，是被麗納的嚴父馬克雷卓將軍用一句「廢物」否定的人物。然而老小姐的戀愛是盲目的。麗納在野餐時被喬尼花言巧語地追求說，「我想看的不是風景，而是妳」，整個人情迷意亂了。周圍的反對只是為她的愛情烈火添柴，麗納終於如願以償，與喬尼結婚，然而用不了多久，她便發現自己的丈夫不僅是個揮霍無度的騙子，還比婚前更肆無忌憚地在外頭花心，甚至不得不承認他是個殺人兇手。婚後喬尼似乎利用未必故意的手段，逼死了岳父馬克雷卓將軍，以及一名富有的老友。然而麗納還是哄騙自己，相信自己**即使如此**仍深愛著喬尼，努力維持這段婚姻。然而，她發現丈夫終於企圖謀殺「能留下遺產給自己的妻子」……

本書作者法蘭西斯・艾爾斯原本是以安東尼・伯克萊・考克斯（Anthony Berkeley Cox）的名義，奠定推理小說黃金時代的重要作家之一。他的作風富有實驗精神，留下了許多傑出的推理小說，像是有多種解答的《毒巧克力命案》（*The Poisoned Chocolates Case*，一九二九年），以及犯罪時間的長短具有意外性的《頂樓謀殺案》（*The Storey Murder*，一九三一年）。考克斯基於「往後的推理小說不該只是停留在懷舊的犯罪解謎，而應該朝解開人性心理之謎發展」的信念，以新的筆名「法蘭西斯・艾爾斯」發表了縝密描寫企圖殺妻的男人心理的倒敘作品《預謀》（*Malice Aforethought：A Story of a Commonplace Crime*，一九三一年），接著便是這部從即將遇害的被害人視點描寫犯罪的異色之作《獻給女士的謀殺故事》。

《獻給女士的謀殺故事》裡的妻子，直到最後還是縱容丈夫，甚至接受了自己將被殺害的事實。這部作品也以希區考克導演的電影《深閨疑雲》（一九四一年）的原作，廣為人知。巨匠希區考克會對原作大刀闊斧改編一事，已經在第十三回介紹派翠西亞・海史密斯的《火車怪客》時提到，其中這部《深閨疑雲》，更是因為導出了與原作主題南轅北轍的結局，長年以來推理迷對它的評價都不太好。因此這次的警告有些例外，不是針對尚未讀過艾爾斯原作，而是對還未看過希區考克電影版的觀眾發出。因為反而是希區考克給了這部不重視解謎的原作一個古典推理王道的「意外的結局」。

看過電影《深閨疑雲》的人應該都記得，電影版在結尾揭露出卡萊・葛倫（Cary Grant）飾演的喬尼其實根本不像先前觀眾所認定的那樣，是一名殺人兇手。儘管所有的狀況證據都指向他確實就是下手的兇手，而瓊・芳登（Joan Fontaine）飾演的麗納也懷疑「下一個犧牲者就是我」，但其實揭穿了沒什麼，只是女主角的歇斯底里造成的誤會，電影算是迎向了圓滿結局。之所以說「算是」，是因為丈夫即使不是殺人犯，但依然是個盜領公款的缺德罪犯，總覺得最後喬尼一切的罪過都像被赦免了一樣，令人難以釋懷。

這也是希區考克的電影迷都知道的事，丈夫喬尼的形象會被大幅改造（結果變得更像推理電影了！），製片公司RKO的意見占了極大的因素。簡而言之，就是豈能讓當代首屈一指的英俊小生卡萊・葛倫飾演殺人兇手？不過更有興趣的人，可以翻翻《定本　電影術》（定本　映画術，晶文社，一九九〇年）這本書，確定一下希區考克原本構思要給這部電影什麼樣的結局，應該就可以明白艾爾斯所揭示的主題絕對沒有被忽略了。

——再次回到原作身上，在這部小說的尾聲，麗納已經懷了與喬尼的孩子，卻決心「不管付出什麼樣的代價，都絕不能讓喬尼有孩子」，毫不猶豫地選擇了與肚子裡的胎兒一起死於丈夫手中。儘管麗納是個很少周日上教堂、信仰不虔誠的教徒，但這樣的選擇對於一個基督教徒而言，不會過於褻瀆了嗎？

比喬尼年長一歲的麗納，對於婚後依賴心更重的喬尼，應該是把他當成了「無法區別善惡」的可怕大孩子，而非丈夫。因此麗納才會絕望地想「我的孩子喬尼——我的命根子喬尼，他居然想殺了**我**」。看來結婚以後，麗納把自己和喬尼「妻子－丈夫」的關係，逐漸轉移成「母－子」這種虛構的母子親密關係，好為自己對他無條件的愛尋找藉口。也許就是這樣的心理，最後把麗納逼到精神失常，認為「不能把和『兒子』近親相姦懷上的罪惡之子生下來」。

第二十三回的下課休息

派翠西亞．海史密斯是已故的倉橋由美子女士最喜愛的作家之一。書評集《偏愛文學館》裡介紹了她的《天才雷普利》（*The Talented Mr. Ripley*，一九五五年），推薦說「讀者被引入設法使犯罪成功的青年陰暗而火熱的情感世界。（……）她對女人的觀點極盡辛辣，幾乎令人讚嘆」。此外，倉橋女士因為太喜愛這位作家了，所以能滿不在乎地說作者外表的壞話，「海史密斯這個人長得就像〇〇七系列電影《第七號情報員續集》（*From Russia with Love*）裡的蘇聯女諜報員，而且還有一副大酒嗓，是個恐怖得要命的大嬸。」

如果是男性評論家這樣評論女作家，應該會發生恐怖得要命的事吧。

第二十四回

克里絲緹安娜・布蘭德 Christianna Brand

《疑霧》Fog of Doubt

夜霧啊，今晚感謝你

時間過得真快，距離黛安娜王妃驟逝，已經十年過去了。二〇〇七年八月三十一日，倫敦陸軍近衛騎兵隊教堂舉行了英國王室主辦的追悼儀式。除了黛妃的兩個兒子威廉及哈利王子、伊莉莎白女王、黛妃的前夫查爾斯皇太子等王室成員外，還有艾爾頓・強等黛妃生前的好友獲邀參加，典禮哀傷肅穆地進行。不過現任皇太子妃卡蜜拉夫人考慮到輿論的批評聲浪，並未出席。

對於黛安娜王妃，我個人有極深的感情。就像許多日本人那樣，我第一次看到她，是在一九八一年七月，透過電視新聞現場轉播她與查爾斯皇太子的「世紀婚禮」畫面。當時還是個紅臉蛋八歲少年的我，不禁對她看得入迷，「世上居然有這麼美的人！」

因此當電影《黛妃與女皇》（*The Queen*，二〇〇六）今年春天在日本上映時，我當然跑去看了。這部話題電影由知名女星海倫・米蘭飾演女王伊莉莎白二世，並得到第七十九屆奧斯卡最佳女主角獎，描寫黛妃在巴黎意外死亡的七日之間，葬禮舉行前這段期間的英國王室家庭的混亂，是一部逼真寫實的「人性劇」。它也讓身為黛妃迷的我，解開了過去不分青紅皂白地認定伊莉莎白女王是個壞人的誤會。

——說到英國的女王陛下，英國推理女作家克里絲緹娜・布蘭德的《疑霧》中有這樣一段：

「（前略）那個時候托馬斯正在外頭，在大霧裡徬徨呢。可是警察卻說托馬斯跑回家來，趁著瑪奇達在二樓的時候，殺死了勞爾。瑪奇達就像你知道的，成天為孩子操煩。就連女王陛下蒞臨的時候，她也在九點半整跑進屋裡，就像平常那樣，不是打理家事，就是去二樓看照嬰兒。」

柯基想，女王也是為人母的人，應該能諒解瑪奇達一到九點半就離開去照顧嬰兒的舉動。

這段文章除了顯示成為殺人舞台的房屋屋主托瑪斯・艾凡斯也蒙上嫌疑之外，同時還搬出他們的「女王陛下」來做說明。《疑霧》是在第二次世界大戰的傷痕尚未痊癒的一九五三年發表的作品，但**這裡**登場的「女王陛下」，就是現在的女王陛下伊莉莎白二世，這個事實有些令人驚奇。

布蘭德發表這部小說的前年（一九五二年）二月，國王喬治六世在五十六歲駕崩，女兒伊莉莎白年僅二十五歲，便登上了大英帝國的君王寶座，此後在早已超越半個世紀的時間裡，她一直對英國國民負起相同的責任。不管是我還是八〇年代出生的學生，對於伊莉莎白都只有老女王的印象，不過這個場面提到的女王，是二十一歲與愛丁堡公爵結婚，二十二歲生下長男查爾斯，二十四歲生下長女安妮，正忙於育兒的年輕母親。那個時候的伊莉莎白女王做夢也想不到，她這時剛滿五歲的愛子查爾斯與他第一個挑選的未來的王妃之間，將會發生嚴重的衝突——

克里絲緹娜．布蘭德亦是「英國推理天后」之一，即使與阿嘉莎．克莉絲蒂或桃樂絲．L．榭爾絲（Dorothy Leigh Sayers）並稱，也絕不遜色。布蘭德出生於馬來西亞，幼時在印度度過，十七歲時由於父親破產，被迫自力更生，在三十五歲左右成為知名推理作家前，先是當過保母兼家教、夜間俱樂部的女服務生、舞者、祕書、洋裁店的模特兒等等，歷經各種辛苦。《疑霧》是布蘭德的代表性長篇之一，就像英國版原本的書名*"London Particular"*，指的是「倫敦特產的大霧」，事件就發生在伸手不見五指的濃霧密布的倫敦夜晚。

托馬斯．艾凡斯醫生過度自由奔放的妹妹蘿西似乎懷上了不知道父親是誰的孩子。蘿西在瑞士的新娘學校就讀時的監護人，比利時人勞爾．韋爾內為了向托馬斯夫人報告這名「輕佻英國女孩的行止」而拜訪艾凡斯家，然而尚未說到重點，勞爾就遭人以鈍器毆擊腦部。但被害人勞爾絞盡瀕死前的力氣，拚命打電話求救……

發生在大霧籠罩的倫敦某戶人家的這起毆殺事件，使用了僅此一次的詭計，甚至讓人驚愕，應該再也沒有比這更單純的障眼法了吧？因此我也常聽到熟悉推理小說的人說「一下子就猜到兇手了」，不過以這種怎麼想都比較適合短篇、幾乎就像玩笑般的詭計為核心，巧妙地融合俏皮與辛辣，刻畫出不安於室的英國姑娘身邊的複雜人際關係，鋪陳為一部精彩的長篇解謎作品，作者的筆力只能說教人嘆服不已。中段以後，布蘭德使出她得意的技巧，讓多名嫌犯紛紛出面宣稱「我才是兇手」；直到故事最後一刻，走投無路而承認有罪的真兇告白如何殺人的場面之前，都被作者蒙在鼓裡的讀者，才是幸福的。

這部《疑霧》最大的特色，應該是被害人勞爾．韋爾內的特性。勞爾身為「拉丁裔」比利時人，卻被作品中幾乎所有的英國人視為「青蛙」（法國佬）看待，總覺得他彷彿象徵了對於島國英國而言，隔著一道海峽對岸的歐洲大陸所有的「外國人」。

就在故事即將進入尾聲時，艾凡斯醫師高齡的祖母感嘆說，包括她自己在內的命案嫌犯，「我們就好像十個小印第安人」。老婦人的這句話，當然是指第二十二回介紹過的孤島推理傑作《一個都不留》（阿嘉莎．克莉絲蒂，一九三九年）。若是宏觀地把大霧籠罩的首都殺人現場視為「陸上孤島」，便可以在上面看到島國英國貫徹「光榮孤立」（Splendid isolation），背離二次大戰後興起的歐洲統合趨勢的態度。

戰後第一個呼籲成立「歐羅巴合眾國」的不是別人，就是英國首相溫斯頓・邱吉爾，但英國政府卻總是從這樣的理想後退一步。馬歇爾計畫的成功，使得西歐的經濟逐步恢復，然後在法國外交部長羅貝爾・舒曼（Robert Schuman）的提案下，法國、西德、義大利、比利時、盧森堡、荷蘭等六國在一九五一年締結了《歐洲鋼煤共同體》（ECSC）條約。這個條約規定加盟國的煤炭及鋼鐵的生產和分配都交由共同機關來管理，成為後來的「歐洲經濟共同體」（EEC）的起點。眾所周知，調降加盟國關稅、使資本勞力的移動自由的EEC，後來變成「歐洲共同體」（EC），再演變為今日的「歐盟」（EU）。

不過ECSC提案的時候，英國當時的工黨政權甚至拒絕參與協商，保守黨也支持政府這樣的態度。沒想到因果弄人，一九六三年，當時的保守黨政權屈節申請加入EEC時，法國的戴高樂總統還刻意拒絕說「不」——歐洲的孤兒揭開「迷霧帷幕」，總算加入EC，是女王陛下的長女第一次結婚的一九七三年的事了。

第二十四回的下課休息

締造推理——不，科幻小說黃金時代的大師亞瑟・查理斯・克拉克，也是在晚年得到伊莉莎白二世授勳封爵的土生土長島國人。克拉克的代表性長篇《童年末日》（一九五三年）是一部理想高遠的作品，提出透過與外形驚人的異星人接觸，人類實現和平理想社會、更進一步進化的可能性，然而他還是忍不住要說說海峽另一頭鄰居的壞話——「法國人總是製造出世界第一流的次級品」——以及堅持霧都的優勢益發堅不可摧的未來——「倫敦向來是行政、藝術及學問的中心。在這方面，大陸各都市無一能夠匹敵——即使是巴黎，縱然有諸多反駁，仍不得不承認此一事實」。

克里絲緹安娜・布蘭德《疑霧》補遺

柯林・德克斯特 Norman Colin Dexter《最後的衣著》Last Seen Wearing

遠流出版，二〇〇六★

薇拉莉・泰勒死了嗎？

上一回（第二十四回）介紹克里絲緹安娜・布蘭德的《疑霧》（一九五三年）時，我提到登場人物之一把受到特產濃霧籠罩的首都倫敦視為「陸上孤島」，其背景是島國英國貫徹「光榮孤立」，背離第二次世界大戰後興起的歐洲統合趨勢——寫完這篇文章後，我有些晚才讀到岩波書店今年（二〇〇七年）二月翻譯出版而引發話題的「現代俄國暢銷作家」鮑里斯・阿庫寧（Борис Акунин）的歷史推理小說《里維亞森號謀殺案》（Левиафан，一九九八年），在裡面發現了適合引用的絕佳內容。

小說的時代設定於十九世紀後半，一名英俊的俄國青年發揮了偵探天分；為了不影響讀者興致，這裡就不詳細介紹劇情了。不過故事尾聲，成為連續殺人事件舞台的豪華遊輪里維亞森號上，為了傳說中的印度將軍拉者巴古達薩爾的財寶，英法兩國的國益正面衝突，甚至把揪出殺人兇手的正事給拋到一邊去了。被評為「典型英國女子」的克拉麗莎・史坦普高聲主張將軍的財寶當然屬於印度宗主國英國政府所有，亦即「是屬於維多利亞女王陛下的」；結果義大利出身，擁有法國公民權的特佛醫師自稱「代表法國國益者」，挺身而出，反駁說這是出於自由意志獲得法國公民權的將軍的後裔在該國犯下重罪，這種情況，罪犯的個人財產應該由法國政府沒收才正當，並猛烈批評，「你們英國人從來就不是歐洲人，因為英國是個島國！歐洲的利益對你們而言事不關己，也無法理解。」看來在這裡，身為大陸人的俄國作家也刻意強調了「島國」對決「大陸」的構圖。

生活在極東的島國，而且父母的故鄉在愛媛縣一座小離島的我，對同為島國的英國的歷史和文化一直相當感興趣。二十五歲左右，我第一次旅遊歐洲，以巴黎為中心參觀了法國，接著坐上巴黎北車站剛通車不久的歐洲之星列車二等車廂，從海底隧道經過多佛海峽，進入心嚮往之的英國（終點站是倫敦的滑鐵盧車站）。當時我看到歐洲之星的來回車票，疑惑不已。因為去程是「8:10發車－10:43抵達」，約兩小時半而已，然而回程卻是「6:57發車－11:20抵達」，需時四小時半之久。相同的列車以相同的速度行駛相同的距離，怎麼會相差這麼多？是印錯了嗎？結果熟悉海外旅遊的朋友當場解開了這個謎團，「因為巴黎跟倫敦有一小時的時差啦。」沒錯，不管是從巴黎去倫敦，還是從倫敦回巴黎，在列車上搖晃移動的時間，其實都是約三小時半。

一九九四年舉行海峽隧道開通儀式，歐洲之星也開始運行，「歐洲的孤兒」英國總算與大陸以「陸地」相連了。不過如果刻意**照字面**來看歐洲之星的時刻表，等於是比起從大陸前往島嶼，從島嶼來到大陸，得花上近一倍的時間。總覺得即使是這樣一個小細節，也象徵了大陸與島國即使同樣歸在「歐洲」，兩者仍有著微妙的歷史關係。

好了，半是閒聊的「上回補遺」就到此為止，來報告一下這年度「上學期評量」的結果吧。擔任兼任講師第三年的今年，我指定給學生的報告文本，是柯林・德克斯特的《最後的衣著》。眾所皆知，柯林・德克斯特以現在已可稱為「新古典」的處女長篇作品《往伍士托的末班巴士》（*Last Bus To Woodstock*，一九七五年）出道以來，便成為代表現代英國的解謎小說作家，建立起不可動搖的地位，是一名實力派作家。他在一九九七年得到CWA（英國推理作家協會）頒發的鑽石匕首獎，表揚他對推理小說的貢獻。

德克斯特自處女作以來的名偵探角色莫爾思探長活躍的系列作品也改編成電視劇，博得廣大歡迎。這應該是因為莫爾思探長特異的推理方式受到喜愛。黃金時代的名偵探直到故事進入最高潮以前，總是不願意公開自己的推理內容，但莫爾思探長從故事一開始，只要得到一點線索，就會不斷提出各種不可靠的推理來。聽到似乎有鬼的證詞，便依此半是妄想地認定某人就是嫌犯；但是一發現證明該人清白的證據，就乾脆地撤回前言，繼續想出新的「真相」來。總之莫爾思探長忙著摧毀&建立推理，偵辦方針搖擺不定。不必說，莫爾思探長的直屬部下，擔任華生角色的路易斯警探引來了讀者深深的同情。

莫爾思探長的第二部作品《最後的衣著》（一九七六年），與第一部作品《往伍士托的末班巴士》並稱德克斯特的「代表作」，長年以來卻也被視為「爭議之作」。自成一家的推理評論家瀨戶川猛資也在他的名著《黎明的睡魔》（夜明けの睡魔，一九八七年）中大力讚賞德克斯特的文筆，但也指出《最後的衣著》「有著無法忽略的重大瑕疵」，「我不知道該給這部推理作品貼上什麼樣的標籤才好」，評價相當模稜兩可。

故事的謎團可以說極為單純。兩年三個月前失蹤的女孩薇拉莉・泰勒突然寄了一封信給父母報平安。追查薇拉莉下落的警探理查・安雷似乎成功連繫到她，卻緊接著不幸遭遇交通事故而身亡。莫爾思探長被上司命令接續安雷的偵辦工作，但一得知案子不是殺人，而是尋找失蹤人口，莫爾思頓時幹勁全失，非常誠實。大膽的是，莫爾思居然以薇拉莉已經遭人殺害為前提展開偵辦，過程中詢問了各個相關人士，每當聽到新的詞證，他對薇拉莉生死的假設就一變再變。但接下來居然連薇拉莉以前就讀的高中副校長都遭人殺害……

失蹤當時，薇拉莉似乎懷了不知道父親是誰的孩子，她現在真的還在人世嗎？還是老早就已經死了？決定薇拉莉生死的推理重心，竟是依靠莫爾思「鑑定」**某個女子**是不是衣服底下其實很豐滿的色胚子心性，實在教人發噱。

瀨戶川指出的瑕疵，是那封不清楚是否真的是薇拉莉所寫的「報平安的第一封信」，

「如果追究是誰為了什麼目的而寄出，就會出現混亂」。確實，這是個相當複雜的難題，當薇拉莉的生死終於大白，迎接餘韻深沉的閉幕後，再來思考這個問題，腦袋就會愈想愈打結。遺憾的是，即使讀了學生的報告，也得不到能夠解開這個疑問的線索。已經讀過《最後的衣著》的讀者，如果先前沒有注意到瀨戶川所指摘的問題，請利用這個機會再次挑戰一下。我也會在明年的上學期報告再次指定同一本書，設法扳回一城。這是一部讓人不知道能否斷定為「有破綻的傑作」的作品，總之是難以輕易評價、魅力十足的爭議之作。

（《最後的衣著》稿接第三十五回）

橫溝正史《本陣殺人事件》

獨步文化，二〇一〇

本陣殺人事件

K的悲劇

第三年的「課堂實況」，從這一回開始進入下學期的國內推理小說篇。一如往年，我讓學生閱讀江戶川亂步的初期短篇和芥川龍之介的〈竹林中〉（第六回）後，介紹在上一場大戰後勃興的本格推理小說熱潮推手——橫溝正史的代表長篇《本陣殺人事件》（一九四七年）。

關於大師橫溝正史的生平，這裡應該不必贅述了。橫溝在十多歲便入選雜誌《新青年》的懸賞小說，顯示出早熟的才華；大學畢業後，他在江戶川亂步的邀請下前往東京，進入發行《新青年》的博文館擔任多部雜誌的總編，同時創作及翻譯，展現三頭六臂的活躍。離開出版社成為專職作家後，戰前他以充滿草雙紙[1]趣味的因果報應故事及通俗懸疑作品博得人氣；到了解除推理小說的種種限制的戰後，便陸續發表日本最知名的「名偵探」之一——金田一耕助登場的本格推理系列作品，在推理界建立起堅不可摧的地位。金田一偵探首次登場的《本陣殺人事件》，是燦然照亮戰後推理小說復興階梯的里程碑作品，也是光榮地得到現在的日本推理作家協會獎的前身——日本偵探作家俱樂部獎第一屆大獎的名作。

故事的時代設定於戰前的昭和十二年，舞台是岡山的某座農村。過去是中國街道[2]沿

1 草雙紙為江戶時代中期以後流行的附插圖娛樂讀物。

2 江戶時代，自大阪沿著瀨戶內海通往下關的主要幹道。

線的驛站客棧，也是參勤交代[3]的大名[4]停留此處時的本陣[5]所在的一柳家，發生了雙屍命案。由此下筆寫起的推理小說家「我」，是從命案當時被請去驗屍的F醫師那裡聽到詳細情形——這便是本書的「敘述」模式。

一柳家的當家賢藏年屆不惑才娶妻，就在與新娘克子的花燭之夜，一道撕裂寂靜的駭人慘叫，以及一陣亂彈的不協調琴聲吵醒了家人。似乎發生異狀的新郎新娘所在的偏院，玄關和簷廊上的遮雨板都從裡面嚴密地鎖上了。無論如何呼叫，屋內都無人回應，因此家人用斧頭劈開遮雨板進入屋內，竟看見新婚初夜的兩人淒慘地渾身鮮血，雙雙交疊，早已斃命。偏院周圍是昨晚下起的積雪，但除了一組沾滿泥巴的鞋印從後方懸崖延伸至玄關內的脫鞋處以外，沒有其他踩踏的痕跡。只有庭院插著一把出鞘的日本刀，疑似是用來砍殺兩人的凶刀。屋內也無人潛伏，那麼侵入者是如何逃離這個嚴密的「密室」，丟棄凶刀，離開現場？恰巧就在這時，一柳家周圍有一名疑似過去與賢藏有過節的詭異「三指男人」出沒，而離屋的屋內也留下了染血的三指指紋……

一柳賢藏的新娘久保克子的監護人叔叔銀造，緊急找來以前曾資助留學美國的私家偵探金田一耕助。賢藏儘管身為本陣後裔的一家之主，卻強烈厭惡封建思想和舊俗陋習，不顧一族上下的反對，決定與過去的佃農之女克子結婚。金田一青年透過分析賢藏這種過度潔癖的個性，徹底翻轉了這起淒慘無比的密室命案的樣貌。

不過，同時也是一名活躍評論家的作家都筑道夫在他的名著《黃色房間如何被改裝？》（黄色い部屋はいかに改装されたか？晶文社，一九七五年）中提到本作品時，認為最為現代的部分是「三指男人」為何詢問前往一柳家路線的理由，至於被丟在積雪庭院的凶刀的「物理詭計」，卻說「只讀一次，令人一頭霧水」，評價不是很好。不過在時序上，我們這些後來的讀者由於比起原作，更先看到在都筑的這番發言後由高林陽一執導的《本陣殺人事件》電影版（一九七五年），裡面精彩地將那個密室詭計化成了影像，因此在讀到原作之前，就早已經被那淒絕無比的機關的詩性之美給震懾了。

不過如同長年來的橫溝迷都知道的，《本陣殺人事件》在高林版更早之前，原作發

3 江戶時代，幕府為鞏固中央集權制，要求諸國大名每隔一年往返於江戶和領地居住的制度。

4 江戶時代，俸祿為一萬石以上的幕府直屬武士。

5 江戶時代，在驛站供參勤交代的大名及貴族、官員等下榻的大旅館。

表後不久，就以《三指男人》（三本指の男）為片名翻拍成電影。這個版本是松田定次導演，由往年的影星片岡千惠藏飾演金田一耕助（一九四七年），不過很遺憾，我到現在都還沒有機會欣賞，所以無法比較孰優孰劣。不過高林版的《本陣殺人事件》裡，年輕時候的中尾彬演活了穿牛仔褲的金田一，也推出了ＤＶＤ，還沒有看過的人，我相當推薦這個版本。高林版《本陣殺人事件》上映的隔年，一九七六年以後，橫溝正史的《犬神家一族》（市川崑導演）做為角川電影的第一部作品上映，原作的文庫版亦同時發售，在這樣的跨媒體結合戰略中，迎來了一九七〇年代的一大「橫溝熱潮」。

——接下來有個部分我實在是想要觸及本作品的真相，提出看法，因此在此警告尚未讀過大師的原作、看過電影及電視劇的人，請千萬就此打住。

在本作中，看似「大雪密室的雙屍命案」的慘劇真相，其實是一柳賢藏殺害了新娘，接著兇手賢藏立下覺悟自戕身亡——而關於賢藏在小弟三郎的協助下塑造的幻影兇手（即誤導讀者的「紅鯡魚」）——「畢生仇敵」的三指男，次男隆二說出了哥哥賢藏曾經經歷的一場戀愛糾紛。

「（前略）大哥在大學任教的時候出過一件事，讓他對他的一名同僚恨之入骨。那個人本來是大哥的摯友，但是在與恩師的千金談戀愛時，大哥完全遭到那名好友背叛，徹底被欺騙了……大哥如此深信不疑。結果大哥的處境變得極為難堪，不僅學校待不下去，對方那位小姐也因為這件事而病死了。（後略）」

雖然語帶模糊，但確實是一起司空見慣的三角悲劇，不過以這樣的戀愛事件做為主題的小說，只要是日本人，應該都會第一個想起某部文學作品。——沒錯，就是國民作家夏目漱石的《心》（一九一四年）。細節雖然或有異同，但宛如以漱石名作的「老師」與他的好友「K」之間的愛恨情仇為題材的該起事件，從一柳家的次男隆二口中說出來，總覺得賢藏（KENZO）這個名字是出於作者的童心，配合《心》的角色「K」而取。《本陣殺人事件》的「K」，也就是賢藏，過去求學時曾經遭到「摯交」背叛——這名好友後來「成為傑出的學者」，所以當然應該被學生稱呼為「老師」——如今又發現初次迎娶的新娘居然以前也有過男人，結果選擇了自殺。《心》裡的「K」用刀子割斷頸動脈，一個人倒臥在吸滿了鮮血的被窩上；而《本陣殺人事件》的「K」殺害背叛自己的新娘後，一樣用刀子捅死自己，倒斃在血泊當中。

對推理小說家的「我」講述一柳家事件的「F」醫師也好，久保克子以前的男人最初以「T」這個頭文字登場也罷，想像這個故事裡，還有另一名學者人物以祕密的「K」被稱呼，頗有趣味。賢藏學生時代的戀愛事件是在金田一偵探的解謎幾乎完成的階段才揭露，但如果隆二所說的「大哥的『畢生仇敵』」是在真相揭曉之前就說出來，便可以說這是偉大的橫溝所布下的伏線，暗示一柳家的「K」最後也將以自殺來結束一生。

第二十七回

森村誠一《高層的死角》

高層の死角

小薰書房，二〇〇〇★

象徵日本高度成長期的推理作品

去年（二〇〇七年）十月二十七日，《每日新聞》發表了該報在全國學校圖書館協議會協助下進行的「第五十三屆校園閱讀調查」結果。在六月進行的這場調查，以國小中學及高中共一一七校，小學四年級至高中三年級為對象，得到一萬一千三百三十一名兒童及學生的回答。根據這份調查，一個月的閱讀量，小學生為九・四冊（了不起！），數字僅次於過去最高記錄的二〇〇六年；中學生則為三・四冊，也和過去最高記錄的五十年前一樣。與上述的國小中學相比，高中生一個月的平均閱讀量為一．六冊，少了一大截，但一個月連一本書都沒有讀的「無閱讀率」，則睽違三年低於五成，回到約三十年前的水準。

特別引人注目的數據，應該是所謂的手機小說獲得女高中生壓倒性的支持。報上刊登了調查對象各年級的「人氣作品前五名」，男生方面，手機小說只有高三男生的第三名出現《戀空》（美嘉著），但女生的話，在入榜作品中尋找不是手機小說的作品還比較快。其實除了國一女生的第三名和高一女生的第四名《野球少年》（淺野敦子著），高三女生的第四名《戀愛寫真》（市川拓司著）以外，其他像是《紅線》（赤い糸，芽衣（メイ）著）及《心鎖》（心の鍵，惠美（めぐみ）著）等等，都是在手機網站發表的小說。

手機小說會如此風行，坦白說我很意外。沒想到用比手掌還小的畫面，閱讀橫書而且有一定長度的日語小說的行為滲透到年輕人當中，這樣的未來景象已經是「現在」了！說什麼十年是一個時代，那已經是過時的講法了。在個人唾手可得地獲得的資訊及通訊技術如此日新月異的現代，真的是「五年就是一個時代」，世代之間的隔閡是否會愈來愈大？我不禁感到一陣不安。

做為在第一線牽引一九七〇年代推理界的暢銷作家，應該第一個列出的名字，非森村誠一莫屬。初期他以積極融入當時最先進的交通機關和嶄新流行風俗的本格推理作品博得人氣，自從獲得第二十六屆日本推理作家協會獎的《腐蝕的構造》（腐蝕の構造，一九七二年）以後，逐漸加重社會派色彩，軸心轉向重視人性描寫的犯罪小說、懸疑小說。八〇年代，他也挑戰毀譽參半的紀實作品及時代小說領域，擴大活動範圍，持續累積資歷，直至今日。

這次指定的課堂文本，是「推理作家」森村誠一誕生的第十五屆江戶川亂步獎得獎作品《高層的死角》（一九六九年）。現在容易在書店買到的是日本推理作家協會編纂的《江戶川亂步獎全集》的第七集，與海渡英祐的該獎得獎作《柏林－1888》合併收錄的版本。《高層的死角》由於作者森村本身在飯店任職過，寫實性可打包票，直接反映了大阪世界博覽會即將開幕的當時的社會狀況，描寫正值高度成長期的日本在國際旅客人數不斷攀升的狀況下，日趨激烈的「飯店戰爭」。這裡大略介紹一下故事大綱。

業界老字號的宮殿旁飯店的獨裁社長久住政之助，在該飯店最頂樓的私人房間遭人殺害。久住正準備與美國最大的飯店業者進行合作，還意氣軒揚地誇口這下就可以狠狠地反將競爭對手前川禮次郎一軍，讓他經營的東京皇家飯店好看了。警方立刻追查能夠進入被害人房間的四把備份鑰匙的管理狀況，案情卻全無突破。搜查一課的年輕刑警平賀高明諷刺地在女友有坂冬子（久住的祕書）的協助下，破解了現場密室之謎的詭計，然而就連冬子也在福岡的飯店被神祕同行者毒殺身亡。殺害久住的主犯，似乎就是冬子的「同行者」，共犯永遠地被滅口了。平賀刑警對於背叛自己的已逝女友懷抱著複雜的感情，但仍燃起熊熊執念，誓言逮捕主犯。

第一起久住命案中，利用飯店客房專用鑰匙特徵的密室詭計手法相當精湛，可以知道當房客不慎遺失鑰匙時，飯店會如何處理，當做飯店業的知識小說來讀，也趣味十足。第二起有坂命案，從東京到福岡之間的不在場證明偽裝這樣的地理設定，讓人覺得是以松本清張的名作《點與線》（第十六回）做為基礎，在搭乘飛機於國內移動已經不可能成為盲點的時代，依然展現出島國根深柢固觀念的「新盲點」。

——不過後者破解不在場證明的段落，大家還記得雖然耐人尋味，卻有些過於方便主義的場面嗎？作品中刻意（？）有些誤認事實地穿插了當時最新的演藝八卦。

這天傍晚，平賀為了拿郵件和內衣褲，久違地回到了自己的公寓。地下鐵車廂的週刊雜誌懸掛廣告上，印刷著成為東南亞某國總統第二夫人的女子，與某電影明星之間的異國戀情。夫人在總統失勢後，與丈夫分居，環遊世界，各種花邊新聞不斷。標題的「倫敦－紐約－巴黎，徹底追蹤××夫人！」令平賀心頭一震。

應該說理所當然嗎？八〇年代出生的學生沒有一個知道作者森村用來當做破解不在場證明線索的八卦是什麼。即使猜得到「××夫人」指的是誰，但那名現在已步入老年，逐漸登上名演員之列的「某電影明星」年輕時候的風流韻事，學生都是初次耳聞。這個呢，嗯，是沒什麼必要填補的世代隔閡。

——接下來我想說出在故事中段揭曉的主犯名字，說明犯罪計畫特色的模式，敬請尚未讀過此作品的讀者留意。

以東京都飯店業的競爭為背景的連續殺人案的主犯，是東京皇家飯店年輕的企劃部長，也是與前川社長的三女訂婚的橋本國男。在他兩次的殺人計畫中扮演了重要角色的，就是汽車。

戰後的日本從一九六四年的東京奧運以後，急速成為汽車社會。一般馬路的鋪設維護不用說，高速道路網也不斷擴張，加上平均收入的一般家庭也買得起的平價大眾車出現，使得所謂的私家車（car）與彩色電視（color television）、冷氣機（cooler）並稱「3C」，提升生活品質成為能夠實現的目標，這就是一九六〇年代。

私家車有個顯著的特性，也就是它與火車或飛機這類大量運輸的交通手段不同，是一般不會與陌生人共乘的「移動的包廂」。主犯橋本在第一起犯罪中，在**租賃車**裡從共犯有坂冬子那裡拿到目標房間的鑰匙，第二起犯罪中，則是在**公司車**裡將用來偽造不在場證明的小道具住宿登記表交給替身的司機。犯罪重要工具的收授行動，都是在「移動的包廂」裡隱密進行。

不在場證明遭到破解，被警方逮捕的橋本供稱「關於久住的命案，警方似乎懷疑是前川社長教唆我的，但絕對沒有這種事」，但平賀刑警對此深感懷疑。前川禮次郎應該是以自己的女兒做為誘餌，暗示部下橋本有必要除掉競爭對手久住。據我想像，這樣的教唆，應該也是在**私家車**——前川社長擁有的光鮮亮麗的高級車中——進行的。前川是叫部下橋本開車，自己悠閒地靠坐在副駕駛座上，隱密地將「殺意」傳遞給在一旁緊張地握著方向盤，野心勃勃的男子嗎？

森村誠一

《高層的死角》補遺

栗本薰

《我們的無可救藥》……臉譜出版，二〇〇九★

ぼくらの時代

不能再繼續漠不關心

閱讀是孤獨的娛樂。身為職業讀者的我，總是在自家或熟悉的咖啡廳，或是搭電車時一個人看書，讀完後一定會寫下讀書紀錄。當然，像這樣寫稿的時間，也是對著愛用的文字處理機，度過孤獨的數小時；不過站在講台上，實際面對學生，狀況又截然不同了。有時我對意料之中的問題暗中叫好，迫不及待地回答；有時則是被來自意外觀點的異議問個猝不及防，張口結舌。不時出現無法預測狀況的課堂，它的妙味就在於有時會超越孤獨地重讀文本後，預先準備好的授課內容。

在課堂上討論森村誠一以推理作家身分啟航的《高層的死角》時，我和學生特別針對「兩名共犯的問題」深入探討。這裡將接續上一回的稿子，提到命案真相來進行解說；不過本作品當中我最無法接受的部分，就是兇手橋本國男為何會在第二起命案又找了新的共犯。

在殺害主要目標久住政之助以後，橋本除非除掉共犯有坂冬子，否則自己將會落入遭到檢調追查的危險。然而在執行第二起殺人時，橋本卻找了一個比起身邊無人知曉的地下女友有坂，更容易被警方追查到的親近相關人士（公司派給自己的專屬司機）做為共犯。警視廳的平賀刑警懷疑久住命案的背後有橋本的老闆前川禮次郎在操縱，而且橋本在殺害共犯有坂時，必須找個新的共犯才能擬定計畫，他的這種**懦弱**，似乎正明確地證實了平賀刑警的幕後黑手說法。

——在實際站上講台前，我獨自想到這些內容，並整理在筆記上。因此上一回（第二十七回）的最後一段「在車中教唆殺人」等內容，其實是我一邊上課，忽然從天而降的靈感，說出口的瞬間，我忍不住輕聲驚呼，「啊，原來如此！」把學生給嚇了一跳。

因為我一邊上課，重新注意到一個事實，也就是橋本國男兩次下手殺人，都是以飯店房間為舞台，在犯罪現場的「高層房間」裡，兇手與被害人都有一段兩人獨處的時間。而在附屬於各別殺人現場的「移動的包廂」——也就是私家車裡，兇手與共犯同樣有了獨處的時間。主犯橋本重複了兩次高樓與地上，利用兩種「房間」的殺人計畫。這規律得近乎詭異地沿用了兩次的圖式，與其說是形式之美，更像是反映出橋本無自覺地因循守舊的性格。視法院審判的結果，他有可能被關在死刑犯的「獨居房」裡，終於形單影隻，更突顯了這名男子的孤獨。

去年（二〇〇七年）十二月，講談社文庫的新書書目裡，在意想不到的時間點出現了栗本薰的江戶川亂步獎得獎作《我們的無可救藥》新版。同時井澤元彥[1]的亂步獎得獎作《猿丸幻視行》也推出了新版，換言之，這等於是把原本同樣在講談社文庫版由日本推理作家協會編纂的《江戸川亂步獎全集》第十二集分成了兩冊。也就是將《我們的無可救藥》和《猿丸幻視行》二合一含稅價一二五〇圓的作品，將排版改得閱讀起來更舒適後，每一部作品都變成了含稅價七五〇圓——

CP值不用說，《亂步獎全集》還收錄了各年度的「評審過程」及每一位決選評審的「選評」，在資料面上更為充實，因此我更推薦買這個版本。不過對於單獨一名作家的固定書迷而言，比起「二合一」版本，單獨一本肯定對荷包的負擔更小一些。不過會採取這樣的銷售戰略，或許也反映出推理這個類型小說的向心力或歷史悠久的江戶川亂步獎的品牌力已大不如前，令我心情有些複雜。

總之這次的文本，是去年秋季的課程中請學生閱讀《亂步獎全集》版的《我們的無可救藥》。作者栗本薰在一九七六年，投稿了都筑道夫論到偵探小說專門雜誌《幻影城》主辦的評論部門新人獎，獲選為佳作。隔年以中島梓的名義拿下《群像》新人文學獎評論部門獎，成為論壇新秀，建立聲譽；沒想到竟又在一九七八年以《我們的無可救藥》精彩地

---

1 井澤元彥（1954-）日本推理小說家，一九八〇年以亂步獎得獎作《猿丸幻視行》出道，創作路線以歷史推理為主。

拿下第二十四屆江戶川亂步獎，一躍躋身流行作家之列。

得到亂步獎時，栗本年僅二十五歲，刷新了當時該獎史上最年輕的得獎紀錄，引發極熱烈的話題。後來這位早熟的才女將軸心放在推理界，同時跨足傳奇小說、奇幻小說、科幻小說及歷史小說等，不分類型，發表多采多姿的作品，除了文筆業之外，亦在各領域廣為活躍，直至今日。這裡就介紹一下栗本那多元的圓熟才華所揮出的「青春的一擊」——即使發表後已過了三十年，依舊充滿新鮮氣息的《我們的無可救藥》的劇情。

極東電視台的當紅電視歌唱節目「多雷米法索・最佳歌曲」的公開錄影時，一名女高中生從階梯式座位跌落下來。工作人員急忙趕過去，卻看見已經斷氣的少女背上插著一把刀。起初警方認為攝影機應該拍到了行凶瞬間，然而期待落空。當時身在攝影棚的打工人員「我」——栗本薰，和朋友石森信及加藤泰彥三人被警方視為嫌犯，但他們仍為了解開命案真相，自行調查。被害女高中生是偶像歌手藍光彥的狂熱粉絲，死前她正與藍光彥的經紀人，傳聞與黑道有不可告人關係的飯島保交談。但警方即使想要追查飯島，也苦無證據，就在這時，同樣是藍光彥粉絲的另一名少女被人發現陳屍在極東電視台的道具室裡。這第二起神祕死亡事件時，飯島似乎也和被害少女一起經過電視台走廊……

《我們的無可救藥》的開頭，主角「我」站在回顧一連串少女神祕死亡事件的地點，坦率地表明不知該如何陳述這起事件，接著首先以第三人稱的形式，描述極東電視台的日常風景。那是在電視台玄關迎接重要的廣告贊助商的電視台人員（應該是業務部門的人）看到在那裡等待心愛的偶像進出的少女，嘲笑她們是「母豬」的景況。在故事的最後，當「我」代表同年齡的「小鬼」，對某個「大人」侃侃而談的段落中，這一幕將鮮明地在讀者的心中復甦。

本作中不斷突顯的，應該可以說是世代之間的價值觀差異。主角「我」與樂團夥伴三人，雖然是在全共鬥[2]世代的「政治季節」結束後度過青春時期，被「無幹勁、無感動、無關心」的三無主義所腐蝕的漠不關心世代的長髮族，但是面對社會所謂偶像全盛期的一九八〇年代，作者要本毫不留情地揭露的，是懂事的時候電視便已經普及的漠不關心／新人類世代的「小鬼」所置身的劇烈變動的社會環境。

2 全稱為「全學共鬥會議」，為一九六八至一九六九年，日本各大學學生運動進行武力抗爭時，跨科系組織起來的大學內聯盟。

電視這個魔法盒子，將「小鬼」栽培成一群無法忽略的消費者。「但是現在，我們小鬼沒辦法順其自然地讓自己就當個小鬼。因為大人必須對我們這些小鬼做生意。（……）大人推出超跑的書，小鬼就迷戀藍寶堅尼、法拉利，大人說有新偶像誕生，小鬼就隨之起舞，拚命變成偶像的粉絲。」就如同主角「我」絕非漠不關心，對該名「大人」熱切訴說的那樣。因為「我」們試圖全力守護死前清譽的那些少女，是在透過消費實現自我的過程中，讓自身淪為了被消費的「商品」。

第二十九回

天藤真《大誘拐》……獨步文化，二〇一〇★

大誘拐

史上最讚的綁架推理

我覺得一九七二年出生的我亦屬於其中一員的第二次戰後嬰兒潮世代，運氣有些不太好。空前的泡沫經濟景氣，在高中時期與我無關地過去了；然而在人人上大學已經成真的現代幾乎成為死語的「考試戰爭」卻慘烈無比，考試沙場上屍橫遍野。大學畢業時，又正值泡沫經濟崩壞，日本經濟陷入停滯，前所未見的就職冰河期讓我們焦頭爛額。

拿起天藤真的《大誘拐》（一九七八年），考試戰爭的日子又重回腦海。一九九一年，撕下波斯灣戰爭爆發的一月日曆，奔波各個考場的兩星期過去，接下來就只等放榜。我成天在大阪梅田的鬧區閒晃，進入電影院就只為了殺時間。我記得那個時期，簡直就像要跟我作對似的，上映的全是些無聊的電影，不過以岡本喜八導演新作為賣點的國片《大誘拐》實在太精彩，將我前途未卜的鬱悶一掃而空。離開電影院後，我直接衝到書店去，買下當時由角川文庫出版的原作，沉迷地一口氣讀完。這些回憶就宛如昨日，歷歷在目。

榮獲第三十二屆日本推理作家協會獎的《大誘拐》，是歷代最佳等級的綁架推理作品。以八十二歲女主角為首的角色魅力、奪取贖金膽大包天的手法、輕妙詼諧的敘事筆法，以及上一場戰爭所留下的漫長陰影這個普遍的主題性，無論任何一樣，皆無可挑剔。首先大略介紹一下故事的導入部分。

大阪監獄的大房間裡，組成了一支後來自稱「彩虹童子」的三人幫綁架集團。年輕的扒手戶並健次夥同竊賊秋葉業正及三宅平太，計畫並實行綁架紀州首屈一指的大富翁、同時也是位慈善家的柳川敏子，勒索贖金。三人費盡辛苦監視山中豪宅，總算成功地在老夫人於自家山林中散步時綁架了她，然而首領健次深思熟慮之後決定的潛伏地點，卻遭到人質的否決。綁架集團完全被老夫人操弄在掌心，依據老夫人的建議，躲到柳川家以前的女傭領班家。應該是人質，卻以綁架集團「智囊」身分坐上首領寶座的老夫人，為了搶奪自己的贖金，挺身與警方鬥智……

現實的綁架案，多半都是以年幼的兒童為人質，本作品卻設定為充滿人情味且聰明機智的「老奶奶」，便有了一種趣味（這麼說來，我還是從本書中才知道日文裡對老婦人的敬稱叫「刀自」）。人質老奶奶巾幗不讓鬚眉，聽到三人幫起初預定勒贖的金額僅有五千萬圓，當下打槍「別看扁我」，並說「掐頭去尾，就拿個整數一百億吧」，一步都不肯退讓。提出如此天文數字的贖金，警方當然會要求證明老夫人平安無事。對於這道難題，身為人質，也是綁架集團首腦的老夫人，以巧妙誘導電視台轉播車的奇策，站在現場轉播的攝影機鏡頭前，明確地指示國二郎等四名子女該如何處理自己的財產，好籌出這一百億圓來。

不過說到一百億圓，體積相當驚人。八〇年代出生的學生平常用不到的舊版聖德太子萬圓鈔票，一百張的重量為一百三十克。對於絡繹不絕地前來提供「建議」的麻煩傢伙，奔波籌措母親敏子的贖金的國二郎，最後終於就像說笑似地說，「一百億便有一噸三百公斤。（……）這樣的龐然巨物，歹徒到底要怎麼搬走？」

——接下來提到的後半劇情，多少觸及包括奪取贖金在內的詭計，請尚未讀過本作品的讀者千萬留意！

對了，柳川敏子老夫人為什麼會把這三人幫歹徒取名叫做「彩虹童子」？他們三人原本說好在人質面前，要用「雷」、「風」、「雨」彼此稱呼。「雷」是首領戶井健次，「風」是秋葉正義，「雨」是三宅平太。三人為了這樁綁架案去超市採買工具的時候，剛好看到畫展，一幅象徵雷、風、雨的童子乘著烏雲翱翔天際的畫，給了他們靈感。首領健次說，「看童子是三人，我們也是三人，就這麼定下，沒特別的理由」。換句話說，這時候數字是吻合的。但是聽到這些稱呼的由來，老夫人卻給三人幫起了「彩虹童子」的名號。「雷風雨三童子召喚暴風雨，一旦雨過天晴，便會出現美麗的彩虹。這意境多美，聽起來又有魄力，應該很適合你們。」

彩虹的顏色在不同的地區和民族，數目也不盡相同。在日本，「七色彩虹」現在已成了一般常識，但是在英國和法國，彩虹一般是六色，在德國則認為是五色。以稜鏡分解白光，發現彩虹共有七色的，是那位大名鼎鼎的物理學家牛頓，雖然基本色的中間有無限的變化，但是在近代學術上，彩虹已固定被視為七色。

那麼只有這三名童子，還不夠彩虹的七色。接近故事尾聲時，有個場面是平安獲釋的老夫人主動向和歌山縣警本部長述說自己是「身兼母親的人質」，不過高齡八十二還忙著照顧三名惡童的老夫人，除了他們以外，還有四個親生骨肉，她與兩任丈夫之間生下的國二郎、可奈子、大作及英子四名兄弟姊妹——不不不，可不能忘了老夫人還有另外三個懷胎十月生下的孩子，亦即在上一場戰爭中過世的長男愛一郎、三男貞好及長女靜枝。雷風雨三童子，就彷彿戰死的三個孩子投胎轉世般，突然出現在老母面前。

這並不是為了符合數字而牽強附會的解釋。事實上這三名童子，也經歷過他們自己的戰爭。故事剛揭幕，在八月的豪大雨之中監視著柳川家的平太，豪情萬丈地想，「以前打仗大概也是這樣吧。（……）埋伏在最前線壕溝內的士兵，不曉得敵人何時會攻打過來，心情肯定比我們緊張。相較之下，我們不用擔心子彈亂飛、炮彈掉落，實在很幸福。」縣警本部長也把與彩虹童子的對決和日本海海戰重疊在一起，而且三童子最後甚至有可能與美軍為敵。——對了，老夫人在戰爭中過世的三個孩子裡，有一個是**女兒**靜枝。不過請回想一下，首領健次為了以電視轉播證明老夫人平安，**男扮女裝**闖進了電視台。利用阿椋年輕時穿的衣服及剩布，為健次縫製長裙洋裝，對老夫人來說，應該就像是讓年紀輕輕就死於轟炸的長女穿上親手做的衣服一樣。

前所未見的驚天動地綁架案這場暴風雨過後，七色彩虹高掛在萬里無雲的天空。因此

「彩虹童子」並不是只送給這三個綁匪孩子的名號。慈母在取這個名字的時候，肯定是想到了包括要營救自己的四名孩子在內的七人，希望原本有可能從小奸小惡更進一步沉淪的三童子，以及阿椋評為「不知人心險惡的溫室花朵」的四個親生孩子，都能共同成長為七色的「美麗彩虹」。

老婦人就像太陽一樣，在一片藍天架上了彩虹，對她而言，上一場戰爭並未在昭和二十年八月結束。特地讓轉播直升機長時間跟蹤運送贖金的直升機，應該不全是為了方便搶奪的策略。老夫人反倒是想要讓直升機繞巡紅葉季節的紀州美麗的群山——「等於我這條命的山林」——上空，讓全世界的人都欣賞到吧。沒錯，老夫人一定也在內心大喊快哉，「怎麼樣，你們看過這麼美的山嗎！」

第二十九回的下課休息

根據《光學》（*Opticks*，一七〇四年）一書發表前的草稿來看，牛頓透過稜鏡實驗，認為彩虹是由紅、黃、綠、藍、紫五色所構成。神智學者喬斯林・戈德溫（Joscelyn

Godwin）如此解釋，再加上橘與靛二色，使成「七色」，是為了符合傳統音樂理論中，把八度和音分成五個全音與兩個半音的做法，而這種做法，是基於七星（月亮、火星、水星，木星、金星、土星、太陽）和諧地演奏音樂的柏拉圖思想（參考吉村正和著《心靈的文化史　靈性的英國近代》（心霊の文化史　スピリチュアルな英国近代））。牛頓大師或許就像「最後的鍊金術師」那樣活躍，根據魔術思想，將彩虹定為了七色。

第三十回

伊坂幸太郎《家鴨與野鴨的投幣式置物櫃》

アヒルと鴨のコインロッカー

獨步文化，二〇〇八

讀者啊，答案就在風中

新年度（二〇〇八年度）終於熬過了五月病[1]的季節，不過這一回必須報告一下上年度「下學期評量」的實施狀況。我任教的兩門課之一，「現代文化閱讀課」指定給學生的

1　日本的會計年度和新學年等都是從四月開始，五月病指的是新人在四月努力適應新環境，導致五月出現各種疲倦或適應不良的症狀。

報告是「閱讀伊坂幸太郎著《家鴨與野鴨的投幣式置物櫃》，評價此作品。報告必須確實摘要劇情，列出你認為的優點及缺點。」附帶一提，新年度開設的新課程「大眾文學研究課」，則是指定歌野晶午得到日本推理作家協會獎的《櫻樹抽芽時，想你》。

——這次的報告指定書，我挑選了相當新的作品。因為年度剛開始的課程介紹中，請學生回答的問卷裡，在「喜歡的作家」中回答伊坂幸太郎，支持他的人數似乎一年比一年多。伊坂以能說人話的稻草人遭到殺害的奇妙小說《奧杜邦的祈禱》（二〇〇〇年）獲得新潮推理俱樂部獎出道以後，接著以強勁地刻畫悲劇出身的異父兄弟的緊密親情的《重力小丑》（二〇〇三年），成為第一個入圍直木獎的七〇年代出生作家。然後又以寓言式地描寫青春悲喜劇的《家鴨與野鴨的投幣式置物櫃》（二〇〇三年）獲得吉川英治文學新人獎，並以喜歡賴在CD唱片行試聽區的死神造型出色的連作集《死神的精確度》（二〇〇五年）得到日本推理作家協會獎等等，扎實地累積著娛樂系的「王道得獎歷」。

光看書名，完全無法猜到會是什麼內容的《家鴨與野鴨的投幣式置物櫃》，是以「現在」和「兩年前」差不多交互進行的形式來推動故事。「現在」的主要角色，是敘述者

「我」，亦即大學新生椎名。他滿懷期待地才剛搬進獨居的公寓住處，卻被隔壁鄰居河崎邀約，「要不要一起去搶書店？」詢問之下才知道，河崎搶書店的崇高目的，是要送一本《廣辭苑》給住在同一棟公寓的留學生。好好先生的「我」終於拒絕不了河崎任性的央求，帶著模型槍，淪為強盜同夥。

而「兩年前」的部分，則是在寵物店工作的「我」——琴美，與當地接連發生的虐待動物事件的歹徒集團之間的對決。琴美與來自不丹的留學生金歷．多吉同居，但因為前男友河崎自告奮勇教多吉日語，使得三人變成了有些複雜的三角關係。分成兩個部分的故事，兩邊皆登場的角色與只在一邊登場的角色的「替換」，正是波瀾所在，當故事尾聲，連繫兩者的真相揭曉時，讀者只能為作者精湛的手法讚嘆不已。

也是一部傑出青春小說的本作品當中，不能遺漏的是對外國人的歧視問題。除了語言以外，還有由於外貌及各種文化差異而產生的問題。「現在」的部分，椎名的同學**山田**與**佐藤**——他們被賦與了極普遍的日本人姓氏——看到應該是印度人的外國人時，說「老外實在滿討厭的」、「跟外國人不管再怎麼要好，也沒辦法完全了解彼此的」，椎名對此有些反感，而在本作品中，「兩年前」的金歷．多吉正體現了外國人這樣的立場。

關於多吉的祖國不丹，新聞報導說今年（二〇〇八年）三月，該國舉行了第一次全國選舉，從延續了約一百年的君主制轉移為議會制民主制。不丹長年採取鎖國政策，但外語（英語）教育比日本更為充實，在本作中登場的留學生多吉也能說流利的英語。幸好他的女友琴美英語也很好，因此兩人可以溝通無礙，然而河崎卻不樂見這種狀況，對多吉說「就說不可以用英語交談啊」，並忠告他，「（前略）話說得不流暢，是會被人瞧不起的。這個國家的人連對自己日本人都很冷漠了，對外國人，更是不假辭色。態度冷到跟冰山一樣唷，冰山。像你現在日語講得這樣結結巴巴，鐵定會被當成傻瓜的。」

河崎的日語課完全是實戰式的。他說重音不對，日語聽起來就會整個很怪，因此只要多吉用英語式的發音說日語，河崎就會逐一糾正，要他改過來。河崎叫多吉買了一台小型錄音機，幫他錄下類似寓言的小故事，要讓多吉徹底學好母語者隨性的口吻。河崎的日語課確實有些一廂情願，不過從他大剌剌地說「日本人連對自己日本人都很冷漠」的樣子來看，也可以充分看出他並非出於極端的愛國主義才如此忠告。河崎與多吉的這種師徒關係，其實正是連接「兩年前」與「現在」的黏著劑。——那麼，接下來將要提到故事結局並加以解說，敬請尚未讀過本作品的讀者留意！

會選擇《家鴨與野鴨的投幣式置物櫃》做為報告文本，一方面是因為這是受到學生歡迎的人氣作家的初期代表作，同時由於作品描寫的是與他們同世代的男女活躍的故事，應該能深刻地刺激他們的感性。此外，一大理由當然是因為這是近年極為傑出的敘述詭計作品。

連接「兩年前」與「現在」的接力棒，就是「河崎」這個姓氏。在「兩年前」登場的河崎，「現在」早已不在人世。在「現在」的部分邀新生椎名去搶書店的「河崎」，其實是讓師父河崎徹底調教好日語的不丹人金歷・多吉如此自稱罷了。「河崎」這個姓氏在師父死後由徒弟繼承，而「現在」的敘述者椎名，完全把亞洲人當中外貌也近似日本人的不丹人多吉當成了日本人。椎名驚訝地說「你怎麼看都是個日本人」，多吉應道，「在我看來，你也像個不丹人。」

敘述詭計惟有和作品的主題性融為一體時，才不單純只是「騙人」的雕蟲小技，而能成為傑作。就像弗列德・卡薩克的《刺客夜曲》（第十四回）揭露社會上的男女性別問題、筒井康隆《羅特列克莊事件》（第十八回）對讀者提出身障者歧視問題，本作品則是清晰地突顯出日本人對外國人的歧視問題。作者伊坂讓日本人不熟悉的不丹人登場，打造了一個完全是寓言式的虛構故事世界，但我們也可以把距離日本人絕不算遙遠的過去歷史與它重疊在一起閱讀。

戰前的日本在殖民朝鮮的時候，重要的政策之一「創氏改名」，有一段極為複雜的執行過程。水野直樹的近作《創始改名》（岩波新書，二〇〇八年）中有詳細的描述，但朝鮮總督府的警務局意外地出於極深刻的理由，對這個政策抱持反對態度。因為如果由於「創氏」，讓朝鮮人以日本式的姓氏自稱，並徹底實施日語教育，那麼將會難以分辨朝鮮人與日本人的差異，分別管理了。推行同化政策，反而有可能陷入「支配／被支配」的關係變得不穩定的兩難局面。因此當時的殖民地政策變得相當矛盾，至少「改名」措施未曾積極推動，在宣傳「內鮮一體」的同時，卻也堅守差異化。自稱「河崎」的兩名亞洲人的問題，對於身為亞洲一員的日本來說，具有沉重的意義。

第三十回的畫蛇添足

《家鴨與野鴨的投幣式置物櫃》的敘述詭計相當特殊，應該無法改編成影像（所以常有些原作是推理作品的電影，卻撇開最重要的敘述詭計部分，使得改編影像的成果令人遺憾……），但本作品卻十分例外地擁有改編影像能夠成立的齊全條件。當然，在改編影像時，在結構上必須下一番工夫，但身兼編劇的中島義洋導演成功地跨越這個難關，完成了一部精彩的「敘述詭計電影」。享受過原作後，請務必也欣賞一下電影版。

第三十一回

亞瑟·柯南·道爾

《巴斯克村獵犬》The Hound of the Baskervilles

……臉譜出版，二〇一七

魔犬！魔犬！

在鄰縣的京都每星期上一天課的兼任教師打工，終於邁入第四年（二〇〇八年度）了。我這大叔三十多歲的時光過得飛快，但平成年間出生的年輕人，時間的流速當然與我是平等的。我任教的兩堂課，都是大二以上可以選修的課程，不過從今年開始，我終於教到**一九八九**（昭和六十四年／平成元年）年出生的學生了。

所謂的decade——年代，原本是指西曆的個位數從「一」到「〇」的十年間，因此一九九〇年便是八〇年代的最後一年。不過習慣上也經常把個位數從「〇」到「九」的十年當成一個年代的範圍，這樣的話，把隔年的一九九〇年起視為進入新的九〇年代，從數字上也比較直觀易懂。

——那麼，從「與八〇年代出生的學生共讀推理小說」這樣的概念開始的這場「課堂實況」，在一年後的春季四月以後，就會正式改為以九〇年代平成年間出生的學生為授課對象了……不管怎麼樣，昭和年代出生的我都必須克服被當成歐吉桑的恐懼，懷著新鮮的心情面對新面孔的學生吧。

新年度的上學期課程，以外國古典名作為中心進行閱讀。在第一堂的課程介紹後，沿襲去年度開始的課程內容，以威廉·艾利希的《幻影女子》（第一、二回）和阿嘉莎·克莉絲蒂的《東方快車謀殺案》（第十二回）來緩和學生的「翻譯作品過敏症」，然後回溯推理小說始祖埃德加·愛倫·坡的杜邦作品（第十一、二十一回），接下來便順著發展史，一路讀到現代作品。

讀完愛倫·坡之後，過去三年我都是介紹亞瑟·柯南·道爾的《福爾摩斯辦案記》

（*The Adventures of Sherlock Holmes*，一八九二年），不過今年度我換個心情，第一次指定福爾摩斯的長篇作品中從以前就最受歡迎的《巴斯克村獵犬》（一九〇二年）做為閱讀對象。我本身也是相隔約二十年再次閱讀本作品……這裡先介紹一下故事的開頭部分吧！

德文郡中部達特穆爾的名士查爾斯．巴斯克維爾男爵猝死了。解剖驗屍後，被認定是在夜間散步的途中死於心臟衰竭。但死者的好友莫蒂默醫生接獲管家通知，第一個檢查完遺體的時候，在不遠處目擊到剛踩出來的可疑腳印。那不是男人或女人的腳印，而是「巨大的獵犬腳印（the footprints of a huge hound）」！傳說中，惡名昭彰的巴斯克維爾家的祖先雨果，就像其種種惡行遭到天譴般，是被一頭巨大的「魔犬」咬斷咽喉而慘死。難道這傳說中的魔犬，竟在維多利亞時代的現代復甦了嗎？莫蒂默醫師帶著過世的查爾斯的姪子——即將繼承巴斯克維爾家的青年亨利，拜訪倫敦貝克街的福爾摩斯，委託他解開前當家查爾斯的死亡真相……

其實我中學第一次讀到《巴斯克村獵犬》時，對它沒有太好的印象。老實說我大失所望，後來再也沒有重讀這部世間讚譽有加的長篇，故事細節忘得一乾二淨——不過福爾摩斯迷應該都知道，目前光文社文庫正在推出《新譯夏洛克．福爾摩斯全集》，去年（二〇〇七年）夏天也出版了《巴斯克村獵犬》，我認為透過日暮雅通的新譯本，或許可以刷新一下評價。接下來將揭開傳說中魔犬的真面目，進行解說，請尚未讀過本作品的讀者千萬留意。

故事尾聲，我們的名偵探夏洛克・福爾摩斯設下陷阱，埋伏暗中操縱神祕「魔犬」的兇手。以巴斯克維爾家的年輕當家亨利做為「誘餌」的危險計畫雖然成功了，但當時福爾摩斯射出數發子彈，總算逮住的「駭人之物」——牠的真面目竟然真的只是一條狗。兇手在倫敦的寵物店買來，悄悄養在荒野祕密屋舍裡的這頭大型犬，「不是純種尋血獵犬，也不是英國獒犬，似乎是兩者的交配種」。

福爾摩斯終於查出的「魔犬」真面目，對於已經讀過《福爾摩斯辦案記》的推理入門者的我來說，實在令人失望。因為該短篇集裡收錄的名作〈花斑帶探案〉的兇手是個意想不到的怪物（！）看到攻擊人的「魔犬」毫不意外地就只是一條狗，教人如何能夠接受？這次重新再讀，無法否定劇情有諸多不自然之處，做為一部本格推理作品，還是難說傑出。

福爾摩斯系列顯著的特徵之一，是有多部作品與當時屬於大英帝國版圖的地區密切相關。英國文學研究者正木恒夫在《殖民地幻想 英國文學與非歐洲》（植民地幻想 イギリス文学と非ヨーロッパ，美鈴書房，一九九五年）中，以一章的篇幅分析福爾摩斯作品，指出長短共六十篇的福爾摩斯「正典」中，有超過半數的三十二篇，英國殖民地與受到英國強烈影響的地區扮演了「犯罪供應源的角色」，其中更以帝國要地印度十五篇為最大宗。不是毒藥或凶器來自非歐洲世界，就是命案背景與發生在殖民地的糾紛有關，這光是讀完第一短篇集的《福爾摩斯辦案記》，亦洞若觀火。

《巴斯克村獵犬》的兇手傑克・斯泰普頓（其實他是查爾斯・巴斯克維爾的么弟羅傑的獨子），是品行不良的父親在英國無處容身，逃到南美的時候生下來的；長大之後，他帶著在中美洲哥斯大黎加盜領的公款，「侵入」英國，是英國的異分子。他的經歷完全符合福爾摩斯作品兇手的形象，如果居住在達特穆爾的怪物，真面目是大象（不管是印度象還是非洲象）或獅子，就更符合福爾摩斯作品典型的「大英帝國」對決「殖民地」的二元對立圖式了。這樣應該更有意思多了。不過史泰普頓用來當成殺人工具的魔犬的父母，尋血獵犬和英國獒犬，都是**英國原產的品種**，這具有什麼意義呢？

眾所皆知，柯南・道爾在第二次波爾戰爭（一八九九至一九〇二年）時參加了軍醫團，他就是在回國的船上與認識的記者弗萊徹・羅賓森（Fletcher Robinson）交流的過程中，得到了《巴斯克村獵犬》的構想（回國後，羅賓森招待柯南・道爾到他位於達特穆爾的宅第，帶他到舞台的地點參觀）。波爾戰爭中，英國雖然勉強贏得勝利，然而慘烈的焦土作戰，加上把超過十萬人以上的波爾人（荷蘭裔移民的子孫）關在環境惡劣的集中營等行徑，招致國際社會的抨擊，重傷了紳士國度的威信。回國後，柯南・道爾寫了一本擁護祖國的書，苦心孤詣地設法平息歐洲各國的反英情緒，但他身在南非的戰場時，是否也曾對大英帝國內側的「黑暗（＝魔犬）」感到戰慄呢？

第三十一回的畫蛇添足

第四回提到的皮埃爾・拜亞德找到了《巴斯克村獵犬》**其他兇手！**——我得知這個消息，但著作的法文版（二〇〇八年）我即使想讀也力不從心，因此只大略瀏覽了同年出版的英譯版，用在後來的課堂上，不過不久前終於出版了日文版（東京創元社出版，《夏洛克・福爾摩斯的謬誤》（*L'affaire du Chien des Baskerville*），平岡敦譯）。本書指出傑克・斯泰普頓並非操縱魔犬，覬覦巴斯克維爾家繼承權的惡棍，其實背後還有個「真兇」在行動，真正的目的是為了**除掉傑克**，觀點非常有趣。

在該書裡，拜亞德說福爾摩斯與達特穆爾的魔犬之間有一種「對偶的相似關係」，

〈暗紅色研究〉（*A Study in Scarlet*）、〈布魯斯－帕廷頓計畫〉（*The Adventure of the Bruce-Partington Plans*）中用英國獵狐犬來比喻福爾摩斯的偵探行動，這種狗一樣是英國貴族為了獵狐娛樂而交配出來的犬種。用來形容一肩扛起大英帝國威望，打擊殖民地黑暗的福爾摩斯，應該可以說再貼切不過。

第三十二回

艾勒里·昆恩《荷蘭鞋子的祕密》The Dutch Shoe Mystery

……臉譜出版，二〇〇四★

地上的醫院，空中的戰場

每年總要等到黃金週假期結束後，總務課才會送來去掉「（暫定）」幾個字的「學生名單」。上面有正式選修該教師負責科目的學生姓名，等於是點名簿。

不管是已經累積三年經驗的「現代文化閱讀課」，還是去年新開的「大眾文學研究課」，我都以平均十幾名正式修課的學生為對象，低調地共享閱讀的樂趣，不過今年度接到正式通知一看，居然有往年兩倍以上的學生選修。考慮到為上下學期兩次的報告打分數的工作量，兩門課總計六十五人的數目，已經超越我的教育能力了。如果明年以後我還要繼續打這門工，應該就得預先設法來減少修課人數。沒錯，首先就儘量挑選艱澀厚重的作品當做報告閱讀文本——比方說威爾基．柯林斯（William Wilkie Collins）的《月光石》（*The Moonstone*，一八六八年）或笠井潔的《哲學家的密室》（哲学者の密室，一九九二年）——讓學長姊留下「這門課的報告累死人」的口碑給學弟妹吧。

第四年的推理閱讀課，我也先讓學生熟悉推理類型小說始祖埃德加．愛倫．坡、名偵探代名詞夏洛克．福爾摩斯之父柯南．道爾，以及悖論之王G．K．卻斯特頓這「黎明期三巨頭」的作品後，接著進入二十世紀於兩次大戰間在英美開花結果的所謂黃金時代的知名作家。

獲得死後仍備受景仰的評論家安東尼．布徹（Anthony Boucher）評價為「美國偵探小說代名詞」的大師艾勒里．昆恩的作品，過去由於各種原因，沒有在專欄中「實況轉播」，不過過去三年，我都以不同的昆恩文本來測試學生的反應。第一年是在日本特別受到讚譽的《Y的悲劇》（一九三二年），第二年則是具有濃厚懸疑色彩的戰後代表作《多尾貓》（一九四九年），第三年則是多半會推薦給昆恩入門者的《埃及十字架的祕密》（一九三二年）。

其中學生評價最好的是《多尾貓》，宛如隨機殺人魔在紐約市街肆虐的精神異常懸疑風格似乎受到歡迎。不過幾乎所有學生都是在**這門課**生平首次讀到昆恩作品，因此我還是想要從他初期宛如被「邏輯的魔鬼」附身般縝密的猜兇手小說開始讓學生接觸。因為我相信這才是與這名作家最幸福的邂逅形式。因此第四年的文本，我從初期昆恩被稱為「國名系列」的作品群中，挑選了特別示範公平競爭精神的《荷蘭鞋子的祕密》（一九三一年）。這裡簡單介紹一下劇情。

一九二〇年代的某一年，一月寒冷的某個上午，紐約市內的「荷蘭紀念醫院」正準備為一名重要人物進行緊急手術。病患愛比嘉・杜倫是國際知名的億萬富翁，同時也是這家醫院的創辦人。然而對於她破裂的膽囊，美國東部最傑出的外科醫師法蘭西斯・傑尼卻未能展現他天才的手術技巧。因為老婦人被送到備有觀摩席的大手術室隔壁的預備室，還未搬上手術台，就已經遭人殺害了。偶然來到該醫院拜訪醫師朋友的「名偵探」艾勒里・昆恩立刻聯絡父親探長昆恩，著手偵辦。兇手似乎是偽裝成傑尼醫師，進出預備室，迅速勒死了老婦人。能夠分到龐大遺產的嫌犯候選人一隻手也數不完，就在這時，連遇害的老婦人視如己出，關照有加的傑尼醫師也在醫院自己的辦公室遭人勒斃……

從第二起命案發生的狀況，細心入微的讀者應該可以懷疑某一名角色才對。假設那名人物就是兇手，就可以較容易想到在手術預備室裡殺害富翁老婦人時使用了什麼詭計。總之我敢保證這部佳作能夠讓讀者充分享受到根據作品明示的線索，邏輯推理式地揪出兇手的醍醐味，而不容錯過的，還有掩蓋醫療過失這個永遠不會過時的主題。

——話說回來，時隔約二十年重讀本書，我純粹地感動，「啊，學習真是一件美好的事。」不為別的，就是學到命案現場「荷蘭紀念醫院」的**外頭**發生了什麼事。《荷蘭鞋子的祕密》是一部極度缺乏活動場面的小說，與《埃及十字架的祕密》等作品相比，更是顯著，印象中它全是以醫院建築物室內，或是昆恩父子在自家討論的場面構成。換言之，醫院外頭的紐約乃至於美國，更乃至於包括日本在內的國際社會處於什麼樣的情勢，這些對當時的讀者應該是天經地義的前提，因此小說中並沒有特別描寫。

這部小說發表的兩年前，以一九二九年十月二十四日為界，世界發生了什麼事？沒錯，由於紐約股市崩盤，引發了世界經濟大恐慌，本書就在這樣的世道中出版面市，雖然作品中命案發生的時間設定在「一九二X年一月」，是在經濟大恐慌以前，但其實它可說是如實反映了**現實的影響**。

第二名被害人傑尼醫師與一名神祕科學家莫理茲．肯奈賽共同研發一種新的合金，愛比嘉．杜倫對它投資了一筆不小的錢。而這筆研究經費聽說中斷了，這被懷疑是肯奈賽博士殺害老婦人的動機，生前老婦人曾對年輕的顧問律師埋怨，「我再也不想為那種無聊的實驗花錢了，最近手頭有點緊。」由此可以看出她因為投資失利，資產大減，為此頗為心急。

杜倫雖然是一名受到敬愛的慈善家，但她能夠累積如此龐大的財富，當然也是個「精打細算」的投機客。她會挹注不小的一筆資金，投資可疑的肯奈賽博士開發他宣稱「將會使航太科學掀起革命」的合金（難以置信地輕盈，而且堅韌！），應該不全是因為視如己出的傑尼醫師美言的關係。經歷第一次世界大戰，現在又因為前所未見的景氣惡化，下一場戰爭勢不可免，能實現高速飛行的金屬單槳飛機肯定會成為戰場主角。杜倫老婦人一定是打好如意算盤，認為如果夢幻合金完成，不僅是國內需求，還能賣給歐洲各國大賺一筆。她身在地上醫院的病床上，就是如此夢想著不久後的未來即將發生的空戰。

第三十三回

阿嘉莎·克莉絲蒂《五隻小豬之歌》Five Little Pigs

遠流出版，二〇一〇

迷途的小豬

已經讀過阿嘉莎·克莉絲蒂的《五隻小豬之歌》（一九四二年）的人不必說，就如同熟悉英美文化的人都知道的，直接從英國版書名“Five Little Pigs”翻譯過來的日文版書名《五隻小豬》，乍看之下頗為童趣，一點都不像推理小說的書名，不過這是英美自古流傳，總稱為「鵝媽媽童謠」的許多童謠當中，也特別知名的一首搖籃曲。

This little pig went to market,
This little pig stayed at home,
This little pig had roast beef,
This little pig had none,
And this little pig cried, Wee-wee-wee-wee-wee,
I can't find my way home.

關於邊唱這首搖籃曲邊玩的「遊戲」，後面會再詳細說明，在委託人拜訪私家偵探赫丘勒・白羅的「引子」之後，以三部構成的《五隻小豬之歌》的〈第一部〉後半，從第六章到第十章的章題，幾乎直接使用了上述童謠的歌詞。

6　一隻小豬上市場（This little pig went to market…）

7　一隻小豬待在家（This little pig stayed at home）

8　這隻小豬吃烤牛（This little pig had roast beef）

9　那隻小豬餓肚皮（This little pig had none）

10　還有一隻小豬嗷嗷叫（This little pig cried 'Wee Wee Wee'）

第十章的章題去掉了歌詞最後一節，這肯定是以英美讀者每個人都知道接下來的歌詞是什麼為前提的做法。第五隻小豬為什麼嗷嗷叫？沒錯，因為「我找不到回家的路」，束手無策。

《五隻小豬之歌》是無人不知、無人不曉，運用「灰色腦細胞」解決一切困難案件的名偵探赫丘勒・白羅活躍的第二十一部長篇作品。這部作品採用了「回憶命案」形式，也就是重新挖掘似乎早已結案的事件，克莉絲蒂自家絕活的雙重含義（預先賦予登場角色的言行除了一般解釋之外的另一層「真意」）技巧，在此發揮得淋漓盡致，如同這樣的評價，是推理迷心中的名作。

故事從一名自稱卡拉・洛曼荃的年輕女子拜訪白羅的場面揭幕。她來委託這位知名私家偵探，是為了請他重新調查十六年前母親卡蘿琳・奎雷毒殺父親阿瑪斯，被宣判有罪的事件。卡蘿琳因為酌情量刑，雖然逃過死刑，但被判終身監禁，卻在判決之後短短一年就離世了。死在獄中的母親留下一封信，要求等到年幼的女兒二十一歲時再交給她，而信上傾訴她其實是無辜的——

第一部的前半，是白羅接下委託後，訪問當時的法界相關人士及負責此案的前探長，詢問這宗阿瑪斯命案的概要。知名畫家阿瑪斯．奎雷與他的妻子卡蘿琳平日總是口角不斷。也許是以為用一句藝術家性情就可以帶過，阿瑪斯即使在婚後，也不斷拈花惹草，不過玩火之後，總是會回到為他生了個女兒的夫人身邊，重修舊好。然而即將四十的阿瑪斯愛上了約克夏工廠老闆任性的女兒艾莎．葛里爾。阿瑪斯為了替艾莎繪製肖像，竟大膽地把她叫到自己家來，在一個夏天裡，讓妻子和情婦同居。一個屋簷下一觸即發的三角關係，由於艾莎對卡蘿琳的一番話，讓局勢急轉直下，「少佯裝不知情了。妳就像把頭埋在沙裏的駝鳥一樣，明知道我跟阿瑪斯兩情相悅，準備要結婚了。」隔天在花園畫畫的阿瑪斯，喝了夫人送來的啤酒，被疑似摻在裡頭的毒芹鹼（毒芹提煉出來的毒）給毒死了……

第一部的後半（第六章以後），白羅逐一拜訪如果卡蘿琳．奎雷在殺夫一案是清白的，理當會被視為嫌犯的五人。鵝媽媽童謠的「五隻小豬」，就是用來比喻這五個人的形象。

第一隻小豬是被害人阿瑪斯的好友菲利普・布萊克。他是個優秀的企業家，也是炒股高手。他原本就反對阿瑪斯和卡蘿琳結婚，即使在十六年後的現在，仍不堪入耳地撻伐卡蘿琳的冷血無情。菲利普的哥哥默狄思・布萊克是第二隻小豬，他是個典型的地方鄉紳，以前曾出於興趣鑽研藥草。十六年前的命案發生前，卡蘿琳就是從默狄思的自家實驗室悄悄偷走了毒芹鹼。

第三隻小豬是前面提過的艾莎・葛里爾。她貪慕地位與愛情，現在已經三十六歲，仍貌美如昔，曾兩度結婚與離婚，現在成了參議員貴族之妻（戴蒂罕爵士夫人）。

第四隻小豬是卡蘿琳的異父妹妹安吉拉・沃倫的家教西莉亞・威廉斯。她是個如假包換的女性主義者，在公寓過著樸質的晚年生活，雖然她不懷疑卡蘿琳有罪，但現在仍對奎雷家的女主人表示敬意。

而最後第五隻小豬，是卡蘿琳付出無條件的愛的異父妹妹安吉拉・沃倫。當時還是個青春少女的她，因為姊夫阿瑪斯突然說要在秋天把她送去寄宿學校，氣憤莫名。因為她就要被一個人趕去連回家的路都認不得的遙遠學校去了。

名偵探白羅訪問上述五名嫌犯時，請他們寫下重現命案當時的回憶。本篇「第二部」，就是五人寫給白羅、描述各別不同的阿瑪斯命案狀況的信。然後「第三部」終於讓命案關係人齊聚一堂，進行解謎，這可以說是古典「名偵探」小說的醍醐味所在。

——這裡有必要了解一下鵝媽媽童謠的「五隻小豬」是怎樣一首搖籃曲。由於對英美讀者來說是理所當然的知識，作品中並未特別說明，不過這是一首哄嬰兒入睡的歌，唱歌的人把小嬰兒嬌嫩的每一根腳趾頭當成小豬。首先拉拉拇趾，唱「一隻小豬上市場」，接著依序拉扯食趾、中趾、無名趾，一句句唱下去，最後拉扯當成第五隻小豬的小趾，學小豬嗷嗷叫，搔搔嬰兒的腳底，讓嬰兒咯咯發笑。

白羅將五名嫌犯當成童謠的小豬，而拿起本書的每一個讀者，就像是聆聽母親唱起那首搖籃曲的小嬰兒。在第三部，隨著白羅揭開謎底，讀者的心也跟著被撩撥，將阿瑪斯命案的嫌疑逐漸集中在第五隻小豬安吉拉・沃倫身上。不，安吉拉確實**很可疑**。讀完第二部的時候，應該也有不少讀者推理安吉拉就是真兇。

如果卡蘿琳是刻意讓自己蒙上不白之冤，她甚至不惜犧牲性命也要保護的人會是誰？想像在法庭上完全不為自己辯護的卡蘿琳心中的想法，（自認）聰明的讀者確信那除了異父妹妹安吉拉以外，不可能有別人，認定卡蘿琳就是看見了第五隻小豬立刻就要被警方盯上逮捕，哭著回不了家的未來，才甘願頂罪。但是這個結論，卻如同扭斷嬰兒的手一般[1]——不，搔嬰兒腳底一般，是輕易受了誤導！

（《五隻小豬之歌》稿接下回）

1 日文慣用語，形容易如反掌。

阿嘉莎・克莉絲蒂

《五隻小豬之歌》

小豬為何求婚？

延續上回（第三十三回），終於要揭開《五隻小豬之歌》的真相並加以解說。儘管整體印象不免平淡，但尚未讀過形同克莉絲蒂拐騙技巧大全的這部逸品的讀者，敬請千萬就此打住。

相當於《五隻小豬之歌》解決篇的第三部中段，十六年前殺害阿瑪斯・奎雷的嫌疑落在了被害人的小姨子安吉拉・沃倫身上。悲劇的是，命案剛發生的時候，卡蘿琳・奎雷也深信毒殺了她的丈夫的，一定就是心愛的妹妹安吉拉！

卡蘿琳對異父妹妹安吉拉一直心懷深深的虧欠。再婚的母親全心全意照顧與「新的爸爸」生下來的妹妹，讓卡蘿琳心生嫉妒，衝動之下拿文鎮扔向還是小嬰兒的妹妹，害她瞎了一隻眼睛。因此十六年前的悲劇當天，卡蘿琳抱著疑似遭到毒殺的丈夫遺體，誤信兇手一定就是安吉拉，甚至感謝老天爺給了她這個求之不得的贖罪機會。

然而對阿瑪斯下毒的並不是安吉拉。命案剛發生前，安吉拉確實碰過阿瑪斯要喝的啤酒瓶，但她只是想要小小惡作劇一下，在裡頭摻進木天蓼，讓味道變怪而已（不過這場惡作劇也在動手之前被阻止了）。從諸多運用雙重含義技巧的伏線浮出檯面的真相，其實是命案當天早上決心與情婦艾莎分手的阿瑪斯，以及想到明天艾莎這個年輕姑娘就要遭到拋棄，對她憐憫不已的卡蘿琳。——而三角關係的另一個當事人艾莎，偷聽到阿瑪斯完成她的肖像畫以後就要對她提出分手的事，震驚萬分，決心與其如此，索性把情郎給殺了。艾莎並且對留住阿瑪斯的心的卡蘿琳設下了「圈套」。艾莎目擊卡蘿琳從默狄思・布萊克的實驗室拿出毒藥，便偷偷把它從藏匿的地方拿出來，摻在阿瑪斯要喝的啤酒裡。

赫丘勒・白羅獨擅勝場的解謎盛宴後，主角從「名偵探」換成了「名兇手」。和白羅單獨留在房間的艾莎逞強地說「站在被告席上為我的生命抗爭，或許也滿有趣的——或許會充滿刺激過癮的樂趣」。就像白羅也承認的，現在已經不可能再蒐集到證實艾莎犯罪的充分證據。但得到白羅由衷同情的艾莎，終於承認了自己的罪行，吐露真心，「卡蘿琳和阿瑪斯都走了，去到我到不了的地方。結果他們兩個沒有死，死掉的人是我。」現任戴蒂罕爵士夫人覺悟到接下來將會發生的一切，悄然離開永遠埋葬了青春年華的「美麗的墳墓」——

最後一幕餘韻深沉，令人留下美好的深刻印象，艾莎儘管是個自私至極的騙子，卻讓人在最後無法對她感到厭惡。說相較之下或許奇怪，不過感覺會特別引來女性讀者壞評的，應該是布萊克兄弟裡的弟弟菲利普吧。其實菲利普在卡蘿琳結婚前，甚至在她與好友阿瑪斯結婚後，都私心愛慕著她。菲利普會不斷地攻擊卡蘿琳的人格，其實是「愛意無法實現」的酸葡萄心態使然；不過因為他是那種常見的無法斬斷情絲的類型，身為同性，我有點想要替他辯護一下。附帶一提，電視劇《名偵探白羅》改編《五隻小豬之歌》時候

（二〇〇三年），菲利普愛慕的對象從好友阿瑪斯之妻改成了**好友本人**，這也是反過來對原作極具說服力的一種詮釋。

總之，鄰居布萊克兄弟裡面，性格難以捉摸、十足可疑的是哥哥默狄思。就如同第三部第二章的章題〈白羅提出五個問題〉所示，白羅再次拜訪五名嫌犯，各別提出關鍵問題。這時白羅不知為何向默狄思提出了一個從艾莎那裡聽到的、關於默狄思的意外事實，不過卻又與解開真相毫無關係。

讀者還記得嗎？也就是卡蘿琳的審判剛結束，**默狄思就向才剛失去情郎阿瑪斯的艾莎求婚了**。

「他說他『想要保護我』、『想要照顧我』呢。他可能就跟別人一樣，認為那場審判對我是一場折磨，非常同情我受到報紙和一般大眾的攻擊。」

她想了一下，說：

「可憐的老默狄思！他真是蠢斃了。」說完又笑了。

默狄思・布萊克對於殺害阿瑪斯的「凶器」來自他的實驗室深感懊悔地說，「要是我沒有蒐集那種藥草……要是那天我沒有在大家面前談論那些藥草，大吹特吹……但我做夢都想不到，竟會演變成那種結果。」命案剛發生前，默狄思招待奎雷夫妻和「五隻小豬」一起到實驗室，炫耀他的毒芹鹼，還虛榮地刻意朗讀柏拉圖的著作《斐多篇》裡描寫古希臘哲人蘇格拉底被迫服下這種毒藥處死的場面。

被阿瑪斯拋棄，對她而言就等於世界末日。所以她才會想要偷毒芹鹼。她認為毒藥能讓她解脫——一定是我不小心宣揚了毒藥的效果，她由此得到靈感，又被柏拉圖描寫那種毒藥的死亡場面的優雅詞句給蠱惑，糊里糊塗生出了這種傻念頭。

在寫給白羅的回憶記述中，默狄思刻意提出了「阿瑪斯自殺說」，不過這時我的腦際掠過了一個可能性，也就是「操控」。默狄思是不是巧妙誘導卡蘿琳，讓她偷取毒芹鹼？卡蘿琳認為丈夫的花心這回可能是「認真」的，愁苦萬分。她偷走毒藥，是為了事到臨頭，她可以服毒自殺，不過在默狄思的心大大朝「邪惡」傾斜的午後計畫中，卡蘿琳逼迫丈夫，同歸於盡的發展，才是他最期待的結局（不過隔天早上他已經身陷罪惡感，立刻央求弟弟協助，試圖回收「凶器」。這樣的優柔寡斷也很像默狄思的個性）。

該說結果歪打正著嗎？阿瑪斯喝下毒藥（不是卡蘿琳下毒，而是艾莎下的手），離開人世，妨礙默狄思向艾莎求婚的「障礙」消失了。如果愛上艾莎的默狄思把卡蘿琳當成「道具」，成功葬送情敵的話……「即使是現在，如果能夠，我還是想要把我的愛獻給她（引用者注：卡蘿琳）」，默狄思對白羅所說的這番話，聽起來完全就像藉口，空虛極了。

第三十四回的畫蛇添足

《五隻小豬之歌》裡面，白羅這樣說過，「縱然是歷史事件，仍有各種解釋。舉個例子吧，像蘇格蘭女王瑪麗，每一本書對她的描寫不盡相同。有些說她是殉道者；有些說她是放蕩不羈、反覆無常的女人；有些說她是頭腦簡單的聖徒；有些說她是熱衷屠殺的陰謀家；有些甚至說她是命運捉弄下的犧牲者。**讀者只能從當中自己做出選擇**。」（粗體為引用者所加）因此我決定將默狄思．布萊克解釋為一個膽小的陰謀者。

第三十四回的下課休息

卡蘿琳・奎雷帶著殺夫「毒妻」的污名登場，不過他的丈夫阿瑪斯和蘇格拉底死於同一種毒，因此讀者可能會把她與一般做為惡妻代名詞的蘇格拉底之妻贊西佩的形象重疊在一起。然而據說贊西佩的惡妻形象是後人任意貼上的標籤，而且克莉絲蒂應該絲毫不曾懷疑贊西佩對丈夫蘇格拉底的愛。默狄思・布萊克朗讀的《斐多篇》的開頭，就描寫了贊西佩抱著與蘇格拉底所生的孩子，在即將受刑的丈夫面前哭得撕心裂肺、悲痛萬狀的模樣。沒錯，贊西佩與卡蘿琳，都絕不可能毒殺她們最心愛的良人。

續柯林・德克斯特《最後的衣著》

薇拉莉・泰勒沒有死？

之前（第十四回）我曾經提過文化廳實施的「國語輿論調查」，今年同一份調查的結果也刊登在七月二十五日的各大報上，不過從兩個選項中挑選詞彙正確意義的問題，年紀愈輕，答對率似乎愈低。然而卻有個奇妙的詞彙得到了意外的結果。日語的「憮然」，究竟是A「生氣的樣子」還是B「失望茫然的樣子」？

對於這個問題，六十歲以上的高齡者的答對率只有十三・三％，相當低，但青少年（十六歲以上）的答對率卻達到三十六・三％。**你**能毫不猶豫地選出正確的答案嗎？正確答案是B。

其實關於「憮然」這個詞，我在讀大學的時候就認知到它的含義變得相當搖擺不定，因此出社會以後，不管是在寫文章還是日常對話中，都避免使用「憮然」一詞。因為在一些敏感的場合，有可能會招來誤解。比方說，如果上司問，「喂，後來××怎麼樣了？」（同事××昨天被上司狠刮了一頓），而我回答，「他一副『憮然』的樣子。」即使我想要表達的是「××很沮喪」，但仍有無法忽視的機率，上司會解釋為「××憤憤不平」，因而生起××的氣，所以必須小心。這次的調查，讓人驚訝地發現上了年紀的人反而誤用了「憮然」一詞，不期然證明了我預先自我審查某些詞彙，是正確的做法。

——開場白就到此為止，進入「上學期評量」的實施報告吧。今年——沒錯，今年必須再次挑戰第二十五回放棄做出評價的爭議之作，柯林．德克斯特的《最後的衣著》（一九七六年）。不過遺憾的是，這次也沒有出現提供嶄新觀點的「援軍」，因此我只好繼續孤軍奮戰。首先從追查第二十五回也簡單說明過的「第一封信」之謎開始。兩年三個月前離家出走、當時十七歲的女高中生薇拉莉．泰勒的父母收到一封信，寄件人是失蹤的女兒，讓失蹤案有了新的發展。

親愛的爸爸媽媽：

我想告訴你們我平安無事。請不要擔心我。請原諒我一直沒有寫信給你們。不過我沒事。

薇拉莉

本作的劇情已經在第二十五回介紹過了，因此接下來將提到失蹤案的結局進行解說，請尚未讀過本作的讀者就此留步。

本作品「謎團」的中心，是薇拉莉・泰勒突然的失蹤，其實是部分相關人士（但是相關人士的範圍模糊到不行！）暗中知情之下的行動。薇拉莉一離開故鄉吉寧頓，立刻前往倫敦動了墮胎手術，與就讀的高中的法文教師大衛・艾康，在北威爾斯的小鎮喀那芬郊區展開實質上的婚姻生活。

那麼，關鍵的「第一封信」到底是薇拉莉本人寫的，還是掌握了她與唐納・菲利森校長的性愛醜聞的副校長雷吉納德・班納寫的？信是在負責她的失蹤案的警探理查・安雷私下造訪倫敦那天（這天也成了他的祭日）的隔天寄出的。安雷警探在他生命中的最後一天，見到了薇拉莉高中時的男友之一強尼・馬蓋爾，目的應該是為了確定強尼最近似乎開始同居的女人是不是薇拉莉。安雷這趟撲了個空，但或許可以推測，強尼立刻打電話把刑警上門的事告訴薇拉莉，而薇拉莉為了不讓父母擔心而寄信。這樣的話，表示強尼也包括在知道薇拉莉目前住處的相關人士當中，但是對薇拉莉而言，前男友強尼實在不太可能是如此重要的人。當然，無法完全否定兩人還有連繫，因此還是有那麼一絲可能性，薇拉莉在接到前男友的電話隔天，特地從喀那芬前往倫敦，寄出信件（郵戳是倫敦市內的）。不過甚至遠路迢迢跑到倫敦寄信？可能性實在不大。

另一方面，莫爾思探長最後傾向的，是班納副校長模仿薇拉莉的筆跡寫信的可能性（部下路易斯警探警告說「不能斷定就是這樣吧？」）。這種情況，班納的目的就是想要警告眼中釘的菲利森校長，提醒他醜聞會在眾人遺忘的時候又捲土重來。當時高中正在放暑假，班納有充分的時間前往「失蹤者的城市」倫敦，將假信件投寄到郵筒。事實上，由於薇拉莉的父母收到這封信，莫爾思才會被指派接下案子，重啟調查，讓菲利森校長捏了一把冷汗。

寄信人署名薇拉莉的「第一封信」，評論家瀨戶川猛資指出「如果追究是誰為了什麼目的而寄的，就會愈想愈糊塗」，我想這是因為薇拉莉的父母算不算在「知情人士」裡面，並不清楚。瀨戶川應該是解釋為父母知道女兒薇拉莉與法文教師私奔的事。這種情況，「第一封信」如果是薇拉莉寫的，就根本沒有意義，所以應該還是班納偽造的。這樣一來，父母為了確定那封信的含義，應該會立刻連絡薇拉莉本人，而不是把它當成促使警方重啟偵辦的新證物交出去。總之，難以判斷父母是否知道薇拉莉私奔一事，令人頭疼，但我想要以薇拉莉的父母不包括在「知情人士」內為前提，為「第一封信」做個解釋。

在這部作品中，我無論如何都想要解決的個人的不滿，是莫爾思探長第一個注意到，

「背脊感到一陣戰慄」的**日期排列**——亦即九月一日前往倫敦的安雷警探在回程因駕駛失控車禍死亡，隔天九月二日，寄信人署名薇拉莉的信就在倫敦寄出這個事實——被當成只不過是偶然，置之不理。

因此我如此猜想，那個夏天，薇拉莉與艾康前往蘇格蘭旅行前，一個人跑到憧憬的大都會倫敦過了一晚。對強尼・馬蓋爾的追蹤調查徒勞無功，失望地坐在咖啡廳窗邊的安雷，看見了只在照片中看過的、稍微成長了一些的薇拉莉。他急忙離開咖啡廳追上薇拉莉，但其實薇拉莉是個天生的誘惑者。就像有妻兒的年長男人一個個被她誘惑一般，也許安雷也在倫敦的飯店與她耽溺在大白天的情事裡……

沒錯，從倫敦的歸途上，安雷警探自覺到他背叛了心愛的妻子，也失去了身為警官的自傲，無法專心開車。莫爾思的前任者那場不幸的意外死亡，也是在本作品中操弄一切「謎團」的命運之女所引發的悲劇。薇拉莉在隔天的早報上得知前來尋找自己的警官不幸身亡，認為寫信向父母道歉，或許能夠安慰死者在天之靈。來自倫敦的信件在簡短的內容中再三強調自己「沒事」，由此可以看出她不久前才剛接觸過「一個人的意外死亡」的影響——

第三十五回的畫蛇添足

電視版《最後的衣著》（英國Zenith Productions製作，「莫爾思探長」系列）中有幾項重大的改變。校長唐納・菲利森變成與薇拉莉的母親葛蕾絲有外遇；命案被害人班納副校長的性別從男性改為女性（女同性戀者）；以及為了讓薇拉莉的失蹤案變成意外的圓滿結局，將殺害班納副校長的兇手也改成了與原作不同的角色。即使如此，電視版仍未破壞原作的氛圍，禁得起欣賞，真的很了不起。

——我一直對安雷警探的死耿耿於懷，但幸好他在電視版中沒有丟掉性命。薇拉莉的父親身分在劇中被改為建築業的成功人士，他對安雷烙下「無能」的烙印，因此蘇格蘭場才會將辦案指揮權交到「燙手王牌」莫爾思探長手中。

第三十六回

鮎川哲也
《黑色天鵝》
黒い白鳥

新雨出版，二〇一〇★

詭計呈「人形」的意義

算起來已是第四年的「課堂實況」，終於進入下學期的國內推理篇。本年度（二〇〇八年度）的國內篇，我特別以推動戰後本格推理小說熱潮的大作家為中心介紹，讀完江戶川亂步及橫溝正史等從戰前就在一線活躍的台柱作家作品後，接著請學生閱讀高木彬光、鮎川哲也、土屋隆夫這三位大師各別創造的名偵探角色登場的代表長篇。由於前面已經從高木的神津恭介作品中介紹了《人偶為何被殺》（第十七回），因此這次便從鮎川哲也的鬼貫警部系列中挑選《黑色天鵝》（一九六〇年），下一回則從土屋隆夫的千草檢察官系列挑選《影子的告發》（一九六三年）來介紹。

鮎川哲也本名中川透，他投稿《黑色皮箱》到講談社發行的《全新長篇偵探小說全集》最後第十三集的稿件徵求，雀屏中選，以「鮎川哲也」這個筆名在本格推理小說界出道。在這部作品中首次登場的鬼貫警部，是有「不在場證明破解大師」之稱的鮎川的「招牌偵探」，也可以說是具體呈現他的風格的化身。鮎川馬不停蹄地在江戶川亂步擔任總編時代的雜誌《寶石》發表多彩而詭計奇巧的本格短篇，在該誌連載的《黑色天鵝》及長篇《憎惡的化石》（一九五九年）兩部作品獲得日本偵探作家俱樂部獎（日本推理作家協會獎的前身），聲名大噪；後來他孤守著社會派推理成為該界主流的「寒冬時代」，直到晚年仍盡力挖掘及介紹本格派新人。鮎川哲也逝世於二〇〇二年九月二十四日，享壽八十三。

——接下來簡單介紹一下「本格推理驍將」鮎川哲也的鬼貫作品中，我特別偏愛的《黑色天鵝》的劇情。

因勞資糾紛而風雨飄搖的東和紡織廠的社長西之幡豪輔，被人發現陳屍於埼玉縣的久喜車站前，疑似遭人槍殺。西之幡社長遭人槍殺的現場，似乎是連接東京上野車站及鶯谷車站之間的兩大師橋上，他應該是由於挨子彈的衝擊，身體翻越欄杆摔落，掉在剛好經過正下方的東北本線列車的車廂頂上，就這樣被「搬運」離開，直到在久喜站前的大轉彎時滾落。很快地，警方的懷疑集中在想要利用具有參政野心的西之幡社長的新興宗教團體親信知多半平身上，然而知多也在西之幡的葬禮於新潟縣長岡舉行的時候，在該地遭人持刀刺殺。鬼貫警部在這起頭號嫌犯消失的連續命案中途接手，注意到西之幡社長寄放在銀行保險箱的一張破損照片。為了查出照片上只留下胴體部分的「無頭女」身分，鬼貫從東京奔波至京都、大阪，甚至前往九州、福岡，終於，依靠模糊的線索展開的追蹤行動，在鍥而不捨的調查下有了成果。總算查出這名神祕女子的身分後，鬼貫發現她的「過去」隱藏著西之幡社長遭到殺害的動機，但這名女子不管是在西之幡命案或知多命案，都擁有銅牆鐵壁般的不在場證明——

接下來我想針對兇手精心策畫的兩個不在場證明的「圖像」的意義，提出個人見解。尚未讀過本格派驍將這部首屈一指傑作的讀者，請千萬別不小心繼續往下讀了。

鬼貫警部猜到「無頭女」的真面目後，認為東和紡績公司的專務夫人菱沼文江肯定就是一連串命案的兇手，偵辦的焦點集中在破解她的不在場證明。利用鐵路的兩起不在場證明偽裝當然極富獨創性，不過真正應該注意的，是文江的兩個鐵路詭計，結果竟完全符合她的人生。以下我將詳細說明這一點。

首先是使用了主要詭計的西之幡社長命案（如果手上有書，請參閱第四十四頁的圖示）。兇手菱沼文江利用上野到青森的第一一七班次列車來搬運西之幡社長的屍體，這班列車從上野沿著東北本線北上，應該會**筆直**經過日暮里、赤羽、大宮和仙台。但日暮里與赤羽之間，東十条站再過去一點的地方，平交道發生了大卡車事故，因此一一七班次列車被迫改變路線。列車從日暮里之後，改經山手線的軌道來到池袋，從那裡折返，然後離開上野站時，在最後尾的車廂連上火車頭，再駛入連接「池袋－赤羽」的赤羽線，在赤羽之後總算回到正規路線，繼續前進。

如果說從上野到東北本線依照預定北上的路線，是菱沼文江——本名瀧澤加代子所「期望的人生」，那麼現實便是不從人願。文江的父親在終戰那一年過世，她當時是東京女子大學英文系的學生，因為無論如何都想繼續求學，她下定決心，到大阪的紅燈區飛田下海賣身，花了四年存滿學費後，復學到原來的年級，後來在該大學舉辦的聖誕節義賣活動上命中注定地認識了未來的丈夫，畢業後過著幸福的婚姻生活。

若是把西之幡命案象徵性地與菱沼文江的人生「圖像」重疊在一起，那麼東十条站之後發生的意外事故，便相當於父親的驟逝。因此她在偏離原本路線的「池袋車站／飛田紅燈區」**暫時停車**，繞了一段路之後，再次回到期望的路線。文江會遭到西之幡社長恐嚇，原因就是社長發現她曾經在「飛田紅燈區」下海賣身，由於一一七班次列車在「池袋站」前後倒轉，導致該列車的車廂屋頂的血跡形狀變得不合理，使得不在場證明的偽裝被拆穿了。終於使她的人生破滅的**暫時停車**的地點，就像這樣完美地有了雙重意義。

那麼，上演副詭計的知多半平命案的「圖像」又是如何？（請參閱第八十九頁的圖示）兇手菱沼文江主張知多在長岡遇害的時間，她人在信越線（經信州）的三一一班次列車上，她的不在場證明會被破解，其實是因為鬼貫發現三一一班次列車從上野站出發時，是與更早抵達長岡的上越線（經上州）的七二九班次列車連接在一起的**同一班列車**。兩班列車在群馬縣的高崎車站分開，文江搭乘經上州的七二九班次列車早一步抵達長岡後，在該地殺害知多，然後火速趕上經信州朝長岡駛來的三一一班次列車，**重新上車**。

文江之所以必須連知多也除掉，是因為她在殺害西之幡社長的真正現場（並非兩大師橋上）被他目擊，遭到恐嚇。結果殺害知多的動機，也是為了掩蓋曾經賣身的事實，因此趕著前往殺害知多的經上州的七二九班次列車，能夠與文江在飛田紅燈區以「彌生」的花名度過的人生軌跡重疊在一起。「彌生」在長岡殺害名為過去的亡靈後，有必要再次搭上經信州前來的三一一班次列車，回到身為菱沼專務夫人的人生。

經上州的七二九班次列車（以花名「彌生」度過的人生），和經信州的三一一班次列車（本名瀧澤加代子所期望的人生）在上野車站合為同一班的景象，近乎殘酷地象徵了兇手文江的人物形象。她的頭部（火車頭）連接了**兩具**身體，亦即在娼館接客的身體，以及奪回理想人生的專務夫人的身體。就如同前面的主詭計一樣，這個副詭計，亦完全呈現出菱沼文江這個「人形」。

第三十六回的下課休息

這次的休息時間，我會保留敬稱。

鮎川哲也老師身體還健朗的時候，東京創元社主辦的鮎川哲也獎頒獎典禮隔天，眾人圍著老師在鎌倉散步，已是例行活動。我第一次參加這場活動，是一九九四年就讀大四的時候。我得到第一屆創元推理評論獎佳作，獲邀參加鮎川獎的第五屆頒獎典禮和隔天的活動。

當然，和鮎川老師並肩走在一起，這實在太令人惶恐了。我只敢仰望著「戰後本格派的活神明」的背影，心中感動萬分。散步之後，在二樂莊這家中華料理店的晚餐席上和老師交談片刻，成了我無比珍貴的回憶。如果老師還在世上，真希望他聽聽我對於《黑色天鵝》女主角的分析。不過我想老師一定會苦笑以對吧。

土屋隆夫《影子的告發》影の告発

獨步文化，二〇〇六★

電梯裡的野獸

上一回（第三十六回）介紹了鮎川哲也的長篇《黑色天鵝》（一九六〇年），我提出一個假說，認為其中利用鐵路的兩個不在場證明詭計，與兇手的人物形象完全吻合。當然這樣的「解讀」，是我再三反覆閱讀《黑色天鵝》後，自認為**掌握**到的該作品的核心，不過作者鮎川本身應該並非刻意這樣寫的。只是這樣的分析，讓《黑色天鵝》這部小說產生了新的意義，使得在戰時戰後度過波瀾萬丈的青春時期的一名女子的「通往毀滅的故事」顯得更為淒絕。當然「更為淒絕」是極主觀的價值判斷，對這個詮釋的評價，就只能交給在相對於出席人數，空間顯得過大的教室裡聆聽我的講解的學生，以及**現在**拿起本書的每一位讀者的感性。

不過，這次我想要反過來試著精讀從一開始就存在於作者心中的「小說構思」。為了易於比較，與上回一樣，我把要探討的重心放在推理小說中的犯罪與兇手形象吻合的強度。

追求解謎趣味與文學性融合的求道者土屋隆夫在揭示自我推理小說觀的評論著作《推理小說作法》（一九九二年）中，如此闡述詭計的發想和成立：

推理小說中，謎團是不可或缺的要素，而這個謎團，是來自於兇手布下的詭計。這是推理小說的一般模式。我本身對此沒有異議，不過倘若詭計顯著乖離小說內容或兇手的人物形象，那麼作者所準備的解謎說明，也將變得假惺惺而背離現實，讀者看到的只會是騙小孩般的詭計。犯罪本身是極為稀鬆平常的社會現象，但兇手運用荒唐無稽的詭計去犯罪的作品，只是一種猜謎遊戲，實在難以稱為小說。它帶給讀者的讀後感經常是空虛的。

我的作品也有各行各業的角色登場，不過不管是詭計還是犯罪，我都選擇了符合該角色的手法。與作品內容或兇手形象乖離的詭計，不啻於鏡花水月。（後略）

一些評論亦有所誤解，不過土屋隆夫的推理小說，絕對不是在追求現實主義。反倒應該說，他一直都在追求徹底的人工之美。併錄在該評論集的隨筆〈樂我鬼集〉中，土屋對彷彿全知般的俗套說法「事實比小說更離奇」提出異議，吐露真情說，「我為了推理小說這種虛構故事耗費了一輩子，卻無法拋棄『小說比**事實**更要**真實**』的想法。不，正因為這麼想，我才能樂此不疲地不斷創作虛構故事。」

土屋的小說作品絕不粗製濫造，從他的任何一部作品，都可以感受到一字一句皆精心控制建構的印象。不過坦白說，對讀者而言，這也意味著完全不需要拓展小說世界的想像力，但實際在課堂上閱讀《影子的告發》（一九六三年）時，能夠確實讀出與兇手和犯罪難以切割的作者的「小說構思」的學生，屬於壓倒性少數。那麼對此作品進行「課堂實況」，應該有其價值才對。

出生於一九一七年的土屋隆夫是目前仍在活躍的大師[1]。記憶猶新的是，前年（二

○○七年）十一月，他以九十歲卒壽高齡發表長篇《人偶死去的夜晚》，讓長年來的讀者歡喜不已。土屋戰後曾在長野縣立科的中學執教鞭，一九四九年將作品〈「罪孽深重之死」的構圖〉投稿至雜誌《寶石》的百萬懸賞大賽的短篇部門，贏得大獎，登上推理文壇。土屋視精妙的劇情和文學抒情的幸福結合為理想，他的風格在初期代表作《危險的童話》（一九六一年）開花結果，接著以畢生的「招牌偵探」千草泰輔檢察官首次登場的《影子的告發》榮獲第十六屆日本推理作家協會獎，奠定了不可動搖的地位。這裡大略介紹一下在土屋長年的筆歷中也特別被視為代表作的《影子的告發》的劇情。

事件的序幕在花都東京，以近代建築物為傲的東都百貨公司裡揭開了。電梯抵達最頂樓七樓，客人從宛如塞得滿滿的壽司盒般的「小箱子」被吐出去時，一名可疑的中年男子靠向了電梯小姐的肩膀。電梯小姐正想難道是色狼，沒想到男子的五官醜陋地扭曲，留下一句神祕的「那個女人……在……」，倒地斃命了。男子疑似在電梯裡被人用針注射了毒藥。被害人城崎達也是私立高中的校長，也是經營高層的理事。千草檢察官調查現場，憑

1 土屋隆夫於二○一一年，以九十四歲高齡去世。

藉被害人身邊掉落的一張名片和外套內袋的一張照片，查出城崎的「過去」，發現以宇月悠一這個筆名活躍的新人劇作家擁有強烈的殺人動機。然而這名頭號嫌犯在犯罪時刻正前往長野縣的小諸採訪，擁有不動如山的不在場證明……

千草檢察官將注意力轉為破解宇月悠一的不在場證明後，劇情便呈現出名偵探對決智慧犯的鬥爭色彩。不過其實如果用破解不在場證明的作品來評價《影子的告發》，其中並沒有什麼令人眼睛一亮的時刻表詭計，其實是運用了多個相當依靠巧合的不在場證明偽裝，卻也未能成功，讓人有些不滿。然而這部作品依然令人讀後無法忘懷，是因為兇手宇月刻意選擇百貨公司的電梯做為行凶現場的理由，與他的殺人動機密切相關，作者對此布下了精彩的伏線。

作者將成為犯罪現場的電梯「箱子」，與兇手宇月成為電視劇作家贏得名聲的電視劇《野獸們》的高潮場面重疊在一起。這部電視劇以收容戰爭孤兒的機構做為舞台，所長只把機構的孩子當成「用飼料餵養的動物」，而他口中的「動物」終於豁出性命，發起叛亂行動。劇情尾聲，厚生大臣前來視察該機構的時候，平日就生活在惡劣環境的孩子們全都跑進「畜欄」裡把自己關起來，趴在地上吼叫、啃草，向官員一行人控訴他們只被當成畜牲對待的狀況。

城崎達也遇害的電梯裡，擠滿了百貨公司女店員口中的「烏鴉」。「烏鴉」這個暗號指的就是學生，他們在畢業旅行期間參觀大都會象徵的百貨公司，離開的時候向店員領取店員們戲稱為「飼料」的「印有東都百貨公司店名的鉛筆」。在電梯這個「四方形的鐵籠子裏，學生就像野生動物一樣」。這與宇月的成名作電視劇中，在畜欄裡表現得像野獸一樣的戰爭孤兒的身影重疊在一起。城崎達也曾經利用不幸的戰爭孤兒少女做為「道具」，殺害礙事的上司（宇月的父親），而兇手宇月為了除掉這個卑鄙無恥的傢伙，刻意選擇比喻戰爭孤兒牢籠的電梯，做為葬送城崎達也的舞台。

故事開頭，興奮地看著壯麗的百貨公司的鄉下國高中生，畢業後又將搭乘團體就業的列車，再次大舉來到東京。因此即使這些孩子喧嘩吵鬧，百貨公司店員也不能斥喝將來可能成為貴客的這些學生。戰後的高度經濟成長期，各產業會爭相搶奪這些即將從國高中畢業的「年輕的勞動力」，當然是因為在上一場戰爭中，有太多年輕人失去了性命。很快就會被視為珍貴的「金蛋」[2]，再次來到東京的畢業旅行學生，一樣也背負著戰爭的陰影。

2 日本在一九六〇年代前半，曾以「金蛋」稱呼中學畢業後團體就業者，成為流行語。

岡嶋二人
《巧克力遊戲》
チョコレートゲーム

獨步文化，二〇一〇★

都是傑克害的！

這近十年來，我都沒有買過馬券，不過星期日午後不需外出，待在家裡時，如果電視上正在轉播賽馬，我就會忍不住看起來。因為馬匹奔馳的身影純粹地優美極了。

我並沒有特別支持的馬。目前活躍的賽馬中，我至多只曾被「伏特加」在二〇〇七年東京優駿賽事的優勝模樣所震懾，比較支持牠而已。我個人的賽馬熱在大學時期到達巔峰，在「東海帝王」反覆負傷與戲劇性的勝利之後，牠退休的同時，也隨之熄滅了。不，與其說是熄滅，更應該說我對賽馬的心態不同了。因為即使我不再掌心冒汗地捏著馬券，馬匹奔馳的美亦絲毫不變。

不過在介紹岡嶋二人得到第三十九屆日本推理作家協會獎的長篇《巧克力遊戲》（一九八五年）的時候，其實應該要避免在開場白提到賽馬。因為這形同點出了這魅力十足的書名所暗示的「遊戲」究竟是什麼。

不過我這爆了一點小雷的罪過，應該不會受到多大的責難。因為目前要閱讀該作品，在書店最容易買到的是講談社文庫版，我也指定學生以此版做為文本，而這一版的文庫本，竟在封面左下堂而皇之地放上了躍動的賽馬插圖。

這樣的封面實在教人難以苟同。作品中發生的連續命案最早的導火線，與神祕的**巧克力遊戲**有關。而這本文庫版封面讓人看上一眼，立刻就能猜到最初遇害的中學生的死前留言（Dying Message）究竟是指什麼了。往後若有機會，最好能換掉這個封面的插圖。

對作品以外的挑剔就此打住吧。就如同資深推理迷都知道的，「岡嶋二人」是井上泉與德山諄一的合作筆名，以得到第二十八屆江戶川亂步獎的出道作《寶馬血痕》（一九八二年）為首，岡嶋二人以賽馬推理旗手之姿在推理文壇登場，很快地又迅速發表充滿出人意表創意的綁架推理作品，甚至在整個八〇年代，都享有「綁架的岡嶋」這樣的名號。純種馬的自導自演綁架案引發意外悲劇的《希望明天好天氣》（あした天気にしておくれ，一九八三年）、世界拳王爭霸賽在即，姪子遭人綁架的拳擊手接到奇妙恐嚇「不擊倒對手，孩子就會沒命」的《拳王爭霸賽》（タイトルマッチ，一九八四年）、縝密且懸疑性十足地描寫運用電腦等當時最先端科技機器的綁架犯罪的《99%的誘拐》（一九八八年）等等，都是絕不容錯過的傑作。小說作品中，以描寫電腦遊戲虛擬世界的《克萊因壺》（一九八九年）為最後，兩人分道揚鑣，井上泉繼續以「井上夢人」的筆名在文壇活躍。

在「綁架的岡嶋」大膽華麗的資歷當中，《巧克力遊戲》雖然是光榮的協會獎得獎作，卻予人一種月見草般的低調印象。這裡就不觸及核心，簡單介紹一下這部跳脫作者最拿手的綁架劇，全面發揮解謎趣味的青春推理劇的劇情。

就讀國三的兒子省吾突然叛逆起來，讓小說家近內泰洋不知該拿他怎麼辦才好。省吾的房間裡出現不是父母買給他的昂貴電腦，也許他在進行某些**壞勾當**賺零用錢。就在這時，省吾班上成績最好的貫井直之被人發現陳屍在學校不遠處的工地。貫井全身佈滿毆打傷痕，因內出血而死。據說貫井在死前留下一句令人費解的「都是傑克害的」，似乎很害怕的樣子。被害少年也曾經參加的「巧克力遊戲」，究竟是什麼樣的活動？悲劇並未因為一名學生死亡而停止，反而逐步擴大……

故事背景的時代——近內省吾的青春時代，與我幾乎是同一個年代。當時電腦還很罕見，手機根本還沒有影子，錄放收音機是眾所垂涎的電器。校園暴力的問題浮出檯面，由教師象徵的「大人」與我們「青少年」對立的圖式仍十分明顯易懂，是美好的過往時代。作者岡嶋將當代年輕人的流行風俗巧妙地融入詭計，並將同班男學生陸續離奇死亡的困難事件塑造成精巧的謎團。擔任偵探的主角是「大人」這一點，在青春推理作品中相當特殊，或許也可以說是描寫了主角小說家克服失去獨子的痛苦經驗，為了蛻變成真正的「父親」而奮鬥的軌跡。

接下來將提到一連串命案的兇手及使用的詭計，詳細探討第一個被害人貫井直之被奪去性命的動機，也就是「巧克力遊戲」的廬山真面目，敬請尚未讀過本作品的讀者務必留步。

從封面插圖就已讓人留下印象的「賽馬」。近內省吾和貫井直之等夥伴之間，就是用「巧克力遊戲」這個暗號來代稱它。最初是有人帶了賽馬報到學校來，因為很有趣，大夥用巧克力或可樂來賭哪匹馬會贏。但是漸漸地，大家開始拿錢出來賭，而且賽前也不需要一一拿出現金來了。因為有一名學生開始當起所謂的地下簽賭組頭，只有依真實的賽馬結果賠率分配獎金時，才會用現金交易。

理所當然的是，利用賽馬、競輪等政府官方賭博，個人經營地下簽賭行為是犯法的。而做出這種事的，其實就是第一個被害人貫井直之，他注意到官方賽馬的「扣除率」——直截了當地說，就是賭博時莊家的抽水（手續費）——高達二十五%，便以同學下注的總額一定會有四分之一落入自己口袋的暴利制度經營簽賭（附帶一提，二〇〇五年後賽馬法修正，使投注馬券的扣除率能降低到二十%）。擔任組頭的少年甚至用債務操控班上最逞兇鬥狠的學生，把他當成討債打手利用。

不過這樣說或許難聽，但聰明的貫井少年絕對不能算是個職業組頭。欠莊家的錢一多，即使手頭沒有現金，學生為了翻本，還是會用賒帳的方式繼續買馬券。然後某一天，有三名學生買到了賠率二一七倍的萬馬券[1]，擔任組頭的少年必須支付他們高達六百萬圓的現金。為他帶來毀滅的馬，就叫做傑克波特。完全就是傑克害得當地下組頭的少年反過來被同學逼到絕境，慘遭私刑。這要是職業組頭，就不會忘記服務客人，像是降低抽水，增加賭客拿到的獎金比例，或是預先設下獎金上限，免得自己的荷包破產。

我尊重一般社會觀念不認同學生賭博這樣的原則，詢問學生，結果發現這年頭二十歲上下的學生對賽馬都沒什麼興趣。不過在教育上，還是應該讓學生了解日本政府的賭博與外國的賭場等地相比，手續費實在高得離譜。即使是對賽馬感興趣的學生，了解到扣除率的機制及這筆錢的用途後，也沒有半個人想要去買馬券了，我認為這才是個問題。關於賭博成癮和扣除率，有一本稍早以前的書，社會學家谷岡一郎站在推動賭場合法化立場的著作《賭博熱》（ギャンブルフィーヴァー，中公新書，一九九六年），值得參考。

1 指賠率超過一百倍的馬券，因馬券最低購買金額為一百日圓，百倍即是萬圓以上的獎金。

被書本封面破哏的「事件」偶會發生。岡嶋二人的講談社文庫版《巧克力遊戲》的封面問題固然很大，不過推理迷之間最知名的例子，還是橫溝正史的戰前代表作《真珠郎》的角川文庫版——以杉本一文大師的畫做為封面的版本。畫了主角真珠郎的那副畫，**淫靡**地揭示出他最大的祕密，而且因為那幅畫實在畫得太棒了，讓人覺得只得接受這就是藝術家的自我表現欲。

第三十九回

岡嶋二人《巧克力遊戲》補遺

海渡英祐《柏林——1888》

台灣英文雜誌社，一九九七★

伯林——一八八八年

鐵血與推理

上回介紹的《巧克力遊戲》，與我個人的某段回憶密不可分地連繫在一起。我就讀高一的時候，決定賽馬最高等級的賽程秋季GI比賽時，我們當時的班上實際發生了與該作品非常類似的糾紛。

買馬券是壘球社T同學的任務。我們在星期六的上課餘暇想好要下注的組合，最多各別給T兩、三百圓，請他在星期日一次買好馬券。每一所高中的班上應該都會有一兩個像T這樣的學生，只要脫下高領制服，看上去完全就像個大叔，不必擔心被場外馬券行的員工盤問年齡。

有些人運氣好，賺到了一點錢，但絕大多數的人都只是把零用錢的一部分拿去交換了「預測的樂趣」。不過那一年，一九八八年十一月二十日舉辦的第五屆英里錦標賽（Mile Championship）的賽程後，我們發現了T居然嚴重違約。

總之，該年秋天這場賽事的冠軍馬，是最受歡迎的「足球男孩」。第二和第三受歡迎的馬成績不佳，落後四馬身第二名抵達終點的是第四受歡迎的「北斗赫利奧斯」。結果獎金是單贏二百二十圓，連贏九百九十圓。這時有一名同學買了五百圓的連贏馬券，贏得了四千九百五十圓的獎金。然而壘球社的T卻沒有立刻付錢。

因為T在社團學長的慫恿下，偷偷幹起了地下簽賭。他沒有把同學給他的錢拿去買指定的馬券，而是任意當成自己的軍資下注。然後T在那場賽事中慘賠，而且他沒有多餘的零用錢，也沒有能夠提領的存款。結果T的私吞行為（日文為「ノミ」，就如同它的語源「吞」，意指「吞掉」賭客贏錢的行為）受到同學非暴力的抨擊，他在金錢方面的信用一敗塗地。

——上回我說「這年頭二十歲上下的學生對賽馬都沒什麼興趣」，結果八〇年代前半出生的責編S反應說，「我身邊的朋友不分男女，也沒什麼人對賽馬感興趣。」雖然是毫無根據的假設，不過現在的大學生——至少選修我的課的年輕人，讀國高中的時候就對賽馬沒興趣，原因之一會不會其實跟學校開始週休二日有關？

公立中小學及高中，大部分都從一九九二年九月開始，每月第二個星期六放假，然後從一九九五年四月開始，第四個星期六也放假了。接著從二〇〇二年四月起，全面改為學校五日制，直至今日。包括《巧克力遊戲》中登場的中學生在內，我們團塊二世世代從國高中生時期就私底下瘋賽馬，是因為那是星期六上課期間絕佳的打發時間遊戲。星期六會抽籤決定星期日要舉辦的大型賽事的賽馬號碼，排位表刊登在體育報上。從填滿排位表的大量數據中，各自想出一套必勝理論，在隔天的星期日等待「預測未來」的結果發表。星期一的時候，漂亮地預測成真的英雄便得意洋洋地吹噓自己的得勝心法，獨占話題。如果每個星期六都不用上課，教室裡確實也無從風行起這種打發時間的娛樂吧。

上回補遺有點太長了。我想盡快進入這次的文本，海渡英祐的《柏林－1888》的解說。一九六七年第十三屆江戶川亂步獎得獎作的該作品，我指定日本推理作家協會編纂的《江戶川亂步獎全集》第七集做為文本。第七集是與已經在第二十七、二十八回介紹過的《高層的死角》（森村誠一著）的合本，因此我在隔週的課堂安排閱讀森村誠一的作品。

作者海渡英祐從就讀東京大學法律系時，便師事高木彬光，在高木撰寫《成吉思汗的祕密》時，幫忙整理資料，這段軼事相當知名。「海渡英祐」這個筆名，也是高木依據該書的關鍵部分為他命名的。海渡的作品以歷史推理為中心，範圍廣大，不過也有不少以他喜好的賽馬為主題的作品。賽馬推理中，特別充滿解謎趣味的傑出短篇集《賽馬圍場的殘影》（パドックの残影，一九七四年）值得推薦。

《柏林－1888》是海渡大學剛畢業不久，在諜報小說領域出道成為作家後，得到夢寐以求的亂步獎的成名之作。以留學德國期間的森林太郎（後來的文豪森鷗外）為主要角色的構思極為精妙，刻畫年輕時日的文豪多愁善感的「青春」，清新氣息極為亮眼，是一部傑作。這裡簡單介紹一下這部虛實交織而格調高雅的歷史推理作品的劇情。

公費留學生森林太郎儘管有個情人愛麗絲，卻移情別戀，愛上了新認識的女詩人克拉拉・伐爾妲。克拉拉與外務省重要人士貝倫海姆伯爵的女兒是閨蜜，因此林太郎獲邀前往伯爵的別墅「白馬之城」作客。在英、法、俄賓客雲集的別墅裡，林太郎與克拉拉的感情急速升溫，然而在暴風雪歇止的月夜中，主人伯爵竟在**離館**遭人槍殺。現場的房間從內部上了鎖，而且離館周圍的積雪否定了侵入者的存在——

偵探角色是槍殺命案剛發生後，臨時來訪別墅的人。不是別人，正是當時歐洲外交舞台的中心人物，統一德意志的鐵血宰相俾斯麥。宰相俾斯麥與被害人貝倫海姆伯爵的關係相當於伯父與姪子，宰相帶著少數隨從出訪波茨坦的歸途上，想要到姪子的別墅避個風雪，才臨時起意來訪。針對發生在雙重封閉的密室裡的不可能犯罪，代表歐洲的大政治家及來自日本的留學生競演推理，情節保證精彩可期。

海渡的這部作品，也是以被大雪孤立的舞台為背景的某部知名作品做為參考，似乎象徵式地描寫了稀世政治領導者俾斯麥的「對歐洲外交政策」。如果尚未讀過本作品，敬請務必就此掩卷。

海渡英祐在構思《柏林－1888》的時候，應該參考了阿嘉莎・克莉絲蒂的代表長篇作品之一《東方快車謀殺案》。克莉絲蒂的該部作品已經在第十二回介紹過，為了與海渡作品比較說明，也會在這裡提到該作品的真相，敬請諒解。

東方快車與貝倫海姆伯爵的別墅都發生了殺人命案。這裡重要的一點是，現場蒙上嫌疑的，兩部作品皆是「多民族、多國籍」的一群人。在前者，名偵探白羅揭開來自歐美八國的男女全部都是兇手的意外真相，但是在後者，構圖則有些不同，除了英法日俄所有的**外國人**以外，餘下的德國人，每一個都是殺害貝倫海姆的兇手。

德意志帝國成立以後，俾斯麥巧妙地利用了周邊諸國之間的對立關係，除了與俄國、奧匈帝國締結三帝同盟外，亦不斷地與各國建立起同盟關係、簽定祕密條約，打造出複雜古怪的外交系統，專注於維持大國間的微妙平衡。反過來說，也可以說是直接反映出俾斯麥不信任「歐洲」，認為談論全人類共同的利害是一種偽善，對此嗤之以鼻的個性。

發生在東方快車車廂內，超越國家與民族的壁壘，眾人團結對抗「絕對惡」的狀況，應該會被俾斯麥嘲笑是痴人說夢吧。德國的問題，當然只能由德國人來制裁，沒有外國人越俎代庖的分。發生在貝倫海姆伯爵的別墅——這個「多民族、多國籍」的空間裡的命案

「政治式的結局」，讓人不禁聯想起第一次世界大戰勃發前歐洲世界的「短暫和平」。

第四十回

《向日葵不開的夏天》
向日葵の咲かない夏

道尾秀介

獨步文化，二〇〇八★

你相信輪迴轉世嗎？

抓緊算起來已是第三期（一期兩年）的江戶川亂步獎預選委員工作空檔，我在新年度（二〇〇九年度）的課堂開始前，寫著**這份**稿子。好不容易脫離春寒料峭引發的感冒，現在就來報告一下二〇〇八年度「下學期評量」的實施狀況。

在我負責的兩堂課中，我指定給選修「現代文化閱讀課」的學生的報告文本，是道尾秀介的《向日葵不開的夏天》。另外，也有研究所學生跑來修課的「大眾文學研究課」，則是以東野圭吾得到日本推理作家協會獎的代表長篇之一《祕密》做為報告文本，在這裡報告一聲。

我很想盡快進入正題，不過對於一年比一年嚴重的剪貼（複製&貼上）問題，還是不得不提一下。根據我二〇〇五年以來擔任兼任講師的經驗，剪貼問題確實正逐步在學生之間蔓延開來。對此我已經死了心，畢竟單憑我一個人，想要自以為布下「天羅地網」地判定是否為抄襲，實在是不可能的任務。有些學生被我抓到剪貼，打了極低的分數，但應該也有些學生碰巧沒有被抓包，拿到了高分。這實在很不公平，而且雖說我並非以相對評價，而是以絕對評價來打分數，但還是覺得很對不起認真寫報告的學生。

幸好我在電視和報紙上看到，金澤工業大學智慧財產科學研究中心的所長杉光一成教授正在全力開發一款應用翻譯軟體技術的「抄襲比對軟體」，已經在去年（二〇〇八年）完成專利申請，今年之內就會以產學合作的形式上市銷售。我打算在迎接新生進入校園前的教職員懇談會上，請校方一待這款軟體上市，就立刻以學校預算購入。

——言歸正傳。這次的報告指定文本，我選擇了閱讀界矚目的年輕作家道尾秀介的《向日葵不開的夏天》（二〇〇五年）。這部作品詩意豐富地描寫了孩子特有的殘酷與悲傷，入圍了第六屆本格推理大獎，雖然可惜未能拿下大獎，但也讓這名備受看好的新人筆名廣受推理迷所認知。首先避開結局部分，介紹一下報告計分項目之一的「劇情摘要」吧。

明天就是引頸期盼的暑假。小學四年級的「我」道夫，替沒有來參加結業式的同學S君送作業去他家。因為按了玄關門鈴也無人應答，道夫繞到庭院探看屋內——結果竟發現脖子吊在繩索上、正「嘰……嘰……」搖晃個不停的S君的屍體。S君生前遭到同學霸凌，他是受不了這樣的苦而選擇了自殺嗎？道夫衝回學校，通知班導岩村老師報警，但警察趕到現場時，屍體竟不知何故像一陣煙霧般消失無蹤。不僅如此，結束身而為人的生命的S君，竟在死後第七天轉世成蜘蛛現身控訴，「我怎麼可能會自殺？（……）我是被岩村老師殺死的。」S君消失的屍體，可能被岩村老師藏在公寓住處。道夫與三歲的妹妹美香，還有輪迴轉世為蜘蛛的S君，展開了一場夏天的奇妙偵探劇……

鑑賞這部作品最重要的一點是，它採用了死後「輪迴轉世」這樣的靈異設定。人死之後會不斷轉世回到這個世上的思想，是印度教與佛教等東洋思想的一大特色，對日本人來說，這樣的生死觀應該並不陌生。總之，本作品可以說意圖挑戰融合這種神祕主義的設定與近代理性主義精神產物的推理小說，並大獲成功。接下來我想針對故事核心的「轉世」的真相加以解說，尚未讀過這次指定文本的讀者，請就此打住。

《向日葵不開的夏天》除了偶爾插入以S君家的鄰居老人古瀨泰造為視點人物的第三人稱記述的部分以外，幾乎全篇都以小學生道夫（摩耶道夫）的獨白所構成。不過主角道夫少年，其實是個不能信任的敘述者。

道夫的母親因為第二胎流產，導致精神有些失常。由於流產事故的原因是道夫所撒的一點小謊，後來母親便在日常生活中用語言暴力虐待著他。年幼的道夫為了保護自己，建構起一個特殊的世界觀來。亦即，他對祖父的葬禮上和尚告訴他的「轉世」世界觀深信不疑。

在故事尾聲揭露的，是道夫生活的世界中存在著驚人的「扭曲」。以轉世後的形象出現在道夫面前的，不只有S君而已。妹妹「美香」其實是蜥蜴；為解開謎團提供指引的「所婆婆」是三花貓；在學校班上道夫私心愛慕的「隅田」同學是百合花；然後道夫親手殺害的古瀨老人，死後轉世為灶馬，再次登場……

暑假結束後的同樂會上，道夫將與S君搭檔表演，他對此深感不滿，因此在結業式當天早上，殘酷地對S君說，「你可不可以去死？」這成了最後一根稻草，壓垮了受霸凌的孩子。轉世變成灶馬的古瀨老人——當然，應該說是道夫自己的心聲才對——責怪說，

「是你害S君自殺的。但是你絕對不願意承認。〔……〕所以你想出了那樣的故事。」對此道夫拚命反駁，「不僅是我，每個人不都是活在自己編的故事裡嗎？只活在自己的故事裡。」

譬如說，**你**單相思著某人的世界，與向對方告白後被甩的世界，應該截然不同。你或許會編出一個從別處聽來的「故事」，好撫平自己的失戀傷痛。像是甩了自己的那個人，其實罹患了不治之症，但對身邊的人隱瞞著這件事。所以那個人其實明明喜歡**我**，卻為了我的未來著想，拒絕了我。我們絕對不可能看透別人的內心，他們究竟是如何解釋「世界」，過著每一天，不是那麼容易窺知的。

對了，學生的報告中，有人指出「S君（蜘蛛）暗示岩村老師很可疑，所以道夫開始懷疑，結果岩村老師真的偶然有變態嗜好，這部分實在太方便主義了。」理所當然，轉世為蜘蛛的S君所說的話，都是道夫自己的心聲，所以那並非性騷擾被害人的S君的告發。——不過說到同樣的偶然，其他還有不少。為什麼三花貓所婆婆能正確地指示道夫等人？為何蜥蜴美香看到哥哥被岩村老師問到車站名，窮於回答，卻能悄聲告訴他正確答案？沒錯，由於S君自殺，古瀨老人移動了屍體而愈趨複雜的故事，確實讓讀者窺見了道

夫「扭曲的世界」。然而另一方面也有了另一個可能性，這許許多多的「轉世」，其實全

都是真的。

第四十一回（續第二十一回）

續埃德加・愛倫・坡〈莫爾格街凶殺案〉所有的人都是／都不是兇手

受到少子化波及，十八歲的應試人口不斷減少，但同時也因為長期經濟不景氣的影響，學費較低廉的國公立大學變得十分熱門，尤其是地方的私立大學為了存續，都拚命設法招生。根據「日本私立學校振興・共濟事業團」在去年度（二〇〇八年度）進行的調查，招生人數不足的大學，居然多達四十七・一％。儘管如此，這二十年之間，私大的數量從三百六十校增加至五百七十校，看來供需已經完全失衡了。

除了本業的文筆工作外，我在京都的私立大學每星期上一天課的兼任講師工作，從今年春天的新年度（二〇〇九年）開始，終於進入第五年了。幸好儘管是地方都市，但京都仍保有根深柢固的「學生之城」的形象，同時也是我國首屈一指的觀光都市，**校園外**也有許多增廣見聞的機會。由於地點本身具備強大的品牌力，因此除非我打工的「公司」搞起可疑的金融投資來，否則應該是不怕突然破產。接下來這一年，也繼續和近半數都是平成年代出生的年輕學子一起閱讀推理小說吧！

如同往年，上學期的課程，是以海外古典名作為中心進行閱讀。第一堂課是課程介紹時間，分發上學期的課程預定，說明各堂指定文本的重點和成績評量方式後，我實施了同樣是每年都會做的個人問卷調查——不過這五年來，我持續提出關於手機小說的問題，總算看出點名堂來了。

問卷項目中，對於「你從什麼時候開始有自己的手機？」這個問題，雖然普及帶從高一到國二、國三，緩慢地低齡化，但幾乎都在這個區間。不過對於接下來的問題「你讀過手機小說嗎？讀過的人，對於在手機螢幕上閱讀長篇文章，不會感到吃力嗎？」，可以看出不可逆的變化。熟悉手機小說的學生數目，往年幾乎都占一半左右，但認為閱讀文章吃力的學生比例卻明顯地逐漸減少，這一點已無庸置疑。

能在手機螢幕上閱讀橫排的長篇文章——對此不再感到吃力的新世代潮流已經確實到來。甚至改編成電影的熱門手機小說以一般書籍的形式流通時，維持橫排形式出版已成了理所當然的做法。而且最近太宰治及芥川龍之介等人的名作文庫請來人氣漫畫家繪製封面，或找來年輕女星拍攝宛如宣傳照的照片，成功刺激了銷量。或許是逆轉發想的勝利吧，甚至還來不及對這樣的話題蹙眉，把這些文豪名作改成像手機小說一樣的橫式排版的GOMA-BOOKS選書系列，已經熱鬧地陳列在書店架上了。

我曾以夏目漱石的作品論為主題，寫了約一百一十頁的論文，花了五年從大學畢業。身為偏愛這位國民作家作品的讀者之一，不論感到多大的抗拒，還是非得拿起橫排的《少爺》、《三四郎》一讀不可。——結果直橫的差異並未減損內容的精彩程度，只要能夠因此降低讓年輕世代跨入漱石作品世界的門檻，那麼我也只能肯定這種做法是「好」的。畢竟去年八月做為「手機名作文學」系列第一波，同時推出的太宰治的《人間失格》與夏目漱石的《心》這兩部作品，才發售一個多月，就賣出總計超過五萬本的成績。

新年度的致詞與脫線的閒聊如此冗長，真是抱歉。課程介紹的隔週開始的正式授課，我用威廉・艾利希的《幻影女子》(第一、二回)及阿嘉莎・克莉絲蒂的《東方快車謀殺案》(第十二回)讓學生對閱讀外國翻譯作品做過熱身後,再往回閱讀今年(二〇〇九年)歡慶兩百歲冥誕的埃德加・愛倫・坡的名偵探奧古斯特・杜邦作品。

關於愛倫・坡所寫下的世界第一部推理小說〈莫爾格街凶殺案〉(一八四一年),已經在第二十一回介紹過了,但我還想要再贅言一番,以做為一點紀念。那麼,接下來我將再次摘要觸及故事核心部分之前的劇情。

十九世紀,國際都市巴黎的深夜裡,萊斯巴拉葉母女居住的四樓屋舍傳出駭人的慘叫。鄰居撬開萊斯巴拉葉家的門進入,聽著刺耳的怪叫聲衝上樓梯,又打破從內側上鎖的四樓房門,闖進裡面。然而留下一目瞭然爭執痕跡的室內卻不見半個人影。很快地,鄰居在暖爐煙囪裡發現被塞在裡面的女兒屍體,可是犯下如此殘忍凶行的殺人犯卻從形同「密室」的房間裡如一陣輕煙般消失無蹤。眾人在庭院找到了夫人死狀淒慘的屍體,這起離奇古怪的雙屍命案讓巴黎的報紙爭相報導……

愛倫・坡出生的一八〇九年,也是因提出進化論而聲名大噪的達爾文活躍的時代。達爾文首次以科學角度說明了生物多樣性,而愛倫・坡則是近代理性主義精神產物的推理小說的始祖，這兩人竟是「同學」，或許可以算得上是一段奇緣。愛倫．坡的基因廣為流傳，由後世的推理作家作品綿延繼承，直至今日——沒錯，以前課堂上也討論過許多後世作品，它們的中心創意是參考了克莉絲蒂女士的代表性長篇之一《東方快車謀殺案》，不過這部《東方快車謀殺案》追本溯源，應該也能說是參考了〈莫爾格街凶殺案〉，使其進一步「進化」的作品。

闖進莫爾格街「密室」的五名鄰居與一名警官，他們這群組合完全是國際都市巴黎才有可能出現的。除了警官伊西多爾．米塞和銀匠亨利．迪瓦爾是當地法國人以外，飯店老闆奧登赫梅爾是出生於阿姆斯特丹的荷蘭人；裁縫威廉．伯德是兩年前搬來法國的英國人；棺材店老闆阿方索．加西奧是西班牙人；糖果店老闆阿爾貝托．蒙塔尼是義大利人；杜邦日，真是「歐洲五大國人」大集合。

他們這五名巴黎市民，都作證說兇手應該是他們祖國以外的歐洲人。讀者應該記得，《東方快車謀殺案》也一樣，命案剛發生後，證人都彼此將嫌疑推給外國人。〈莫爾格街凶殺案〉中，殺害萊斯巴拉葉母女的「發出怪叫的人」，除了前面五國人以外，俄國人和德國人也成為嫌犯，但讀過本作品的人都知道，其實他們的證詞都錯了。

在人種大熔爐──「多民族・多國籍」的空間──這一點上，莫爾格街的密室剛開啟後的現場，與東方快車的某節車廂，性質上是相同的。〈莫爾格街凶殺案〉中，雙屍命案的實行犯來自殖民地，歐洲宗主國的市民**全都不是兇手**，獲得了赦免。女王克莉絲蒂是否就是注意到過去發生在莫爾格街的不可能犯罪現場的巴黎市民的國際性，才想出了那個令人絕對忘不了的真相構圖？

第四十二回

奧斯汀・傅里曼 Richard Austin Freeman

《紅拇指印》The Red Thumb Mark

……遠流出版，二〇〇〇★

倒敘推理小說誕生的理由

一九九〇年五月四歲女童遇害的足利案件，現在卻發現判處無期徒刑定讞、正在服刑的受刑人極有可能是清白的。重新鑑定之後，發現遺留在被害人衣物上的體液與受刑人的DNA型別不符，由於沒有其他證據能推翻新的鑑定結果，因此未等再審開始，就先特例地將受刑人釋放出獄。自從二〇〇〇年判刑確定以來，經過九年的歲月再次重啟審判的法庭，極有可能宣判被告「無罪」。這裡我不對案件本身多做評論，不過這讓我重新想到的問題是，目前ＤＮＡ型別的證據能力，被視為幾乎等同於與人人不同、終身不變的指紋，但ＤＮＡ型別真的足以信賴嗎？

一直以來，我都對ＤＮＡ型別鑑定這樣的個人識別技術存疑，但指紋就可以接受。理由很單純，因為指紋可以眼見為憑。相對地，ＤＮＡ型別就算解釋一堆什麼將構成去氧核醣核酸的成分中，與醣類結合的核酸序列呈現特殊重複的次數予以數值化，根據機率來推測它的型式等等，也只會讓人悟出這裡頭似乎沒有外行人置喙的餘地。就算說最近的識別精確度是「不同的人之間，ＤＮＡ型別彼此吻合的可能性為四兆七千億分之一」，我也無法直接點頭同意。今年（二〇〇九年）五月開始，日本的審判員制度終於要上路了，但我個人認為，在法庭上拿出一般市民無法判斷兩者是否確實吻合的雙股螺旋結構做為**決定性證據**的做法，應該要更加謹慎才對。

今年度的上學期海外篇，我在第五年第一次介紹了奧斯汀・傅里曼的作品。柯南・道爾的夏洛克・福爾摩斯作品每年都一定會放入課程中，閱讀第一短篇集的《福爾摩斯辦案記》或赫赫有名的長篇《巴斯克村獵犬》（第三十一回）。不過受到福爾摩斯爆炸性的人氣刺激，從十九世紀末到二十世紀初，陸續誕生了許多「福爾摩斯的對手」，其中我只特別介紹了G・K・卻斯特頓創造的布朗神父，不過今年度我再請了另一位傅里曼所創造的科學家偵探——約翰・宋戴克博士帥氣登場。

宋戴克博士之父奧斯汀・傅里曼最有名的是，他是倒敘推理小說（Inverted detective story）的創始人。傳統推理小說的趣味在於猜兇手，比方說若是以殺人案為主題的作品，首先有屍體被發現，然後警方或名偵探角色登場，蒐集證據，再從具有殺人動機的一群人當中指出兇手。倒敘推理小說就是把這樣的敘述形式「倒轉」過來的小說：在前半從兇手的角度描寫一連串犯罪，後半則是名偵探角色找出兇手完美犯罪計畫中的漏洞，成功將其逮捕歸案。傅里曼在一九一二年出版的第二本短篇集《歌唱的白骨》（*The Singing Bone*）中，於〈布洛德斯基命案〉（*The Case of Oscar Brodski*）等其他三篇使用了這種新穎的推理小說形式，得到了劃時代的成功。

聽到倒敘，無法想像那是什麼的讀者，其實應該也透過電視上的刑警劇相當熟悉了才對。有些年紀的讀者可以想起彼得・福克（Peter Michael Falk）主演的《神探可倫坡》（*Columbo*），選修我的課的年輕學生，舉田村正和主演的《古畑任三郎》為例，應該就容易明白了。在演出兇手單挑偵探的人性劇時，倒敘是很方便的形式，也可以說是後來纖細入微地刻畫企圖殺人（或已經殺人）的兇手的行動及心理的犯罪小說的開先河手法。

這次選擇的文本《紅拇指印》（一九〇七年），是奧斯汀・傅里曼發明倒敘形式的五年前，宋戴克博士首次登場的長篇作品。同時這部作品也轟動了當時的社會，因為它在倫敦警局於犯罪偵查中使用「指紋」來識別身分的最初期，就對指紋做為證據的效力提出疑問。一九八二年收錄於創元推理文庫的該作品，一度差點絕版，但是在二〇〇三年的「復刊活動」中幸運再版，不過聽說現在又處於出版社斷貨的狀態。在祈禱它能再度重新出版的同時，這裡介紹一下故事概要。

倫敦的寶石商霍恩比先生的公司保險箱中，鑽石的原石遭人竊走了。竊賊在竊取目標物時，或許是不慎傷到了手，在掉落於保險箱中的紙張上，留下了一枚極清晰的拇指血印。由於遺留在現場的該枚指紋與霍恩比先生的姪子——可以拿到保險箱鑰匙的青年羅賓的指紋相同，警方將他逮捕，送上法庭。但因為刑案被告羅賓從頭到尾堅持自己是清白的，律師遂向知名的科學家偵探宋戴克博士尋求協助……

宋戴克博士是擁有律師資格的法醫學家，他是根據物理證據，運用科學辦案來揭發真相的名偵探角色。宋戴克針對唯一物證的指紋的證據能力，徹底追查那是否是偽造出來的。

上這堂課時，我也推薦學生閱讀印度科學史家喬達克・森古普塔（Chandak Sengoopta）的《英屬印度的印記》（*Imprint of the Raj: How Fingerprinting was Born in Colonial India*）一書，這是一部描述人們如何開始利用指紋來識別身分的出色作品。殖民地時期的印度，指紋鑑定在行政管理上的效果獲得肯定，很快地便「反向進口」到宗主國英國，一九〇二年九月，在倫敦中央刑事法庭舉辦的哈利・傑克森竊案中，首次將指紋做為法律證據使用。檢方證明留在失竊人家剛重新上漆的窗框上的指紋，與過去也曾受到刑事罰的竊盜慣犯哈利的指紋相同，贏得陪審團的支持，對被告做出「有罪」判決。

傅里曼的《紅拇指印》是在指紋的證據能力剛開始受到一般人認識的時期出版，由於它指出可望成為個人識別王牌的指紋有可能被精巧地偽造，在法界掀起波瀾。不過，隨著指紋的證據能力透過新聞報導廣為人知，比起像《紅拇指印》真正的竊賊那樣，取得專門的攝影技術和化學知識（而且還得耗費一大筆經費）去偽造指紋，稍微聰明一點的計畫罪犯，應該都會直接準備手套，更要省事多了。偽造指紋的詭計手法在推理小說世界的發展迅速夭折，也可說是理所當然的事。

不過該怎麼說呢？設法嫁禍他人的《紅拇指印》的真正歹徒究竟是誰，在讀者眼中是一清二楚。由於該名人物實在太可疑了，只要是熟悉推理小說的讀者，反而會認定這個人一定就是作者準備的「紅鯡魚」（可疑得要命，其實是無辜的角色）。就像傅里曼在自己的創作論〈偵探小說的藝術〉（*The Art of the Detective Story*）所表明的，由於他過度重視公平精神，認為線索的呈現不能有一絲曖昧，導致他成了一個在猜兇手方面毫無驚奇的作家。這是他終生未變的傾向，在隱藏兇手方面都不甚巧妙。

不難想像，傅里曼在剛出道推理文壇的前幾年，恐怕都被身邊的朋友和無名的讀者埋怨，「兩三下就猜到歹徒是誰了。」傅里曼會發明倒敘形式的手法，會不會其實是自暴自棄了？「與其惹來那麼多抱怨，乾脆來寫從一開始就知道歹徒是誰的推理小說！」

第四十二回的下課休息

今年（二〇一一年）六月二十三日，彼得・福克過世了。他在約翰・卡薩維蒂（John

Nicholas Cassavetes）導演的電影中展現深沉的演技，令人印象深刻，但讓人最為感慨的，還是「神探可倫坡」隨之過世這件事。一九八九年開始的新系列，有幾集我沒有看到，不過一九七〇年代拍攝的舊系列四十五集，我一集都沒有錯過，還寫下了感想。〈適合耕種〉（*Suitable for Framing*，第一季）和〈負面反應〉（*Negative Reaction*，第四季），個人認為是舊系列的雙璧，不過雖說是「個人認為」，但這應該是所有的可倫坡迷都不會有異議的模範生意見。

身為推理迷，怎麼樣都不免偏愛富有實驗精神的作品，因此接到神探可倫坡訃聞的夜晚，我重新觀賞了儘管是倒敘形式，卻又讓猜兇手的樂趣能夠成立的絕妙之作〈雙重衝擊〉（*Double Shock*，第二季）以及大膽狂妄的交換殺人作品〈患難之交〉（*A Friend in Deed*，第三季），以為追悼。

第四十三回

G・K・卻斯特頓

《布朗神父的天真》The Innocence of Father Brown

立村文化，二〇一三★

悖論之王搭建起不朽的鷹架

這一回可以說是萬事俱備，總算要來介紹我私淑的作家，G・K・卻斯特頓的「布朗神父系列」的第一本短篇集《布朗神父的天真》（一九一一年）了。卻斯特頓在二十世紀初的英國文壇，不論是在文藝評論、報導、詩作、劇作等各個領域，皆遠近馳名，不過毫無異議地，縱貫他的筆歷，首先應該要談論的，還是他身為推理作家的偉業。

卻斯特頓的真本事，惟有在短篇形式才能發揮得淋漓盡致。畫家兼詩人的青年以

「瘋子的觀點」敏銳揭露各個充滿怪奇幻想的案件的《詩人與瘋子》（*The Poet and The Lunatics*，一九二九年），以及凡事低調的官員主角有時說出來的「看似矛盾的意見」，其實隱含真理的《龐德先生的悖論》（*The Paradoxes of Mr. Pond*，一九三六年）等等，都是出自卻斯特頓筆下的、在推理小說史上燦爛光輝的珍貴短篇集；不過說到可以稱為卻斯特頓代名詞的，還是以圓臉矮個子、寶貝兮兮地帶著一把黑傘的羅馬天主教神父做為偵探角色、共五部的短篇系列。以《布朗神父的天真》為首，《布朗神父的智慧》（*The Wisdom of Father Brown*，一九一四年）、《布朗神父的懷疑》（*The Incredulity of Father Brown*，一九二六年）、《布朗神父的祕密》（*The Secret of Father Brown*，一九二七年）、《布朗神父的醜聞》（*The Scandal of Father Brown*，一九三五年）等共五十一篇的系列作品，可謂是詭計的寶庫，對後續作家的影響不可估量。

我總是以建築物來當比喻，向學生說明以近代理性主義精神為本的「謎團與推理」娛樂小說發展史。在近代科學整好的土地上蓋起建築物地基的，是始祖埃德加・愛倫・坡。打造出門面寬闊的玄關部分的，是以夏洛克・福爾摩斯作品風靡一世的柯南・道爾。而上一回（第四十二回）介紹的奧斯汀・傅里曼所率領的「福爾摩斯對手的創造者」競相砌起磚瓦，當中有一名特異的工匠，一個人在建築物的周圍搭起了高聳入雲的鷹架。

卻斯特頓搭起的魔術般的鷹架，有一些似乎是沒有支撐，飄浮在半空中，可以自由上下移動的。比方說，在第一集《布朗神父的天真》裡，第五篇〈隱形人〉的主題「心理上看不到的人」，以及第十一篇〈斷劍之謎〉，將「藏葉於林」的出色隱藏手法更進一步飛躍為「沒有樹林，就自己來造一座」，這些發想即使在二十一世紀即將過完最初的十年的現代，仍受到當前的推理作家所需要，仰賴它支撐的機會也不少。布朗神父的作品集中，第一集的「鷹架」行走的頻率也特別高；在課堂上討論這本書時，我會請學生各別說出最喜歡的作品感想（人氣似乎集中在雙重砍頭殺人的驚悚演出惹人注目的〈祕密花園〉（*The Secret Garden*），以及描寫發生在廣庭大眾的命案的〈隱形人〉），一篇篇詳細探討劇情重點，不過由於篇幅限制，這裡集中鎖定第四篇〈飛星寶鑽〉（*The Flying Stars*）及第七篇〈奇形怪狀〉（*The Wrong Shape*）這兩篇，各別進行解說。如果沒有讀過我提到的這兩篇作品（收錄它們的第一集）的讀者，請就此留步。

先從〈奇形怪狀〉開始看起吧！故事的舞台是深受東洋美術吸引的天才詩人雷納多‧昆頓的宅第。主人是個怪人，但進出的客人之奇特，也不遑多讓。昆頓夫人的弟弟，圓頂硬禮帽是其正字標記的阿特金森青年是個身無分文的酒鬼，今天又來向姊夫討錢。食客的印度人讓主治醫師哈利斯醫師來說，是個「騙子」，似乎會使用催眠術等可疑的法術。布朗神父帶著弗蘭博（原本是一名稀世大盜，改邪歸正後，成為神父偵探的助手）拜訪昆頓家的傍晚，一個人關在書房耽溺於寫詩的昆頓，留下一張疑似遺書的紙，用一把東洋風的短劍刺進自己的側腹部斷氣了……

〈奇形怪狀〉的重點之一，是提出「迅速殺人」做為密室殺人的一種解法。當密室被開啟時，房中的昆頓其實只是因為安眠藥而昏睡而已。兇手是與布朗神父一同踏入命案現場的哈利斯醫師，他把神父的注意力引向桌上的紙張（假遺書）後，迅速地把短劍塞進昆頓手裡，下手行凶。

之前在介紹《巴斯克村獵犬》時（第三十一回），我提到柯南‧道爾的福爾摩斯作品可以用「大英帝國」對決「殖民地」的二元對立圖式來看待，而卻斯特頓曾經投稿週刊報紙，提出他反對波爾戰爭的意見。卻斯特頓即使讓殖民地的文物或是這些文物的主人在作品中登場，也不會像道爾爵士那樣，把「它們／他們（＝非歐洲世界）」描寫成邪惡的源頭。他只會透過文明衝突產生的彼此猜疑，來突顯表面的怪奇性，並利用這樣的演出效果。做為先行的福爾摩斯正典的對立之作，布朗神父的偵探故事真正的價值可說就是顯現在這些地方。

接下來是描寫媲美亞森．羅蘋的偽裝高手——弗蘭博的最後一案的〈飛星寶鑽〉。〈飛星寶鑽〉做為推理小說的亮點，在於它早於〈斷劍之謎〉提出了「藏葉於林」的例子，不過比起這部分，更有趣的是弗蘭博為了排除警察而使出的計謀。在亞當斯上校的大宅舉辦的聖誕節派對上，弗蘭博自告奮勇安排英國傳統默劇，讓全屋子的人都把前來逮捕他的可憐的**正牌警察**，當成了**扮成警察的喜劇演員**，將警察打倒在地。把弗蘭博這場惡作劇的構圖，拿來與〈隱形人〉中眾目睽睽的犯罪相比較，也是一番樂趣。

弗蘭博把偷來的鑽石藏在裝飾戲服的「無數的假寶石」當中，卻被識破他真面目而追上來的布朗神父諄諄教悔他總有一天將淪為「灰色的老猴子」的末路，終於決心金盆洗手。老後的弗蘭博回顧，「我幹下的最後一案是聖誕節竊案——也就是〔……〕查爾斯．

狄更斯（Charles John Huffam Dickens）式的犯罪。」狄更斯知名的《小氣財神》（*A Christmas Carol*，一八四三年）裡，描寫守財奴史古基在精靈的引導下，得知自己將「孤獨而寂寞地死去」的末路，震驚不已，終於洗心革命。不必說，精靈與布朗神父都是在那天誕生的「救世主」派來的使者。

第四十三回的畫蛇添足

G・K・卻斯特頓的〈飛星寶鑽〉，有可能是從十九世紀俄國代表劇作家果戈里-亞諾夫斯基（Nikolai Vasilievich Gogol-Yanovski）的喜劇《欽差大臣》（*The Government Inspector*，一八三六年於亞歷山大林斯基劇院初演）得到靈感的。《欽差大臣》中，某個鄉下小鎮為了中央政府即將派遣監察人員前來的傳聞鬧得雞飛狗跳。剛巧從聖彼得堡來到這處鄉間小鎮的青年弗雷斯塔柯夫，其實只是個無名小卒的基層官員，但是誤以為他是欽差大人的鄉下小鎮大人物，都爭相無微不至地款待他。在這些大人物紛紛傾訴自己是清廉潔白的「做戲」之中，弗雷斯塔柯夫表現得宛如自己真是個欽差大臣。把這樣的構圖顛倒過來，完全就是〈飛星寶鑽〉裡的默劇場面。我猜卻斯特頓可能讀過果戈里的劇本（英譯版），或是親眼看過那部戲，但證實這一點的調查研究，對我是心餘力拙。

第四十四回

吉兒・馬貢《完美絕配》A Perfect Match

渴望與最佳伴侶相依相偎的時光

真是令人汗顏，我終於第一次去投票了！由於二〇〇九年八月三十日舉行的眾議院議員總選舉，當天我已經預定要去遠離選區（大阪第七區）的地方參加喜事，因此我先去當地市公所進行了「當日前投票」。年屆三十六歲，向來對政治漠不關心的我，卻一百八十度大轉變，行使了投票權，是因為麻生太郎前首相實在是嚴重地傷害了我的母校學習院大學的名譽。

如今再重提那個話題，似乎也有些冷飯熱炒，不過在電視機鏡頭前讀錯那麼多漢字的總理大臣，在我國憲政史上堪稱空前，也希望會是絕後。光是當下我可以想到的，就有把「踏襲」（tosyu）讀成「husyu」、「怪我」（受傷，kega）讀成「kaiga」、「未曾有」（空前，mizou）讀成「mizoyu」……族繁不及備載。

為了避免誤會，我得聲明，對於麻生前首相頻繁地讀錯漢字本身，我並不視為多大的問題。畢竟這類錯誤認知造成的糗態，任誰都曾經歷過一兩回才對。

我要在這裡忍辱告白，其實我一直把「無法用言語形容狀況有多糟」的慣用語「名状しがたい／名状すべからざる」，連漢字都記錯，誤以為是「名伏しがたい／名伏すべからざる」。幸好這不是在日常會話中會用到的慣用語，不過即將邁入三十歲時，我被某部雜誌的責編打電話來指正這個錯誤，燙紅著臉在清樣上進行修改。

如果遇到比自己年長的人讀別字，基本上我會視而不見。雖然也要看人，不過多一事不如少一事。但是當同學或要好的後輩讀別字時，我會盡量糾正。因為這樣絕對才是為了對方好。

學習院大學的畢業學長首相，在不到一年的任期中，竟鬧出連一隻手都數不完的讀別字笑話。由此可見，他在讀高中和大學的時候，應該也經常讀錯。然而卻會像那樣在眾目睽睽之下一再犯錯，想來聚集在他身邊的，沒有一個是夠朋友的人。一個極端缺乏「人緣」的人，實在不可能適合坐在一國宰相的位置。

——與這次的指定文本《完美絕配》完全無關的開場白就說到這裡。代表現代英國的本格派作家吉兒・馬貢的作品，以前我曾經介紹過她的初期代表作《復仇掩護者》（第十五回），不過令人極震驚的是，前年（二〇〇七年）四月，馬貢女士竟以五十九歲的年紀離世了。馬貢女士身為繼承阿嘉莎・克莉絲蒂及克里斯緹安娜・布蘭德衣缽的「推理天后」，尚未迎接成熟期，竟已拋下了這頂王冠。根據我的管見，不得不說目前尚未出現她們的正統繼承人。

吉兒・馬貢出生在蘇格蘭西部，在任職於鋼鐵公司時，得到英國廣播協會主辦的短篇小說大獎，從此立志以作家為生，一九八三年，終於成功以《完美絕配》登上文壇。這部作品為史坦菲爾德警局的男女搭檔，洛德督察與茱蒂・希爾總督察活躍的招牌系列的首作，這裡就先摘要序幕的劇情吧！

暴風雨過後的隔天早上，年輕的富豪寡婦茱麗亞・米契爾被發現遭人勒斃，陳屍於森林裡的人造湖畔。屍體全裸，卻沒有任何性侵的痕跡。被害人茱麗亞為了處理亡夫查爾斯・米契爾留下的不動產，正暫時借住在丈夫的弟弟德納多・米契爾和其妻海倫兩人生活的家。茱麗亞和德納多對於該如何處置查爾斯的遺產意見分歧，兩人在激烈的口角後，仍一起去拜訪當地不動產業者馬汀・休特家，但負氣的茱麗亞說要一個人先回去。馬汀的小舅子，開汽車修理工廠的克利斯・威斯頓開車送茱麗亞回去，但當晚茱麗亞就遭人殺害，克利斯下落不明。轄區警局的男女刑警搭檔羅德與希爾懷疑米契爾夫妻與克利斯的逃亡有關……

把外文的原書名，就這樣照搬變成音譯的「片假名書名」，實在很沒意思。書名固然如此，最近的好萊塢電影也因為這樣，片名都記不起來了，教人頭疼。不過本作品 “A Perfect Match”，有十足的理由讓它也只能讓書名就是照搬外文的「パーフェクト・マッチ」。

聽到Perfect Match，首先應該會想到「天生一對、完美婚姻」等意思。如果套入本作品的故事世界，立刻就可以猜到應該是在暗示湖畔命案破案的重要關鍵疑似是「夫妻關係」。

作品中，兩場正在進行的外遇使得「夫妻關係」瀕臨破裂。德納多・米契爾其實疑似三番兩次在倫敦與嫂子茱麗亞幽會（根據馬汀・休特的目擊證詞）。然而遭到丈夫德納多背叛的妻子海倫，自己也跟馬汀的小舅子克利斯搞外遇。除此之外，雖然與事件解謎沒有直接關係，但洛德督察與希爾總督察兩人也在命案偵辦中發生了外遇。不倫之戀的最後，終於能邁入「完美的婚姻」——或破鏡重圓——有這樣的康莊大道在等待嗎？

此外，Perfect Match也有「完全比賽」之意。換句話說，本書的書名，似乎也可以視為主辦猜兇手這場比賽的馬貢女士預告勝利的宣言。讀者能夠搶先洛德與希爾這對刑警搭檔，識破殺害茱麗亞的兇手為了讓自己擺脫嫌疑而佈下的不在場證明詭計嗎？

預告達成一場完全比賽的馬貢女士，她的自信之深，也可以從書名"A Perfect Match"本身就是觸及兇手詭計核心的線索這一點看出來。在尾聲的解謎階段進入最高潮，（日譯版）本篇第三一五頁第七行（連同譯註）終於揭示兇手的詭計**能夠成立的條件**，肯定會讓讀者震驚茫然。這似乎讓英文程度好的人在揭開兇手詭計上有了優勢，不過即使如此，要在這場大量運用倒敘手法的迷惑敘述文體所進行的猜兇手賽事中輕易得勝，機率實在很低。沒錯，儘管真相揭曉一看，詭計實在古典而單純到不行——

對了，這部作品有個特別的巧思，在各章結束時，經常會把焦點放在人以外的生物（蒼蠅、兔子、貓）等等，透過牠們的目光來陳述案情進展。課堂上也有學生質疑，「為什麼要讓動物和昆蟲談論人類的世界？」做出和人類一樣——不，有時比人類更理性的發言的這些生物每一天的營生，確實具有諷刺陷入不倫泥沼的登場人物的效果。

不過八〇年代出生的學生應該都不知道，大海另一頭的吉兒．馬貢以這部正面意義的通俗劇傑作成功出道的一九八三年，在我國日本，也正因為某部連續劇而掀起了空前的不倫熱潮（？）。那就是腳本家鎌田敏夫的代表作《獻給星期五的妻子們》（金曜日の妻たちへ）。

第四十五回

卡特琳娜・亞荷蕾 Catherine Arley《女傀儡》La femme de paille

法國作家以德國女孩為女主角

代表法國的懸疑女作家卡特琳娜・亞荷蕾的《女傀儡》中有這樣一段，美國富翁卡爾・里其蒙在船上猝死了。迫於需要必須對媒體保密的一對男女，為了偽裝成船隻靠岸時老人還活著，幫遺體穿好衣服，以皮帶固定在輪椅上，努力讓他坐正——

這場詭異的幕間休息鬧劇費了他們好大一番工夫。西魯德覺得這就像是一場惡夢。廣播播報著法蘭克・南尼（Frankie Laine）揚名立萬的新聞。而這段期間，屍體開始僵硬了。

第一次讀到《女傀儡》的中學時期，我應該覺得「法蘭克・南尼」這個名字與劇情無關，就這樣帶過了。不過這次重讀，我注意到這個名字是反映出當時美國的一面鏡子。讀者即使不記得法蘭克・南尼這個名字，一定也聽過讓身為歌手的他畢生長紅的**那首曲子**。沒錯，就是以開頭的歌詞「Rollin’, rollin’, rollin’. Rollin’, rollin’, rollin’.」為人所熟知的西部劇系列《曠野奇俠》（*Rawhide*）的同名主題曲。

對了，亞荷蕾女士的《女傀儡》是在一九五六年出版，因此法蘭克・南尼擔綱那部將克林・伊斯威特拱上名演員地位的《曠野奇俠》（美國CBS電視台製作／一九五九至六五年播放）的主題曲，當然是更早一些的事。不過在一九五〇年代中期的這個時期，南尼已經唱過《日正當中》（*High Noon*，一九五二年）等話題西部劇電影的主題曲，逐步建立起人氣歌手的地位了。拿來與這位法蘭克・南尼比較實在失禮，不過在《女傀儡》中企圖侵占老富翁財產的兩名男女（都是漢堡出身的德國人），聆聽著義大利移民歌手熬過漫長的無名時代，成功實現美國夢的「成功新聞」，也為了很快就要在美國獲得巨富財產，拚命地布置掩飾。

日本雖然沒有大幅報導，不過法蘭克・南尼在兩年前（二〇〇七年）以九十三歲高齡逝世。被稱頌為西部劇不可或缺人物的南尼的名字，仍低調地持續活在這部戰後經常於歷代名作選中排行前幾名的惡女傑作懸疑小說中。

——開場白就到此為止，本回要來報告例行的「上學期評量」實施狀況。兼任講師打工進入第五年的上學期報告指定文本，我挑選了難以忘懷的這部作品，它讓我在中二的「閱讀之秋」的漫漫長夜中一口氣讀完，留下了深刻印象。啊，就是這部作品在當時為了單相思而苦的運動男孩心中烙下了對女性強烈的不信任——我請學生「閱讀卡特琳娜・亞荷蕾的《女傀儡》（創元推理文庫），並評價此作品」。

這位生年不詳、經歷不明（似乎當過舞台女演員）的美貌女作家，在一九五三年以《死亡氣息》（*Tu vas mourir!*）一書出道，三年後的《女傀儡》成為被翻譯為二十國語言以上的世界級暢銷作品，使她躋身知名作家之列。亞荷蕾比起解謎，更重視心理描寫，擅長塑造玩弄權術的惡女，她的作品在日本特別幸運，幾乎所有的作品都獲得翻譯引進了。

其中《女傀儡》不僅是亞荷蕾的成名作，也是巔峰之作。在出版八年後的一九六四年改編為電影，由史恩．康納萊及珍娜．露露布莉姬妲（Gina Lollobrigida）飾演兩名男女歹徒。不過說到改編影像，《女傀儡》成為二〇〇六年七月至九月由東海電視台製作、富士電視台播映的午間通俗劇《美麗的圈套》（美しい罠）的原作，重獲新生，更讓人記憶猶新。不過學生光是觀看近年獲得首屆一指好評的午間連續劇，是無法摘要劇情的。這裡就介紹一下**原作**的序幕劇情吧。

西魯德．馬耶那想要逃離無趣而平凡的生活，這時她在週報上的徵婚啟事中發現了砂金。「敝人擁有莫大財產，徵求良緣。漢堡出生的未婚女子為佳。須人情練達，無家累，習於上流生活，愛好旅行。謝絕多愁善感的老小姐及愚蠢的洋娃娃。」——西魯德努力寫了一封真誠的應徵信過去，順利通過了「文件審核」。西魯德在法國坎城的飯店接受刊登廣告的卡爾．里其蒙的祕書安頓．可爾夫的面試，聽到了令人驚訝的提議。那則廣告其實是可爾夫為了尋找同夥，奪取他的老主人的財產而刊登的。西魯德認為兩人利害一致，同意聯手。她偽裝成護士接近老富翁，在可爾夫的支援下，準備嫁給金龜婿……

雖然被性情乖僻的老富翁卡爾・里其蒙耍得團團轉，但可爾夫與西魯德這對搭檔達成了當前的目標。西魯德終於成功擄獲老里其蒙的心，成了他的後妻。老富翁立下新的遺囑，將絕大部分的財產留給新妻西魯德，然而就在請公證人簽名之前，老富翁竟在船上猝死了。西魯德必須讓已經不會開口的冰冷屍體坐在輪椅上，一個人避開媒體，前往老富翁在異國之地的豪宅。

這次我相隔足以讓嬰兒長大成人的歲月重讀此作品，依舊感到精彩萬分。不過印象改變的地方是，這部作品其實濃濃地籠罩著二次大戰的陰影。安頓・可爾夫及西魯德・馬耶那出生的德國漢堡，是二次大戰時遭到最嚴重空襲的都市。漢堡是德國的大型港都，英美兩軍從一九四三年七月底展開的一連串空襲，造成了多達數萬名平民死傷。西魯德的父母和姊姊，還有姊姊的四個孩子都在空襲中喪生（姊夫在西方戰線中陣亡），戰後西魯德孤苦無依，靠著接一些翻譯案子維持生計，是這樣的設定。故事尾聲，揭露出安頓・可爾夫所計畫的完美犯罪的源頭，與搭檔西魯德的出身地在戰爭中遭到徹底破壞的事實密不可分，肯定會令讀者戰慄不已。這裡我必須報告一下，應該說令人意外嗎？被評為破壞推理小說必須要勸善懲惡這個不成文規定的該作品結局，大部分學生都表示無法接受。

前面我說老富翁卡爾・里其蒙是美國人，不過正確地說，他是德裔美國人。生前的老富翁把牙買加傭僕當成狗一樣使喚，顯然深具種族歧視觀念。換言之，法國女作家所寫的這篇故事，描寫的是兩名德國男女共謀奪取德裔移民的邪惡美國人在一代之間累積起來的財富的犯罪計畫，並且法國亦是其中一員的同盟國的大規模空襲的戰果，也成了讓安頓・可爾夫的完美犯罪成立的絕佳條件。比起一般的納粹諜報小說，這部作品肯定更為縝密地將德國人塑造成了邪惡代表。

第四十六回

〈天花板上的散步者〉屋根裏の散歩者

收錄於《D坂殺人事件》，獨步文化，二〇一七

江戶川亂步

人類竊聽偷拍器

上上一回（第四十四回），我在介紹吉兒．馬貢的《完美絕配》時，在開頭頗為突兀地提到了總選舉話題。因為我生平第一次前往投票所後，懷著「些許自負」去上下學期的第一堂課，結果讓我深切反省了。我在閒聊中提到鳩山內閣成立的新聞後，請年滿二十歲的學生舉手，然後詢問「上次選舉有誰去投票？」──結果我一廂情願的揣測落空，幾乎所有舉起來的手都沒有放下去。

距今近二十年前的一九九一年，幸運應屆考上大學的我這個新生，目睹該年的大四學生在尚未消退的泡沫景氣殘光中進行求職活動。公司慷慨地發出車馬費請學生前往面試會場，學生得到的內定數量可以拿來相互競爭，甚至還有公司舉辦「套牢內定者旅行」活動，以免學生跑去參加對手公司的最後面試……然而就在隔年，狀況為之丕變。《求職雜誌》（就職ジャーナル）於一九九二年十一月號首先提出的「就職冰河期」一詞，在後來的一九九四年「新語・流行語大獎」中得到了評審特選造語獎。但是身為泡沫景氣崩壞後，求職狀況一年比一年嚴峻的「失落的十年」的當事人之一，我們團塊二世世代應該還算是很樂觀的。沒錯，當電視播放織田裕二主演、將泡沫景氣時代的求職活動搬演成混亂青春群像劇的《就職戰線無異狀》（就職戦線異状なし，一九九一年）的時候，我還可以跟同學一起笑道，「這內容現在看起來簡直就像科幻片呢。」

眾所皆知，跨越世紀持續下去的就職冰河期，在二〇〇〇年代中期，由於短暫的景氣恢復和團塊世代因屆齡退休而大量離開職場，出現了對畢業生而言久違的「賣方市場」，然而好景不長，二〇〇八年，美國次級貸款風暴引發的景氣蕭條大浪輕易地越過太平洋，吞沒了整個日本列島。

前些日子（二〇〇九年十一月十九日），厚生勞動省及文部科學省發表了預定明年春季畢業的大學生的就職內定率（同年十月一日目前），從前年度的應屆畢業生就一直呈現下降曲線的內定率，私立大學生尤其低落，大學男生整體為六三・三％，比前年同期下降六・五％，女生則是六十一・六％，比前年下降八・五％，是自一九九六年開始進行該內定狀況調查後，跌幅最大的一年。這讓人意識到就職冰河期可能再次降臨的危機。

雖然這只是我的猜測，不過讓從懂事的時候就處在不景氣的日本現代大學生觀看為了設法阻止泡沫經濟崩壞，從「二〇〇七年的現在」用時光機把人送回過去的科幻電影《超時空泡泡機》（バブルへGO!!，二〇〇七年，HOICHOI PRODUCTIONS原作），他們應該也笑不出來。說到底，那天真過頭的結局，實在難以解釋為是對大藏省／財務省巧妙的批判。

——開場白就到此為止。下學期國內篇，首先第一個介紹的，連續五年都是江戶川亂步的初期短篇群。文本一樣都是新潮文庫的《江戶川亂步傑作選》。儘管我很想採用光文社文庫版《江戶川亂步全集》的第一集《天花板上的散步者》，因為此版除了詳盡的注釋以外，還具備資料方面的價值，不過對於一般而言消費欲望都不高的現代大學生，實在不好建議他們買定價一千圓（消費稅另計）的書籍。總之，由於課堂上的學生過半都未曾在小學時代接受白楊社的少年偵探團系列洗禮，新潮文庫版傑作選中共九篇的陣容——〈兩分銅幣〉〈兩個廢人〉、〈D坂殺人事件〉、〈心理測驗〉、〈紅色房間〉、〈天花板上的散步者〉、〈人間椅子〉、〈鏡地獄〉、〈芋蟲〉——做為入門篇，是無可挑剔。

我總是從江戶川亂步（Edogawa Ranpo）這個玩心十足的筆名來自於推理小說始祖埃德加・愛倫・坡（日文發音：Edoga Aran Po）之名開始解說。江戶川亂步出身三重縣名張，歷經苦學，自早稻田大學畢業後，做過各種行業，卻都無法長久持續，他在失業期間立下決心，決定以職業作家為生。我飛快介紹完亂步的立志傳後，一篇一篇玩味前述的傑作選作品。

從新潮文庫的傑作選，可以讀到〈D坂殺人事件〉、〈心理測驗〉、〈天花板上的散步者〉這三篇我國最知名的名偵探角色之一——明智小五郎在書生模樣修行時代所遭遇的事件始末記。三篇都是一九二五年，發表在《新青年》及《新青年增刊》上的名作。

〈D坂殺人事件〉以開放式的日本屋舍為舞台，描寫人們監視的目光所打造的「密室」

中發生的殺人案。〈心理測驗〉則是所謂的倒敘作品，此種類型因《神探可倫坡》及《古畑任三郎》等人氣電視劇而為大眾廣為熟悉，前半描寫兇手行動，後半由偵探識破其犯罪計畫漏洞。明智修行時代的作品雖然還有這兩部作品之後的暗號作品〈黑手組〉，和效法G．K．卻斯特頓先例的〈幽靈〉這兩篇，但也許是考慮到亂步本身對它們的評價也很低，沒有一個選集選錄。而這次我想要稍微研究一下空檔期（moratorium）青年時代的明智小五郎最後活躍的〈天花板上的散步者〉。該作品的重點不在於猜兇手或解開不可能犯罪，因此摘要到明智青年與殺人犯對峙的最後場面之前應該無妨。

二十五歲的鄉田三郎厭倦了這個世界。他潦草應付學業，沒有固定正職，涉足各種遊戲，卻都無法滿足。由於父母每個月都會寄生活費來，鄉田頻繁搬家，全心全意追求如何才能讓日子過得快活有趣。這樣的鄉田在搬到剛落成的東榮館這處賃居後，立刻找到了可以大大排遣無聊的新嗜好。也就是拆開房間壁櫃裡的天花板，爬上屋頂，透過各處的天花板洞穴偷窺別人房間的樂趣。在天花板上散步的怪癖終於病入膏肓，鄉田趁著房客裡面他最討厭的遠藤這個人剛巧在天花板洞穴正下方張大嘴巴睡覺的時候，滴下毒藥，奪走了他的性命。警方將遠藤的死視為自殺處理，鄉田的犯罪似乎瞞天過海，但……

書生模樣修行時代的明智小五郎，魅力在於他本身就可疑得幾乎與罪犯沒有兩樣。其實對鄉田三郎灌輸了對「犯罪」的興趣的，就是每次碰面總會告訴他一些犯罪實錄的明智青年。日文有句諺語叫「發現竊賊再來編繩索」，形容事到臨頭才慌忙準備，但明智就彷彿「一邊編繩索，一邊培養竊賊」一樣。被害人遠藤的生活隱私，全被變身為「人類竊聽偷拍器」的鄉田給掌握了，但應該說，鄉田才是被明智觀察入微的人。

亂步的〈天花板上的散步者〉，巧妙地描寫了「觀看」的主體接下來變成「被看」的客體的連鎖。鄉田三郎偷窺遠藤的生活，而明智小五郎仔細觀察鄉田的犯罪，並加以揭發。明智進行偵探活動的過程，由宛如「神明」的敘述者報告出來，同時**這名敘述者**也對讀者呼籲「諸位」，充分意識到讀者的耳目。——另外，如果**你**是在街上的咖啡廳等地方閱讀這本《江戶川亂步傑作選》，或許也正被店內天花板附近的監視器給窺看、錄影記錄下來了。身為現代讀者的我們每一天的生活環境，由於資訊及通訊科技日新月異的發達，早已成為「監視社會」，變成現代社會問題之一。事實上也發生過新落成的公寓所有的房間都被房東裝設監視器這種教人笑不出來的真實案件，因此鄉田三郎所耽溺的「天花板裡的散步」，其實主題非常地現代。

第四十六回的畫蛇添足

〈天花板上的散步者〉，被害人遠藤是牙科醫學校的畢業生，「目前在某家牙醫診所擔任助手」，這樣的設定富有暗示性。被鄉田三郎從天花板的洞穴將毒藥滴入口中殺害的遠藤，白天出於職業，總是在**窺看病患的口中**，然而到了夜裡，卻被趴在天花板上面的鄉田**窺看口中**。白天與夜晚，觀看的主體與被觀看的客體完全翻轉了。

第四十六回的下課休息

以江戶川亂步的〈天花板上的散步者〉為原作的影視作品有不少，個人印象深刻的，是日活羅曼情色（日活ロマンポルノ）的一九七六年作品《江戶川亂步獵奇館 天花板上的散步者》（田中登導演）。石橋蓮司飾演的鄉田三郎，在天花板上偷窺租下東榮館一室、滿足其變態性欲的貴婦人模樣，而該名貴婦其實也發現到鄉田在偷窺，慾火卻燃燒得更為熾烈。亦即貴婦嚐到了被窺看的快感。

在電影中，遠藤命案以如同原作的詭計執行了，但偵探角色明智小五郎直到最後都沒有登場。因此鄉田的殺人罪嫌，在電影最後是遭到「非人之物」的壓倒性力量所制裁。徹底地頹廢，但又冶豔地描寫對生命的執著的最後一幕，只要看過一次，就會永遠烙印在腦海裡。這已經完全打破了情色作品的框架，是一部不折不扣的藝術電影。這部電影也有DVD，有機會請務必鑑賞一番。

《船富家的悲劇》

船富家の悲劇

蒼井雄

時空跳躍．旅行推理

年過三十五，我忽然迷上了鐵道。也就是最近大眾習慣稱呼的「鐵子（TETSU）」。在這樣的嗜好中，我喜歡的是帶著時刻表搭火車旅行的所謂「乘鐵」。

不過，我並非以達成對「乘鐵」迷而言夢寐以求的「乘遍」——坐遍日本全國每一條鐵路線——為目標，而是在每次的旅程中，總會安排一個亮點，像是在地方線的終點站或河邊、海邊等風光明媚的車站下車，進行思索（如果能順便吃到當地美食，那就更沒話說了）。當然，只帶了一個不怎麼大的信差包的輕便行囊裡，總少不了兩、三本文庫書，做為車上的良伴。挑選以目的地為舞台的小說，在車上重溫，也是一番樂趣。

回想起來，我的鐵路興趣，其實只是在人生中期暫時中斷罷了。年幼兒時，我幾乎天天趴在大人背上，看到的不是紅蜻蜓，而是紅色的阪急電車。小學的時候，暑假作業我在圖畫紙畫上日本地圖和簡單的路線圖，把全國站名中有動物名稱的車站全數列出來，完成了一份「鐵道動物園」。青少年時期直到二十多歲，我完全遠離了鐵道，但仍持續透過鮎川哲也的鬼貫警部系列和島田莊司的吉敷竹史系列等擁有精巧鐵道詭計的推理作品親近鐵道。邁入三十歲不久，自從阪神老虎隊的前教練星野仙一也飽受困擾的頻脈發作以來，我對體力完全喪失了自信，這令我不禁格格不入地自詡為詩人來，心想對這樣一個沒有家累的單身男子來說，將我帶離都市喧囂的地方線車廂，就宛如將我帶往應許之地的搖籃——

蒼井雄的代表長篇《船富家的慘劇》（一九三六年）收錄在創元推理文庫版《日本偵探小說全集》的最後一集《名作集二》，因此很容易指定為課堂文本。附帶一提，這個版本只要蒐集完全套共十二集，書背排在一起，便會出現讓人不想在半夜看到的圖像。

該《名作集二》收錄了葛山二郎、大阪圭吾、蒼井雄這戰前派三作家的名作，蒼井的作品中，除了《船富家的慘劇》以外，還選了另一部怪奇色彩濃厚的中篇〈迷霧山〉（霧しぶく山），不過與擅長短篇的葛山、大阪兩位作家相比，只有在重量級長篇才能發揮真本事的蒼井，感覺已成了年輕世代「不讀的推理作家」代表之一，這真的很令人遺憾。我會在從事兼任講師打工的第五年首次介紹蒼井的《船富家的慘劇》，是因為重溫之後，深為感嘆這部作品的水準絕對不應該僅僅以「旅行推理的原型」（出自《名作集二》的書背文案）、或一般「幾乎是戰前唯一一部破解不在場證明的長篇」這樣的歷史價值來討論。

其實去年（二〇〇九年）因為適逢松本清張和太宰治百年冥誕，在閱讀界引發了種種話題，但蒼井雄亦是一九〇九（明治四十二）年出生的作家之一，因此我在去年的課堂上介紹蒼井的作品，也算是做為一點記念。生於京都的蒼井，自中學就是《新青年》的忠實讀者，熟悉柯南．道爾的夏洛克．福爾摩斯作品，以及第一次世界大戰後在英美開花結果的推理黃金時代推手作家的翻譯作品。長大以後，青年蒼井成為電氣技師，於二十五歲時，在關西出版的推理專門雜誌《Profile》（ぷろふいる）發表處女短篇〈狂躁曲殺人事件〉（狂燥曲殺人事件），兩年後向春秋社主辦的長篇小說獎項投稿了《船富家的慘劇》，贏得首獎。這篇得獎作在出書時，另外印刷了江戶川亂步與大下宇陀兒的評論文做為附錄出版，讓蒼井響叮噹地登上文壇。作品中描寫的大阪資產家船富家所面臨的悲劇，在大正時期以來便逐漸開發成為溫泉觀光勝地的南紀州白濱揭開序幕——

在常春之國白濱的白浪莊這家旅館，資產家船富隆太郎之妻弓子被人發現在離屋慘遭殺害。雖然沒有看到隆太郎的屍體，但他的床上留下大片鮮血，血跡點點延續到臨海的斷崖，然後消失。似乎是遭到殺害後，被兇手搬到崖上棄屍了。這起資產家夫婦命案，很快就找到了重要嫌犯。那就是曾經與船富家獨生女由貴子訂婚的貿易公司員工瀧澤恒雄。船富夫妻認為他品行有瑕疵，取消婚約，這讓瀧澤有充分的動機怨恨船富夫妻。瀧澤被警方逮捕拘留，否認行凶，但警調單位終究破解了瀧澤在命案當天的不在場證明，將他起訴。私家偵探南波喜市郎接到被告瀧澤的律師委託，私下展開調查，尋找仍未發現屍體的船富隆太郎將兩起命案嫁禍給瀧澤的可能性，終於查到了疑似隆太郎共犯的人物。南波偵探與和歌山縣警的刑警合作，追查逃亡到紀州半島的船富隆太郎及其共犯……

從商業都市大阪到溫泉觀光地白濱，由於昭和初期南海鐵道和阪和電鐵「彼此競爭，透過提高列車速度搶奪客人」，列車得以依照時刻表**準時**運行，如此兇手巧妙的不在場證明偽裝，以及它被偵探及警方破解時的快感才能夠成立。雖說發行冊數不多，讀者有限，但鐵道興趣的專門雜誌，在昭和四（一九二八）年有《鐵道》，昭和八年有《鐵道趣味》創刊出版，反映了當時鐵道基礎建設的充實。

不過《船富家的慘劇》出版的昭和十一（一九三六）年三月，稍早前發生了一起日本現代史上的重大事件。不必說，就是讓大雪的帝都發布戒嚴令的二二六事件。這起未遂而終的政變事件後，軍部逼迫當時的內閣朝大規模軍備擴張路線前進。由於軍事上極為重視鐵路的人員及物資運輸功能，因此禁止人民從高處攝影鐵路，而列車的運行本身也漸漸地變得不正確、不透明。附帶一提，《鐵道趣味》在昭和十二（一九三七）年、《鐵道》在昭和十三（一九三八）年結束出版，《船富家的慘劇》中登場的阪和電鐵的經營路線，也在昭和十五（一九四〇）年易手，成為對手公司南海鐵道所有，又在昭和十九（一九四四）年被收歸國有，直到戰爭結束。仔細想想，《船富家的慘劇》不管是對往年的推理迷還是鐵道迷來說，都是在仍算健全的時代才能夠綻放的豔麗大花。

蒼井的這部首部長篇中，確實也有明顯的缺點。像是南波喜市郎最後投靠的私家偵探前輩赤垣瀧夫是個莫名裝模作樣的角色，不適合這部福里曼・威利斯・克勞夫茲

（Freeman Wills Crofts）風格、十足寫實而厚重的作品調性，或是難得依據真實的時刻表設計的不在場證明詭計，卻因為呈現手法拙劣，讓讀者提不起勁去推理。

不過中段追查兇犯的部分懸疑性十足，又因為船富家的獨生女和女傭全都在家中遭到殺害，使得一度被釋放的瀧澤再次成為重要嫌犯等等，敘述手法之精妙，非同一般。赤垣宛如「神明」的名偵探表現在結尾一看，也可以說與惡魔般的真兇造形十分匹配。此外不容錯過的是，本作品也充滿了後設推理的趣味，像是伊登・菲爾波茲（Eden Phillpotts）的名作《紅髮的雷德梅因家》（*The Red Redmaynes*，一九二二年）為南波偵探指引推理方向等等。舞台主要在關西，然而卻沒有一個角色說方言，顯得很不自然，不過這應該視為反映出憧憬海外作品的翻譯文體，將之做為自我文風的摩登青年的素顏表現吧。

——對了，今年櫻花盛開的季節，就帶著《船富家的慘劇》，進行一場環遊紀伊半島的鐵道之旅吧！

第四十八回

橫溝正史《蝴蝶殺人事件》

蝶々殺人事件

……獨步文化，二〇〇六★

晴朗的一天，女高音死去[1]

年關剛過，我就進行了一場四天三夜的鐵道之旅。我把「青春十八車票」當成書籤，夾在喬治・歐威爾（George Orwell）最後的作品《一九八四》的新譯版中，從離家最近的吹田站（大阪府・京都線）出發。來到岐阜後，改由高山本線北進，第一天下榻於雪中

1〈晴朗的一天〉（Un bel dì vedremo，或譯〈美好的一天〉），為歌劇《蝴蝶夫人》第二幕知名的詠嘆調。

的飛驒高山。

隔天進入富山，乘坐北陸本線及信越本線，沿著日本海一路往東北前進。造訪上行和下行月台都在隧道裡、得走上近三百階的階梯才能抵達地上車站的筒石站（新潟縣・北陸本線），以及強風中夾雜白雪的「離日本海最近的車站」青海川站（同縣・信越本線）。第二天晚上，我從青海川折回直江津，投宿再過去的長野。

第三天，我一早就在牛隻牽引下參拜善光寺[2]。由於在長野車站還有時間，我隨意挑選名產，然後和昨晚讀完的《一九八四》一同包裝，用宅配寄回大阪自家。不過歐威爾以近未來的平行世界為舞台描寫的「高度資訊化社會／監視社會」的滲透，就連在地方線所謂的無人車站，也逐漸實現了。即使是沒什麼人上下車的無人站——也可以說正因為是無人站——最近都為使用ＩＣ車票卡的人設置了簡易驗票機，默默敦促其記錄進出站。在古色古香的木造車站裡，這些機器實在殺風景。

車站迷的嘀咕就別提了，我從長野站乘上篠之井線的列車後，前往日本三大車窗之一的姨捨站。俯瞰著眼下一片積雪的梯田及善光寺平原，心靈彷彿受到洗滌。然後從姨捨來到辰野，換乘飯田線，望著天龍川的流水，蜿蜒曲折地南進。到了終點的豐橋，在此投宿最後一晚。

最後一天的第四天，來到三重縣的桑名後，我前往養老站（岐阜縣・養老鐵道），從站前平緩綿長的坡道繼續深入山路，艱辛地抵達養老瀑布。在養老神社用保特瓶裝滿湧泉名水，得到了正好適合在新年孝敬父母的土產。接下來經大垣轉搭ＪＲ線，平安回家，就是這樣的一趟遠足。

——就在如此悠閒的旅行後不久，我又為了工作去了東京一趟。對於已經習慣普通車速度的身體來說，從東京到新大阪之間只需要兩小時半的新幹線希望號，感覺實在飛快。橫溝正史以昭和十二（一九三七）年為時代背景描寫的《蝴蝶殺人事件》中，歌劇團一行人為了接下來的大阪公演，從東京搭火車前往的時間，需要九小時五十二分（晚上一〇：一五從東京車站出發－隔天早上〇八：〇七抵達大阪車站）。沒錯，《蝴蝶殺人事件》正是證明了日本國在**心理上**比現代更要**寬闊**四倍的昭和年代初期的故事。

2 日本諺語，指在他人意外的指引下或偶然中，被引導到好的結果。據傳過去有個貪婪壞心的老太婆，因晾在外頭的布被牛角勾走，追逐的過程中，不知不覺間來到了善光寺，結果因此萌生信仰。

關於這位本國推理界泰斗的資料，以前在討論《本陣殺人事件》的第二十六回已經介紹過了，因此這裡略過。與《本陣殺人事件》同時期在雜誌連載的《蝴蝶殺人事件》，從發表當時就一直被拿來比較，評價也是正反兩極。參考小林信彥的證詞，「感覺上，推理作家（……）——那個時候應該說是偵探文壇，比較支持《本陣殺人事件》，而純文學的推理愛好家，則支持《蝴蝶殺人事件》」（參考小林信彥編《橫溝正史讀本》）。坂口安吾在書評中對《蝴蝶殺人事件》送上熱烈的讚賞，卻反過來一刀砍向《本陣殺人事件》說「是（橫溝戰後作品中）最無聊的作品」，可算是佐證之一，證明當時偵探文壇的矚目完全偏向了《本陣殺人事件》。

說得粗暴些，不論是發表當時還是現在，《蝴蝶殺人事件》都像是開在《本陣殺人事件》底下的低調月見草。兩部作品都是現在的日本推理作家協會獎的前身，偵探作家俱樂部獎的第一屆（一九四八年）入圍作品，卻只有《本陣殺人事件》一作贏得了大獎殊榮。不過兩者的明暗會相距如此懸殊，我想一大原因，應該是各別破解奇案的名偵探角色**後來的存在感**。《本陣殺人事件》做為金田一耕助初次登場的作品，廣受大眾所熟悉，還不斷翻拍成電影或電視劇；相對地，在《蝴蝶殺人事件》中披露名推理的由利麟太郎，儘管在戰前早於金田一面世，但戰後除了《蝴蝶殺人事件》以外，僅在另一部短篇中登場，就此沒有下文。對於我也是其中之一的後世的橫溝正史迷而言，還是難以抗拒從金田一耕助活躍的作品開始讀起的誘惑。

這次我指定了一九九八年新出版的春陽文庫版做為課堂文本，但聽到學生反映，才知道已經難以購得。因此如果荷包充裕，我想要改為推薦出版藝術社推出的《橫溝正史自選集》第一集。該選集的第一集收錄了《本陣殺人事件》和《蝴蝶殺人事件》兩部長篇，資料部分也十分充實，價格為含稅二一〇〇圓。那麼，現在就來看一下《蝴蝶殺人事件》對推理迷而言太過有名的屍體發現場面之前的劇情吧！

昭和十二年十月，女高音原櫻率領的歌劇團一行人，為了在大阪演出在東京叫好叫座的戲劇《蝴蝶夫人》，正準備搭乘火車西下。櫻女士的經紀人土屋恭三早一步前往大阪，忙著進行最後宣傳。公演的預售票銷售一空，令土屋眉飛色舞，卻沒想到比歌劇團提早半天、在二十日夜裡抵達大阪的櫻女士，竟從住宿的飯店消失了。土屋到處尋找她可能會去的地方，直到三更半夜，卻是徒勞無功。隔天二十一日早上，歌劇團一行人抵達大阪，準備在櫻女士缺席的狀況下，在公演會場進行排練，這時低音大提琴演奏家吵說他的樂器沒有送到。土屋詢問助手青年雨宮，雨宮回答，「行李都照火車託運（チッキ）的數目領到了。」幸好有人發現低音大提琴的盒子就靠放在後台入口——沒想到裡頭裝的竟不是樂器，而是櫻女士的屍體……！

說到《蝴蝶殺人事件》，就是低音大提琴盒裡的屍體。據說橫溝從戰時疏散至鄉間的音樂學校學生那裡聽到低音大提琴盒裡可以裝進一個人，立刻重讀福里曼．威利斯．克勞夫茲破解不在場證明的名作《桶子》（*The Cask*，一九二〇年），完成了《蝴蝶殺人事件》的大綱。克勞夫茲的《桶子》，寫的是從巴黎運送到倫敦的桶子裡裝了一具女屍，而在《蝴蝶殺人事件》，則是追查裝在低音大提琴裡的屍體是否有可能從東京運送到大阪。橫溝高度融合了克勞夫茲的《桶子》及本書之前介紹過的某部外國名作的詭計，完成了一部充滿華麗戰前現代主義風格的解謎小說。附帶一提，普契尼（Giacomo Puccini）作曲的歌劇《蝴蝶夫人》中，女主角蝴蝶並未成為命案被害人，但飾演蝴蝶的女高音由於必須唱好幾首難度極高的詠嘆調，讓這部歌劇甚至有「女高音殺手」之稱，充滿暗示性。

將《本陣殺人事件》與《蝴蝶殺人事件》放在一起比較，我個人的喜好大幅傾向前者。不過《蝴蝶殺人事件》模仿艾勒里．昆恩的作法，在指出兇手的線索全數齊全的時候，大膽插入「給讀者的挑戰信」，在貫徹猜兇手方面的公平精神這一點上，無可置疑，遠勝於對手《本陣殺人事件》。尚未讀過此作品的讀者，請務必挽起袖子，接受大師的挑戰。

課堂上必須向出生在一九八七年國鐵民營化以後的學生解釋的，就是「火車託運」（チッキ）是什麼。即使是在最後一刻搆到緬懷國鐵時代特權的團塊二世世代的我，也不曾在車站辦理過寄送、領取行李的「火車託運」手續，因此無法分享親身經驗。只不過，對於大和運輸巧妙地取名為「宅急便」的物流服務出現的一九七六年以前的種種不便，我確實絲毫不認為是「美好的過去」。

第四十九回

橫溝正史《蝴蝶殺人事件》補遺

高野和明《十三階梯》……高寶出版，二〇一四★

13階梯

為了被抽中擔任裁判員的那天

各位鄉親父老、兄弟姊妹[1]，接下來是延續上一回，大橫溝的《蝴蝶殺人事件》的解說。若有任何疏漏之處，望乞高抬貴手，不予計較——

橫溝正史在戰爭結束後，仍暫時居住在疏散處的岡山縣吉備郡岡田村字櫻（現同縣倉敷市真備町岡田），他擴大克勞夫茲在《桶子》裡描寫的「屍體移動」構想，將之移植到日本來。《桶子》中多佛海峽的航線，在《蝴蝶殺人事件》裡變身為東海道本線鐵路，解謎的焦點從破解不在場證明變成了猜兇手。原櫻女士起初被視為是在大阪遭到殺害，但後來發現她有可能在東京車站上車後，又在品川下車，前往東京都內的某棟公寓。難不成櫻女士是在東京遭到殺害，然後被塞進低音大提琴盒裡，再當做行李搬運到大阪？

為了查出櫻女士遇害的現場，警方不必說，由利偵探及擔任華生的報社記者三津木俊助密集地東奔西走。兩人原本接到蝴蝶命案的消息而西下，但又追查被害人的行蹤而回到東京，旋即又接到歌劇團人員（助手經紀人雨宮）遇害的消息，折返大阪。就連對體力有自信的三津木記者，也不禁精疲力盡，「仔細想想，這起案子也太折騰人了。〔……〕我們到底得在東京和大阪之間往返多少趟才行？」

短短三天之間，他們從東京到大阪、從大阪到東京，再從東京到大阪——。其實這

1 原文為「東西東西」，除了攬客詞的原意之外，同時影射後文提到的東京－大阪「東西」兩地。

東西之間的往返，也和橫溝正史放入書名的歌劇《蝴蝶夫人》的成立交融在一起，耐人尋味。沒錯，歌劇／喜歌劇也和推理小說一樣，是從西方世界遠渡重洋「進口」至極東之地的華麗文化。

雖然有些牽強，不過把在日本國內東西兩大都市的**往返**，與**大海東西的往返**重疊在一起，就可以看到一段文化交流史。十九世紀後半，浮世繪等日本美術越過海洋，對法國等歐洲美術界造成了強烈的影響（所謂日本主義（Japonisme）的盛行），這股潮流也波及了音樂界，出現了像皮埃特羅・馬斯卡尼（Pietro Mascagni）的《伊麗絲》（Iris）、普契尼的《蝴蝶夫人》（一九〇四年）等以日本為舞台的歌劇作品。包括這些與日本人有關的作品在內，經紀人士屋恭三在昭和初期這個時代說，「日本大眾也總算開始理解歌劇了。」他應該也夢想著總有一天櫻女士能夠前進大海另一頭的歌劇發源地，飾演蝴蝶夫人，在歌劇院贏得喝采。

二十一世紀的第一部江戶川亂步獎得獎作品，高野和明的《十三階梯》（二〇〇一年），我可以斷定是二十一世紀目前最佳的該獎得獎作品。它正面挑戰「死刑」這個法律思想的社會派主題，完成了第一流的時限型懸疑劇，也難怪評選委員會全場一致同意大獎非它莫屬。這裡就來簡單介紹一下劇情。

死刑定讞的被告樹原亮喪失記憶，不記得他遭到控訴的殺人強盜案前後的事實。樹原疑似殘忍地殺害觀護人宇津木耕平及其妻，騎機車逃離現場時，發生摔車意外。原本被懷疑是裝病的喪失記憶，在審判中被證實是真的，卻也無助於否定法庭認定是他犯下的凶殘罪行。第四次聲請再審仍被駁回，執行死刑的日子逐漸逼近的時候，樹原終於隱約想起了案發當時的記憶。他記得自己「在死亡的恐懼中爬上樓梯」。如果能查出那「幻影階梯」位在何處，或許有可能找到連警方都未能尋獲的凶器，成為證實殺人兇手是別人的新證據……接到樹原的律師委託，重新調查宇津夫妻命案的，是休假中的資深刑務官南鄉正二，以及剛獲得假釋的青年三上純一這對急就章搭檔。兩人真的能重新釐清案情背景，讓樹原的案子成功再審嗎？

這部作品是日本實施裁判員制度以前完成的，卻一點都沒有過時的感覺，我反而認為這是一部更值得在現代重新閱讀、獲得評價的作品。二〇〇九年春季開始，我們一般市民也能夠參與司法審判，或許就在不久後的將來，你我也有可能被抽中成為裁判員之一，參與檢方對被告求處死刑的法庭審判。到時候，本作登場的現職刑務官南鄉正二在執行職務時所面臨的種種苦惱，都將不再事不關己。

南鄉刑務官的苦惱——他以僵硬的表情，對因傷害致死罪服刑的青年三上說，「殺人的不只有你。〔……〕我也用我這雙手殺過兩個人。」對刑務官而言，執行死刑是不可避免的工作，南鄉就曾經兩度見證死刑犯受刑的決定性場面。

刑罰是為了報復犯罪的「應報刑」，還是教育感化他們，使其回歸社會的「目的刑」？除了這個議題之外，作品中也針對討論廢死或維持死刑時一定會談到的終身刑，透過南鄉刑務官的經驗，紮實地提出質疑。在課堂上，我也向學生介紹評論家吳智英向來提倡的「廢除死刑．復仇復活論」（復仇權是人類擁有的基本權力，早於國家的成立，而國家剝奪這樣的權力，是違反人性的！），做為討論的燃料。裁判員制度已經開始，現在市民也參與了包括死刑在內的量刑決定，我希望這部作品能成為契機，讓世人了解到由人來制裁另一個人，責任是多麼地重大，而這又是多麼切身的問題。

總之，本書的中心是「死刑」這個極沉重的主題，卻不帶說教味，懸疑性十足，同時我國最重的刑罰也被徹底拿來當成演出意外結局的「手段」。來到故事高潮，為了將三上逼至絕境而縝密準備的計畫揭曉時，讀者肯定會為之膽寒戰慄。

為了避免爆雷，只能含糊帶過，真是萬分抱歉，不過值得一書的是，在可怕的計畫暗中進行的過程中，作者高野在本作品中**刻意**運用了不少「巧合」要素。毋需贅言，在安排推理小說的劇情時，「巧合」是最為棘手的要素之一，處理得不好，絕對會被讀者唾棄「這未免方便主義過頭了」。不過在戰後日本推理史留下光輝足跡的都筑道夫認為，像是橫溝正史的《獄門島》（一九四九年），雖然有著明顯的「一連串巧合」，不過這有助於營造出「命運的沉重」，並下結論說，「雖然有人說本格推理小說不能有巧合，但簡而言之就看如何運用，運用得當，就能發揮作用。」（都筑道夫，《黃色房間如何被改裝？》，晶文社）

最後浮現出來的《十三階梯》的真相，確實是以許多方便主義的巧合做為墊腳石，才總算挖掘到的「驚人真相」。但是——可以說正因為如此，《十三階梯》才會是一部成功的社會派及本格推理小說。對於青年三上身邊的「種種巧合」，高野換個說法，稱之為「不可思議的因緣」，不過這種在推理方面不合理到極點的「大量狀況證據」，與樹原亮所蒙上的「冤罪」所帶來的迫切恐懼正好相匹配。

第四十九回的下課休息

高野和明的《十三階梯》裡，有一名角色把我國最重的刑罰拿來當成「殺人手段」使用，不過這是有前例的。在英國最重的刑罰還是死刑（絞刑）的時代，阿嘉莎・克莉絲蒂也寫過把它當成「殺人手段」利用的惡魔般人物。這裡就不點出書名了，不過那部一九四四年的作品，就像是在回應本書第二十三回介紹的法蘭西斯・艾爾斯的《獻給女士的謀殺故事》（一九三二年）。一個要殺人，一個快要被殺的奇妙夫妻關係，在艾爾斯及克莉絲蒂的兩部作品中，都在八年左右做出了最後分曉。與艾爾斯作品的女主角相比，克莉絲蒂在一九四四年所寫的該作品的**女子**，真不知道要聰明多少倍！

東野圭吾《嫌疑犯X的獻身》容疑者Xの献身

獨步文化，二〇一四★

最終回謝辭

Howdunit（如何犯案）與倒敘形式的高性能混合

考試前的大學校園，讓我覺得樣貌改變許多的，是「公告欄」前的情景。一個學生瞄著公告欄，忙碌地操作手上的手機；另一個學生則使用手機附屬的相機功能，不停拍攝公告欄各處。第一次目擊這一幕時，我一時不解他們在做什麼？畢竟我是舊世代的人，青春時期是沒有手機的。

沒錯，對於公告欄上的考試規定事項，這些學生不是手寫抄在記事本上的空白處，而是輸入手機裡，或是直接用手機拍照儲存。我是在去年（二〇〇九年）被這樣的變化嚇到，應該說實在是太後知後覺了。

附相機功能的手機是在二十世紀的年關將近的時期首次進入市場，由於「可以將拍下的照片附在郵件寄出去」的一體化功能得到好評，於二〇〇〇年代前半經歷高功能化競爭後，完全成為主流。對於因為打工等理由，難得出現在大學課堂的朋友，打電話（當然是家用電話）告訴他們考試範圍的時代早已過去，現在拍張照片寄過去的做法更合理多了。

如此這般，我負責的學科二〇〇九年度下學期報告的公告事項——「閱讀東野圭吾著《嫌疑犯X的獻身》，評價這部作品，並確實摘要劇情，列出你認為的優點及缺點」——也成了拍攝對象。

開場白就到此為止。這次的報告指定文本，我挑選了每個新年度都會對修課的學生進行的問卷調查中，總是在「喜歡的作家」中名列前茅的東野圭吾的暢銷作品。關於作者東野，這裡應該不需多做說明了。眾所周知，東野以《放學後》得到第三十一屆（一九八五年）江戶川亂步獎登上文壇後，便將軸心放在推理小說，持續發表掀起閱讀界話題的作品，受到廣泛年齡層書迷的支持，並旺盛地創作，回應讀者的期待。附帶一提，東野自二〇〇九年六月起，便擔任日本推理作家協會的理事長一職。

二〇〇五年出版的《嫌疑犯X的獻身》，是以綽號「伽利略老師」的物理學家湯川學為偵探角色的人氣系列第一部長篇，也是決定性地樹立起東野的聲望的作品。這部作品在東野第六次獲得提名時得到了直木獎（第一百三十四屆），並獲得第六屆（二〇〇六年）本格推理大獎的殊榮，擺脫該作品是否算是狹義本格推理的爭議。那麼，這裡極簡單地介紹一下關鍵劇情。

花岡靖子在東京老街的公寓與獨生女美里過著儉樸的生活，然而她的職場出現了一名麻煩人物。也就是離婚後仍對靖子糾纏不休、索討金錢的前夫富樫慎二。富樫闖進花岡母女剛遷入的新住處，恐嚇靖子「妳別想逃離我」，結果遭到美里從背後用花瓶毆打。突然的反擊令富樫暴怒抓狂，但最後他被母女兩人聯手勒斃了。意想不到地犯下殺人重罪，母女倆陷入茫然，這時公寓隔壁住戶的數學教師石神哲哉對她們伸出了援手。石神發現隔壁人家究竟出了什麼事，攬下處理富樫屍體的工作，並絞盡腦汁，偽裝不在場證明，好讓花岡母女逃過警方的偵緝。然而石神沒有料到的是，在大學時代認同彼此能力的老友湯川學，竟參與了富樫命案的偵辦……

《嫌疑犯X的獻身》採用的是從「兇手」的角度描述命案經過的倒敘形式。關於倒敘，在介紹奧斯汀・傅里曼的作品時（第四十二回）已經詳述，不過《嫌疑犯X的獻身》對這種形式又添加了更進一步的創新。如果是傅里曼風格的傳統倒敘形式，解謎的焦點便會放在從兇手的角度描寫行凶過程，然後偵探角色如何邏輯分明地破解那似乎天衣無縫的犯罪計畫。不過在本作品，描寫花岡母女殺害富樫的場面後，作者沒有交代事後從犯石神如何「處理」富樫沉默的屍體的全貌，讓故事繼續發展。

作者東野選擇了倒敘形式，全面強調偵探角色伽利略老師與他遭到埋沒的天才數學家老友之間火花四射的鬥智鬥法，並且讓讀者推理富樫命案是如何（Howdunit）被隱匿起來。尚未讀過《嫌疑犯X的獻身》的讀者，讀到故事尾聲，湯川把花岡靖子找到公園，準備告訴她真相的場面時，請暫時停下，細細思考一下石神究竟用了什麼樣的方法保護了鄰居母女。只要是夠細心的讀者，一定可以確實推理出真相。

對了，剛才也稍微提到《嫌疑犯X的獻身》的爭論中衍生出來的問題——不，在評價這部作品的時候，被視為更本質的問題而受到關注的，是石神協助隱藏花岡母女犯罪的「動機」。首次出版的精裝本書腰上，寫著「命運的算式。由捨命的純愛而生的犯罪。」，可能由於這樣的宣傳，再加上剛出版的時期正值韓流熱潮及《在世界的中心呼喊愛情》現象等等，感覺《嫌疑犯X的獻身》有點被捲入這種賤賣賺人熱淚的「純愛」及「感動」的時代潮流，這只能說是一種不幸。

總之，只要細心重讀敘述文的描述，就可以了解石神果然還是出於對花岡靖子無邪的愛，而完成了那場駭人聽聞的犯罪。石神的殺人是徹底的「利他」——就像書腰上所標榜的，無疑是「由捨命的純愛而生的犯罪」。但也因為如此，才令人感到可怕。罹患絕症的戀人、宅男笨拙的愛情、與心愛的人超自然式的重逢……相對於這年頭流行的這類「感動作品」，《嫌疑犯X的獻身》予人截然不同的印象。石神那種虛擬的家庭之愛，沒錯，若是與電影《杜爾凡先生》（*Monsieur Verdoux*，一九四七年）中喜劇之王卓別林飾演的主角的「家庭之愛」重疊在一起來看，就能重新體認到人為了保護心愛的人，能夠做出多殘忍的事，為之戰慄。人原本就是比起相信自己是「利他」更勝於「利己」時，能夠變得更殘酷的生物。

——來到剛好第五十回這個整數，為了進行下課致詞，我重讀了第一回的內容，發現我從「年輕人的閱讀能力真的下降了嗎？」一文開始寫起，有些正經八百地闡述了「手機簡訊萬惡論批判」。我樂觀地提到，最晚也都在高中時期擁有自己的手機、在日常生活中習慣用簡訊和朋友交換訊息的八〇年代出生的年輕人，應該比舊世代受到更多的訓練，更能夠挑選簡潔有效的詞彙，精準地表達自己的意思，而只要閱讀一定數量的優良讀物，增加詞彙，就能提升表現力，如此一來，文藝出版的未來也一片光明。

不過根據這五年來「從講台上的觀察」，不容否認，愈來愈多學生不擅長向不了解自己個性的**他人**說明意見了（像寫報告就是）。看來他們愈是熟練於與同世代的朋友互傳簡訊，他們的語言就愈是內向。或許這也反映出他們解讀陌生的他人所寫的「小說」（不只是推理小說）的能力遲遲無法提升。我的樂觀是否真的過於樂觀，還需要一段時間的觀察，才能得到答案。

後記

在古都京都某私立大學帶領學生閱讀推理小說的課程，其實接下來仍繼續持續下去。儘管一年比一年懶得說話，不過今年（二〇一一年）四月起的新年度，我的講師工作終於邁入第七年。當本書《通往謀殺與愉悅之路——一網打盡古今東西經典推理名作，學校修不到的推理小說通識課》陳列在書店的時候，下學期的課程已經開始了。

——換個話題，如今已是世界級搖滾樂團的U2在二〇〇〇年推出的第十張專輯，名稱是"ALL THAT YOU CAN'T LEAVE BEHIND"。直譯的話，就是「你（們）放不下的那一切」。也許是老了，淚腺沒那麼緊了，聽到第二首副歌的時候，我已潸然淚下。這是我個人非常喜愛的一張專輯。

本書所提到的作品，全都是對我來說「放不下」的作品。雖然這些並非「一切」，不過能夠把等待現在與未來的推理小說迷**更進一步**解讀的推理小說中的謎團塞進「提包」

裡，傳遞給後人，讓我感到卸下了肩上的重責。僅具體提出一例的話，過世的瀨戶川猛資先生放不下的《最後的衣著》的謎，讓我耿耿於懷了許久，但終於立下覺悟拿起來，拚命在課堂上予以闡述。如果在不遠或遙遠的將來，有奇特的推理小說迷願意繼承這項工作，再也沒有比這更值得欣慰的事了。

首先我要感謝邀請我踏入大學教育場域的花園大學文學系教授淺子逸男先生。還有在雜誌《書窗》連載時（二〇〇五年七月號至二〇一〇年六月號），衣袋丘總編及歷代編輯——宍田こずえ小姐、鈴木統子小姐、瀧澤裕子小姐——非常感謝各位的關照。我想在這裡再次表達我的謝意。

還有，當然要感謝為本書擔任編輯的鍛治佑介先生。因為有您這位可靠的陪跑者，我才有辦法完成這個將要傳遞給現在與未來推理小說迷的「提包」。

二〇一一年九月

二〇一一年十月由講談社出版的本書《通往謀殺與愉悅之路——一網打盡古今東西經典推理名作，學校修不到的推理小說通識課》入圍了第六十五屆日本推理作家協會獎及第十二屆本格推理小說大獎。只是很遺憾，與兩個獎項皆失之交臂，不過，這是我自稱「推理小說評論家」以後直至今年（二〇一九年），前後約二十六年的職涯代表作。這次本書獲得翻譯介紹到台灣，我決定趁此難得的機會，開設以下的「追加課程」：

1追加課程：第五十一回　藍霄《錯置體》
2追加課程：第五十二回　陳浩基《13・67》
3以中國、香港、台灣為舞台的必讀推理小說
4華生先生，快過來，我需要你！
5日本推理小說界的最新動向

1與2是為台灣版所寫的新稿，是總計五十回結束的《通往謀殺與愉悅之路——網打盡古今東西經典推理名作，學校修不到的推理小說通識課》的正式追加課程（之後也會對日本的推理小說迷公開），介紹了兩部成為日本華文推理小說接納轉捩點的作品。

3是刊登在網路綜合書店honto（https://honto.jp）的文章。honto網路書店除了與丸善、淳久堂等大型實體書店合作以外，亦販賣電子書。這篇稿子用在陳浩基先生的《遺忘・刑警》的文春文庫版推出時（二〇一八年十一月）的活動宣傳上，島田莊司先生與陳浩基先生也參加了這場活動，介紹了各自推薦的作品。

4原本刊登在光文社出版的推理小說專門雜誌《GIALLO》（ジャーロ）二〇一五年夏季號特輯〈網路・推理小說最前線〉（サイバー・ミステリー最前線）。編輯部提出的主題是「溝通工具的發展與推理小說的關係」，但我想此稿最引人注意的部分應該是神探夏洛克福爾摩斯的助手為何會姓華生的大離題。對於我靈機一動的假設，要不要相信，端看各位讀者。

5和1、2一樣，是為台灣版撰寫的新稿。本篇重新分析以一九八七年綾辻行人出道為起點的所謂的新本格運動，並報告該運動已於二〇一〇年代邁入了新的階段。

那麼，「追加課程」開始了——

藍霄

《錯置體》

大塊文化，二〇〇四★

「幻影男子」到底躲在哪裡？

島田莊司以如今已奠定「新古典」不動地位的《占星術殺人事件》一作，於一九八一年出道，從創作與評論兩方面照亮本格推理復興的階梯，並以所謂新本格運動旗手的身分，不惜餘力地挖掘後進的年輕才華。這樣的島田長年來被稱為「無冕王」，不過二〇〇八年，就在島田耳順之年的時候，終於獲得了日本推理文學大獎，奉還了這個封號。日本推理文學大獎向來頒發給對日本推理界的發展做出重大貢獻的作家與評論家，類似一種功勞獎。沒錯，沒有人能預料到，功勞已充分獲得肯定的島田，竟會在接下來的十年成為引介華文推理小說的推手，繼續燃燒他年輕的熱情。

老驥伏櫪的島田莊司擔任台灣大型出版社主辦、於二〇〇九年推出第一屆得獎作（寵物先生《虛擬街頭漂流記》）的「島田莊司推理小說獎」的決選評審，並為了炒熱該獎的聲勢，在主場日本推動「亞洲本格聯盟」的企劃書系。他想要傳遞出本格推理在亞洲各國廣受接納、孕育出以各國的土壤（歷史及文化）為背景的本格推理的「熱氣」。以下是該書系的出版書目一覽表：

島田莊司選「亞洲本格聯盟」全六集：講談社出版

1台灣：藍霄《錯置體》二〇〇九年九月（原作於二〇〇四年出版）

2泰國：查塔哇拉克（จัตวาลักษณ์）《兩個時鐘之謎》（กาลมรณะ）二〇〇九年九月（原作於二〇〇七年出版）

3韓國：李垠《美術館的老鼠》（미술관의 쥐）二〇〇九年十一月（原作於二〇〇七年出版）

4中國：水天一色《亂神館記系列之蝶夢》二〇〇九年十一月（原作於二〇〇六年出

版）

5印尼：S・瑪拉・Gd（S. Mara Gd）《殺意的橋梁》（*Misteri Rubrik Kontak Hati*）二〇一〇年三月（原作於一九九三年出版）

6印度：卡爾帕娜・絲娃米娜坦（Kalpana Swaminathan）《第三頁謀殺案》（*The Page 3 Murders*）二〇一〇年六月（原作於二〇〇六年出版）

為何要推出「亞洲本格聯盟」書系？負責選書的島田莊司在各作品書末刊出相同的一篇文章，簡述美國人埃德加・愛倫・坡創作〈莫爾格街凶殺案〉，開創了本格推理這個新的文學類別，接下來英美作家各展長才，彼此較勁，迎來首次大成（在二十世紀兩次大戰之間開花的黃金時代），接著日本的新本格運動開始略為陷入僵化，因此他想要在這樣的本格類別中「從另一個角度提出結構性的創作提案」，並以近似祈願的理想來結束此文。

「迎來新的世紀後，回應這項提案的，是以台灣為中心的亞洲推理新星作家。以日本做為第二個源頭的這場創作運動，與印度這類直接受到英美影響的地區匯流，以本格創作為關鍵字，正開始擴展到亞洲全域，迎向第二次大成。身為亞洲人的我們，屬於擁有共同目標的同一個聯盟」。

距離書系推出，十個年頭飛逝而過。在日本，說到「推理小說的進口來源」，主流仍然是英美，但「亞洲本格聯盟」成為催化劑，特別是華文推理的翻譯引介，正在穩健進行當中。二〇一七年，島田獎出身的英才陳浩基的《13・67》翻譯到日本，蔚為話題，可以視為日本對華文推理作品的接納已經邁入了新的階段。今年（二〇一九年）高齡七十一歲的大師島田的創作欲望仍蓬勃旺盛，也是因為受到亞洲新星作家的才華刺激，仍準備繼續一馬當先，揮舞理想的大旗吧！

藍霄的《錯置體》以島田莊司選「亞洲本格聯盟」書系的第一集推出。這是首次有台灣作家的長篇推理小說翻譯介紹到日本，被視為日本的接納華文推理小說的轉捩點。《錯置體》在開頭提出的謎團光怪陸離，吸引力十足，可以說完全投合島田的喜好。

某天，本業為精神科醫師的推理小說家藍霄接到一封可疑的電子郵件。寄件人王明億自稱免疫科醫師，向藍霄傾訴自己陷入極邪門的狀況當中。王明億在去年冬季和醫大同學在咖啡廳聚會，中間離席去了一趟廁所，回來後竟發現每個同學都不認得他了。就好像除了他自己以外，「王明億」從所有認識他的人的記憶中消失得一乾二淨。在信中，王明億為了證明自己確實存在，告白他就是距今七年前發生在醫大校內一起懸而未決的女學生姦殺案的兇手。同時他恐嚇藍霄，說這起命案「你也有份」……

二〇〇九年在日本翻譯出版當時，《錯置體》的評價不能說是理想。「亞洲本格聯盟」引起了相當大的矚目，應該也得到了不少讀者，卻未能在年底慣例的各種推理小說排行排上留下令人印象深刻的佳績。《錯置體》的日文譯者玉田誠在書末提到，「本作品從提出謎團到推理的手法，以及案件的構圖，所有的一切皆有破格之處，這也是本作品在台灣讀者間亦引發褒貶不一的評價的理由」，由此可知，本作品在台灣本國的評價也呈現兩極。

最令台灣推理迷感到困惑、引發兩極評論的，首先絕對是收尾的方式。《錯置體》由一連串事件的兇手寄給藍霄的「自白郵件」結束，看到信末的署名，讀者終於發現誰才是那名寄件人。想要將兇手身分隱匿到最後一刻，布局上需要極高超的功力，成功的例子，我第一個想到的是艾勒里．昆恩將刪去法推理發揮得淋漓盡致的《法蘭西白粉的秘密》（一九三〇年）以及《Z的悲劇》（一九三三年），還有第十四回介紹的弗列德．卡薩克的《刺客夜曲》（一九五七年）。兇手的名字在最後一刻揭曉的瞬間，若意外性與說服力兩全其美，令讀者得到淨化（Catharsis），就能贏得屹立不搖的「傑作」評價。然而《錯置體》真正的破格之處，在於它精心設計成讀者看到關鍵兇手的署名後，絕對無法得到任何淨化。接下來將提到《錯置體》的真相並進行解說，敬請尚未讀過本作品的讀者留意。

藍霄的《錯置體》令人嘆為觀止之處，在於女學生命案的現場，與真兇陳予思這個人的「外形相同」。

什麼意思？女學生命案的現場借用作品中的形容，是「倒錯的密室」。在監視器與眾人的目光監視之中，案發現場的教室應該只有女性（女學生）可以進入。然而被害人陳屍的狀態，卻完全是遭到侵入密室的男性姦殺（事實上，被害女子的陰道中留有藍霄的精液）。這起密室殺人案的兇犯——女子游泳隊的陳予思，其實患有「睪丸雌性化症」，她的外表，包括外生殖器官在內，完全就是女性，然而體內卻擁有**睪丸**，若是進行染色體檢查，百分之百會被判定為男性。沒錯，它就是侵入了應該是女性的肉體的「幻影男子」，與女學生命案的密室狀況象徵性地重疊在一起。密室殺人的現場，呈現出兇手陳予思這個人的「外形」。

此外，陳予思在信上說「別忘了，我是個不起眼的角色，請把我處理得不起眼些」，溫柔的敘事者藍霄聽從了她的要求，將她埋沒在文字當中，使得不會有任何讀者將她視為嫌犯。這確實違反了絕對是推理迷的陳予思自己所提到的范達因的推理小說二十法則中的「兇手必須是小說中多少有點分量的角色才行」。但也正因為違反了這項古典的法則，與兇手的名字一同潛伏在文字當中的社會派主題——性少數族群的人權問題，更為切實地急速浮現出來。

二〇〇四年於台灣本國出版的《錯置體》當中，陳予思只希望不要引人注意，當一個「平凡不起眼的女子」。對台灣讀者毋需贅言的是，就在二〇一九年五月，台灣成為亞洲第一個同性婚姻合法國家，是ＬＧＢＴ領域中的先進國家，其背景是自從一九八七年解除戒嚴後，隨著政治民主化，對提升女權以及性少數族群人權問題的持續關注。陳予思由於生活上面臨的種種壓迫，以及罹患睪丸癌而陷入悲觀，最後選擇了輕生。我想要相信，如果她是活在十五年後的二〇一九年現在的台灣，應該就不致於陷入如此之深的絕望了。

陳浩基

《13・67》

先人說，歷史是會重演的

陳浩基在《13・67》的〈作者後記〉中寫道，「我在一九七〇年代出生，成長於八〇年代，在那段歲月裡，不少香港小孩的心目中『警察』是一個跟『美國漫畫中的超級英雄』無異的概念。堅強、無私、正義、勇敢、忠誠地為市民服務。」

啊，這段話真是勾起我強烈的共鳴。香港人陳浩基與我幾乎屬於同一個世代，陳出生於一九七五年，我大他三歲。對於我們這些生於七〇年代前半的東亞男孩來說，在我們心中植入「警察＝英雄」這種形象的最大功臣，應該是──不，百分之百絕對就是成龍。

香港出身的影星成龍運用他無與倫比的高超身手，在原本全是陰沉復仇劇的功夫電影中注入了搞笑喜劇元素。成龍因《蛇形刁手》（一九七八年）與《醉拳》（同年）一躍成名，進入八〇年代以後，更是勢不可擋。與洪金寶、元彪共演而引發話題的大作《A計劃》（一九八四年），以及描寫香港警察——當時叫皇家香港警察——孜孜不倦奮鬥的《警察故事》（一九八五年），這兩部主演兼導演的作品叫好又叫座，將成龍推上了無可撼動的巨星寶座。

當時在日本年輕人之間，成龍也極受歡迎。我從小學的時候開始，就很期待電視播放成龍主演的功夫電影，尤其《警察故事》是我在十三歲（國一）時首次在電影院大銀幕上觀賞的成龍主演電影，感情特別深。成龍飾演的主角警察陳家駒平時雖然吊兒郎當，正義感卻特別強烈，他豁出性命，執行將香港最大的販毒組織一網打盡的作戰計畫。就如同電影迷都知道的，由於陳家駒這個角色大獲成功，接下來又拍了《警察故事續集》（一九八八年）等續集和相關作品，「警察故事」系列成了成龍的生涯招牌作。

沒錯，無論何時，警察總是奮鬥不懈，將威脅善良老百姓生命財產的壞人繩之以法。香港警察及「警察」在我心目中的正面形象，有一大部分是電影《警察故事》所形塑而成的。對於生在香港的同年代男孩陳浩基來說，肯定更是如此。

……正因為如此，對於一九九七年香港從英國「回歸」中國後，徹底向中共政權靠攏的成龍，香港人——尤其是七〇年代出生的男孩，實在無法不感到五味雜陳吧。二〇一四年要求香港特首「真普選」的雨傘革命時，以及今年（二〇一九年）為了反對將嫌犯引渡至中國本土的逃犯條例修訂草案，大規模抗爭接連不斷的現在，成龍都站在與香港市民對立、暴力鎮壓民眾的香港警察——少了「皇家」頭銜的香港警察——那一邊。諷刺的是，從八〇年代開始，香港回歸前在大銀幕中、回歸後在大銀幕外，成龍一直都是象徵著香港警察的人物。

古典卻新鮮、詭奇卻充滿了濃密的人性描寫。陳浩基的《13・67》是一部不折不扣的傑作，亦是使對華文推理仍然陌生的日本一口氣引發興趣的里程碑作品。本作品在年底慣例的各種推理小說排行榜中，也獲得了突出的支持（「週刊文春十大最佳推理」海外部門第一名、「這部推理小說了不起！」）海外部門第二名、「本格推理BEST 10」海外部門第一名），絕對是迄今為止在日本得到最多讀者的華文推理作品。

以下列出香港推理界新銳陳浩基被翻譯介紹至日本的作品（以獨立著作出版的作品）。此外，1～3的數字是翻譯至日本的次序。

1《遺忘．刑警》二〇一一年九月，皇冠文化（台灣）
日文書名《世界を売った男》（出賣世界的男人）二〇一六年六月，文藝春秋→二〇一八年十一月，文春文庫

2《13．67》二〇一四年六月，皇冠文化（台灣）
日文書名《13．67》二〇一七年九月，文藝春秋

3《第歐根尼變奏曲》二〇一九年一月，格子盒作室（香港）／皇冠文化（台灣）
日文書名《ディオゲネス変奏曲》二〇一九年四月，早川書房

陳浩基被引介至日本的第一部作品——獲得第二屆（二〇一一年）島田莊司推理小說獎的《遺忘．刑警》，當時在日本推理界幾乎未激起任何波瀾，但它遵循了島田莊司所謂的奇想理論——應該在作品開頭提出具有詩意美感的謎團，可以說是除了創始人島田以

外，為數不多的成功例子。身為警察的主角一夜過去，竟不知為何穿越（？）到六年後的未來，本作便是描寫主角的混亂與「職業榮譽感」，雖說才氣橫溢、卻也稍嫌賣弄，但的確是一部令人相信其才華貨真價實的出色作品。

但是《13・67》的水準遠遠超出了期待。故事主角是香港警察的傳奇人物關振鐸警司。他出類拔萃的辦案能力，讓他有了「破案機器」、「天眼」、「神探」等渾號，本作品便是描述他這約半個世紀──從一九六七年至二〇一三年──所涉入的六起謎案，若要為它起個古典的副標題，「關振鐸的冒險」應該很適合。不，關振鐸特別關照的部下駱小明與其說是華生角色，更是「神探稱號的繼承者」，因此叫「老關小明大冒險」是不是更為恰當？撇開我任意命名的副標題不談，一般來說，這類神探事件簿都是從過去到現在，依年代順序來書寫，但《13・67》卻非如此。這部作品的特色，是採用了從二〇一三年的現在逐漸往前回溯到一九六七年過去的手法。而且每一章的背景都挑選了香港社會面臨重大變局的時代。

在破題之作〈黑與白之間的真實〉（二〇一三年：雨傘革命爆發前一年）中登場的關振鐸，罹患末期肝癌，在醫院病床上昏迷不醒，卻僅靠透過腦波來傳達的「YES／

NO」，破解企業家命案之謎，過程令人拍案叫絕。接下來的〈囚徒道義〉（二〇〇三年：為反對香港基本法第二十三條，民主派發起五十萬人遊行抗議），揭開被捲入黑幫分裂火拚而喪命的女星「真實的面貌」。〈最長的一天 The Longest Day〉（一九九七年：香港回歸）裡，奸巧的逃獄犯與關振鐸火花四射的鬥智鬥法驚彩刺激。〈泰美斯的天秤 The Balance of Themis〉（一九八九年：中國發生天安門事件，香港海外移民潮增加）中，警方與犯罪集團光天化日的槍擊駁火中，竟隱藏了意外的陰謀。〈Borrowed Place〉（一九七七年：港警公然貪腐成為重大社會問題）裡，任職於廉政署的英國調查官的兒子遭到綁票，案件背後，關振鐸卻不知為何宛如怪盜羅蘋般暗中活躍。最後一章〈Borrowed Time〉（一九六七年：受到中國文化大革命影響，香港發生反英國政府的暴動），為了阻止左派勢力計畫的炸彈恐攻，在雜貨店工作的敘事者，與年輕警察組成臨時搭檔，滿香港奔波。

本作品收錄的六個中篇，每一篇都洋溢著推理趣味，水準之高，令人咋舌。而且將一名警察的人生「倒轉」呈現的故事結構，在收錄作品中唯一一篇採用第一人稱「我」來敘說的最後一篇暗藏的敘述詭計發動之時，將揭露出如此安排的精妙之處。在故事最後，謎底在某個角色的台詞中揭曉的瞬間，幾乎所有的讀者都會因為誤認敘事者的身分而感到當頭棒喝。為了避免爆雷，這裡只能模糊帶過，不過讀者的**意識**將在讀完最後一篇的瞬間，立刻連接到破題之作的企業家命案「埋藏的恩怨」，並將反英國政府暴動排山倒海的一九六〇年代，與回歸中國後為了維持民主主義，市民運動風起雲湧的二〇一〇年代這兩個「反政府的時代」重疊在一起。在這裡，本格推理特有的敘述詭計不單純只是誘騙讀者的陷阱，更是一種觸媒，明確呈現出描寫香港這個都市特異的發展歷史的社會派主題。

距離《13・67》出版的二〇一四年六月，已經五年過去了。巧合的是，書寫這篇稿子的二〇一九年九月二十八日，正是雨傘革命正式爆發後的第五年。神探關振鐸恐怕已經不在人世，而應該繼承神探稱號的駱小明，現在也還繼續在香港警察機關任職嗎？面臨中國建國七十周年國慶日（三天後的十月一日），目睹香港市民持續發動大規模抗爭的新聞畫面，我情不自情地要將半個世紀以前的香港與現今的香港重疊在一起……

先人說，歷史是會重演的。我們不能忘記，在《13・67》所描寫的「香港五十年」的外側，還有著「世界百年」——正宛如十九世紀末至二十世紀初的帝國主義時代在今日上演。

以中國、香港、台灣為舞台的必讀推理小說

◇選書主題

自古以來，「在大海另一頭變遷的大國」儘管由於海空航路的發達，在時間上的距離日漸縮短，然而心理上的距離，卻在不同的時代，時近時遠。閱讀反映中國、香港、台灣過去與現在的精神風俗的推理小說，一定也有助於理解身為鄰人的我們日本人和日本。

海倫．麥克洛伊〈中國風格〉（*Chinoiserie*）
（收錄於創元推理文庫《歌唱的鑽石》（*The Singing Diamond*））

以前這篇作品以〈燕京綺譚〉的日文標題收錄於早川書房出版的《世界推理全集‧第十八卷　三十七部短篇》，當時帶給我極大的震憾。本篇描寫俄羅斯大使美貌的妻子在滿洲帝國的帝都憑空消失的怪奇事件，極盡炫惑美妙。做為世界主義（cosmopolitan）小說，亦是一部珍貴的作品。

山田風太郎《妖異金瓶梅》

《金瓶梅》完成於中國明代，諷刺當時的官僚腐敗，以及豪商富賈酒池肉林的生活，有「奇書」之譽。奇才山田風太郎借用該書的世界觀，創作出這部連作推理作品，其中千古第一淫婦潘金蓮運用各種殘忍詭計來「除掉」丈夫新收的小妾的過程，驚心動魄。

陸秋槎《元年春之祭》

以西漢為舞台，描寫曾經執掌國家祭祀的豪族悲劇，兼具Whodunit（凶手是誰）的趣味與「詭奇動機」的意外性，是一部悲愴動人的佳作。生於一九八八年的年輕中國作者自陳受到日本新本格推理潮流影響，千萬不能錯過他對讀者下的戰帖！

陳浩基《13・67》（皇冠文化）

本作品堪稱引爆日本華文推理熱潮的里程碑。背景時代從反英政府運動如火如荼的一九六〇年代，歷經回歸中國、民主化運動風起雲湧的二〇一〇年代，將一名警察的人生與香港現代史重疊在一起，對「當代政權」與「市民的正義」的關係提出疑問。

東山彰良《流》(圓神出版)

本作品榮獲二〇一五年上半期直木獎，向世人揭示了台灣出身的作者實力。以台灣和中國劍拔弩張的關係史為背景，鮮活描寫一名青年波瀾萬丈的成長過程，是一部青春推理的痛快之作。對了，過去曾有哪一部小說如此詩意地描寫蟑螂嗎？

台灣版追加課程（四）

華生先生，快過來，我需要你！

1

試論溝通工具的發展與推理小說的關係——當我拿到這個範圍過大、不知該從何下手的題目，幾乎要束手無策之際，重回推理小說始祖愛倫・坡的作品，保證是正途。結果我恍然大悟地發現，幾乎可以說，「電話」發明以前的溝通工具的可能性，早已被愛倫・坡書寫得淋漓盡致了。

我們人類擁有的終極溝通工具，那就是「語言」。首先有「口語」，再來是記下這些口語的「文字」發明。當然，在人類能夠運用口語之前，也有能稱為溝通工具的方法，像是喊叫、低吼、眼神、動作、手勢等等，都是向對方傳情達意的重要手段。

愛倫坡的〈莫爾格街凶殺案〉（一八四一年）中，母女遇害的現場怎麼會化為密室？其實是因為真兇「瞥見了主人恐懼緊繃的表情」。真兇從主人的表情正確地讀出「你幹了絕對會挨鞭子的壞事」，拚命設法掩飾自己犯下的蠻行痕跡。此外，在莫爾格街的慘劇發生前，擁有傑出推理能力的杜邦爵士便透過敘事者的動作和眼神讀出他腦中的想法，這段小插曲也令人難忘。

在〈莫爾格街凶殺案〉中，口語也成了重要的線索。這部作品以國際都市巴黎為舞台，踏入密室現場的有法國人警官和銀匠、荷蘭人餐廳老闆、英國人裁縫和西班牙人棺材店老闆，再加上義大利人的糖果店老闆。他們幾乎都只會自己的母語，各別證實疑似殺害母女的兇犯所發出的尖銳聲音一定是他們的「母語以外的外國話」。聰慧的杜邦就是從他們的證詞完全不同的地方看出了真相。

生於美國的愛倫・坡能得心應手地運用英文這種「書寫語言」，讓他的詩、詩論及小說流傳後世。如果沒有書寫語言，也就是文字這種溝通工具，包括推理小說在內的文學類別根本無從成立（儘管還有口傳這種無論古今皆極為奢侈的溝通手段可能獲得發展）。

說到書寫語言所帶來的實用溝通工具，首先非「信」莫屬，還有從信衍生而出的「密碼」。杜邦作品之一〈失竊的信函〉（一八四五年）當中，寄給某位高貴女子的信成了恐嚇的把柄；在〈金甲蟲〉（*The Gold-Bug*）（一八四三年）裡，顯示海盜基德船長的財寶所在的密碼，等著世人來解開。在尚未出現將口語錄音到磁帶的技術的時代，「信」是一種明示的保存工具，留下書寫人的想法和筆跡這項身分證明；「密碼」則是暗示的保存工具，將留下密碼的人的想法正確無誤地傳達給特定的人物或團體。

稍微離題一下，柯南・道爾的夏洛克・福爾摩斯作品的第一部短篇〈波希米亞醜聞〉（*A Scandal in Bohemia*）（一八九一年），是模仿愛倫・坡的〈失竊的信函〉所創作，這是相當有名的軼事。兩篇作品都把重點放在找出證明高貴人士的戀愛醜聞的信件（〈波希米亞醜聞〉除了信還有照片）。另外，雖然不清楚是否刻意為之，神探福爾摩斯的勁敵宋戴克博士首次登場的短篇作品〈藍色亮片〉（*The Blue Sequin*）（一九〇八年），亦同樣以戀愛事件做為題材。

奧斯汀・傅里曼所寫的〈藍色亮片〉，解謎的關鍵在於密室狀態的列車當中，女乘客如何遭人打死的「howdunit」（犯案手法），而被視為重要嫌犯的知名畫家為了從曾經有過一段情的女死者身上取回他寄出的信件和贈送的鍊墜（裡面裝了自己的相片！），絞盡腦汁、想方設法。

從推理小說的黎明期及形成期所挑選出來的這三部作品，關鍵的溝通工具皆為信件，以及訊息色彩更為濃厚的「照片」，不過或許該說人類的情慾古今皆然，這種狀況在現代被稱為「色情報復」（Revenge porn），成了社會問題。在二十一世紀的網路社會，雖然證明有過親密關係的信件和照片變成了數位資訊，但為了要「刪除」或「散布」這些證據而上演的鬥智角力，卻似乎是一點都沒變。

2

終於輪到「電話」登場了。距離愛倫・坡離奇逝世後過了四分之一世紀又多一些，一八七六年二月十四日，亞歷山大・格拉漢姆・貝爾（Alexander Graham Bell）以些微的差距，搶先伊利夏・格瑞（Elisha Gray）取得了電話發明的專利。

推理小說的始祖愛倫・坡未能接觸到電話這個溝通工具便撒手人寰，不過從一百七十多年的推理小說史來看，電話的登場可以說是相當初期的事。之所以會有這樣的印象，是因為推理小說形成期的兩大巨頭柯南・道爾及G・K・卻斯特頓筆下的兩大神探：夏洛克・福爾摩斯與布朗神父，都頗為熟悉電話這個工具。

福爾摩斯作品中第一次有電話登場，是收錄在《福爾摩斯檔案簿》（*The Case-Book of Sherlock Holmes*）的〈三名同姓人〉（*The Adventure of the Three Garridebs*）（一九二五年）。〈三名同姓人〉肖似系列初期的名作〈紅髮會〉（*The Red-Headed League*）（一八九一年），以奇妙的遺言為中心，作品中的年代是「波耳戰爭結束後不久的一九〇二年六月下旬的事」。福爾摩斯居住的貝克街寓所不知何時牽了電話，華生醫生翻查電話簿，確定寫信給福爾摩斯的寄件人加里列布確實登載其上。然後福爾摩斯說，「我們得查出寄來這封信的另一個加里列布也是個壞蛋。華生，可以勞駕你打通電話嗎？」

布朗神父系列中，最早有電話登場的是哪一部作品，很抱歉無法在這裡給出明確的答案，不過可以確定在第五集《布朗神父的醜聞》（一九三五年）裡，開頭便稀鬆平常地使用了電話。在〈布朗神父的醜聞〉中登場的報社記者，著急地打電話給自家報社，好訂正關於神父的醜聞報導。此外，〈無法解決的難題〉（*The Insoluble Problem*）中，神父接到來自好漢弗蘭博的委託電話。神父平時喜歡與對方促膝長談，這時卻說「即使是透過電話，聽到老朋友的聲音，仍是莫大的喜悅」。總之，對於電話這個比起信件和電報，能夠更迅速地交流更多資訊的最新溝通工具，不論是道爾或是卻斯特頓，似乎都沒有想到要積極地將它運用在詭計上。

——對了，透過幾乎如同魔法般便利的電話傳遞的第一道人聲，是「華生先生，快過來，我需要你！（Mr. Watson – Come here – I want you）」，這件事實在是令推理迷興奮難耐。在電話的實驗當中，貝爾不慎將稀硫酸打翻在褲子上，呼叫隔壁房間的助手湯馬斯・A・華生（Thomas A. Watson），而華生從房間裡的電話聽到了這段呼叫聲。不過有人認為貝爾使用稀硫酸這件事，正證明了他盜用了競爭對手格瑞的點子，但這個陰謀論偏離了本稿的主題，這裡暫且割愛。總之，擁有比雇主貝爾更豐富的電氣知識，在電話的發明中做出莫大貢獻的助手居然也姓華生……這件事或許不單純只是有趣而已。

因為貝爾是蘇格蘭愛丁堡人（一八四七年出生），柯南・道爾同樣在十二年後出生於愛丁堡，儘管科系不同，但兩人都在愛丁堡大學求學。道爾的第一部福爾摩斯作品〈暗紅色研究〉，一八八七年在雜誌上發表，但前年他剛開始動筆時，偵探角色的名字叫I・謝林福德・福爾摩斯（I Sherrinford Holmes），自阿富汗戰爭歸來的敘事者則名叫奧蒙德・薩克（Ormond Sacker）。福爾摩斯的原型人物，是道爾在醫學生時期蒙獲知遇的外科醫師約瑟芬・貝爾（Joseph Bell），這件事很有名，但以貝爾醫師為模特兒的神探角色的助手，名字改弦易轍，會不會是因為道爾在報上讀到稱揚前往美國發展、成為電話發明人的同鄉格拉漢姆・貝爾（噢，和貝爾醫師同姓！）的詳細報導，並注意到協助研究的助手姓氏「華生」？我認為這個假設，比起華生是借用朋友姓氏的一般說法更來得學術而且浪漫。

言歸正傳。在十九世紀的先進國家，電信網路（亦即林立的電線桿和它們交織而成的電線網）與鐵路網同樣地發達，但是直到新發明的電話這個溝通工具實用化的階段，才真正發揮了它的價值。鐵路與電話飛躍性地加快了人們移動往來及資訊流通的速度，在擴大故事「舞台」的同時，也能輕易地使其縮小。

電話這個溝通工具對於創造嶄新的詭計以及釀造都會懸疑氛圍大有貢獻，這一點參考間羊太郎的名著《推理小說百科事典》（ミステリ百科事典，一九六三年～六四年發表），亦歷然可見。該事典理所當然地設了「電話」這個大項目，並列出「電話詭計」、「電話號碼」、「竊聽」、「惡作劇電話」、「打錯電話」、「長途電話」等六個子項目，介紹耐人尋味的作品實例，不過比起歐美作家，日本的推理作家似乎更熱中於將電話這項工具運用在犯罪的構成要素上。在手機問世以前，**室內電話**對於想要為筆下的兇犯打造出堅不可摧的不在場證明的推理作家來說，是格外具有吸引力的工具。

若要憑我不可靠的記憶力，挑選出幾部《推理小說百科事典》以後出現的「電話推理小說」，首先有森村誠一的《新幹線殺人事件》（一九七〇年），作品中從新幹線車上的公共電話打出去的兩通電話，證明了兇手不在現場；土屋隆夫《獻給妻子的犯罪》（一九七二年）裡，亂槍打鳥撥出去的惡作劇電話，被一名暗示要下手殺人的女子接到，主角設法推理出「電話究竟打到了哪裡」；高木彬光的《大東京四谷怪談》（一九七六年）顯示出最新的溝通工具意外地與靈異現象相得益彰；還有本岡類[1]的《櫻島一千公里殺人航線》（桜島一〇〇〇キロ殺人空路，一九八七年），本作的不在場證明詭計，只有在電話從轉盤式進化成按鍵式的過渡時期才能成立，極為特殊。其餘族繁不及備載。

1 本岡類（1951-），日本推理小說家。一九八〇年以〈扭曲的棋子痕跡〉獲得「《ALL讀物》推理小說新人獎」出道。

特別是山村美紗[2]創出了許多傑出的電話詭計。其中尤以一九七四年發表的〈裸奔者之死〉（ストリーカーが死んだ）（收錄於短篇集《屍體喜歡冷氣》（死体はクーラーが好き））為最，描述應該在公寓房間接到電話的女子消失之謎，堪與克萊頓‧勞森[3]（Clayton Rawson）的古典短篇〈人間蒸發〉（*Off the Face of the Earth*，一九四七年發表，描寫人憑空從電話亭裡消失不見）比肩——不，在運用電話這種工具本身的特性這一點上，顯然可以斷定更勝勞森名作的「電話推理小說」一籌。

3

接下來將快速進入結論，因為結論相當簡單。

推理小說是大眾文學的一種，它為了納入時下最新的風俗與時代氛圍，必然會不斷描寫電話／室內電話這個溝通工具在功能上持續進化、逐漸融入市民生活的情形。曾經有過需要接線生的時代；有過林立的公共電話亭象徵著大都會的時代；有過將語音記錄在磁帶上的「答錄機」功能；還有傳真機時代，可以將「寫在紙上的文字」直接傳送給對方，對日常生活以及商業活動造成了重大的衝擊。

溝通工具是人類知覺的延伸，推理作家總是不斷鑽研它的可能性與極限，絞盡腦汁發明新點子／詭計。確實，往年利用室內電話的詭計對於現在十幾二十來歲的年輕讀者來說，或許感覺相當遙遠。但推理小說做為反映世相的「鏡子」——身為一種風俗小說，從這個面向來看，這是一種**正確的陳舊**，我認為應該積極予以肯定才對。

一九九五年「WINDOWS 95」面市以後，電腦開始在一般家庭廣為普及開來。同時，一九八七年剛開始提供服務時，由於過度昂貴而未能普及的手機，也因為一九九四年四月的手機販賣制[4]推出，以及一九九八年以後的通訊自由化，在歷經市場競爭後，一眨眼便成為人手一機的溝通工具，現在更進化為智慧手機，比起通話，其實更是上網工具。

2 山村美紗（1934-1996），日本推理小說家。一九七四年以《消失於麻六甲海峽》出道，著作等身，亦有日本的阿嘉莎・克莉絲蒂的美稱。

3 Clayton Rawson（1906-1971），美國推理小說家、編輯、業餘魔術師。一九三八年以《死亡飛出大禮帽》出道，一舉成名。

4 在日本，手機起先是租賃制，除基本電話費外，還有保證金等各種費用，使得手機高不可攀。直至一九九四年推出手機販賣制，才開始能自由購買喜愛的手機機種。

在數位時代，溝通工具／資訊媒體的技術革新日新月異，但推理作家還是努力連結當代的感性，以新的「環境」為背景，創作出謎團與推理故事。像是歌野晶午以《密室殺人遊戲「將軍飛車」》（密室殺人ゲーム王手飛車取り，二〇〇七年）為起始的「密室殺人遊戲」系列等，就可說是目前「最尖端」的挑戰。

既然以現代為舞台書寫推理小說，如果不將最新的資訊媒體環境、當代流行的溝通工具寫入作品，將無法在未來「正確地陳舊」（臉書、推特和LINE當然亦終將步上過時的命運）。但即使如此，應該還是可以在以口語和書面體的基礎上，追求令讀者跌破眼鏡的邏輯趣味，以及動機的興味。因為與活在愛倫·坡和道爾的時代的十九世紀的人相比，二十一世紀現代人的身體知覺雖然確實擴張到匪夷所思的地步，然而實際上赤裸的知性卻實在不像是有多少長進（這應該說值得慶幸嗎？）。當然，我們可以期待推理小說這個近代文學的一種，本身就是一種溝通工具，甚至可以跨越國境，將推理愛好者連繫在一起。

台灣版追加課程（五）

日本推理小說界的最新動向

本次台灣出版社希望我進行補充，介紹在日本版《通往謀殺與愉悅之路——一網打盡古今東西經典推理名作，學校修不到的推理小說通識課》提到的作品（二〇〇五年出版的東野圭吾《嫌疑犯X的獻身》及道尾秀介《向日葵不開的夏天》是最新作品）之後出版的「推理小說名作」。經過一番深思熟慮，最後我增添了兩回補充課程，介紹華文圈的推理小說名作，成為各位所見到的這番陣容，至於出版社最主要的要求，我在最後僅限於本格／新本格類別，報告一下日本推理小說界的最新動向。

1 本格推理與新本格推理

「本格」推理究竟是什麼？江戶川亂步打破既往的外國推理作品翻譯改寫，開啟了屬於日本人自己的推理小說創作時代，他將本格推理小說定義為「著眼於以邏輯方式逐步解明主要關於犯罪的難解祕密之過程樂趣的文學」，此外，權威著作《日本推理小說事典》（日本ミステリー事典）（權田萬治．新保博久監修）中則將其區別為「推理小說當中，著眼於解謎、詭計、智慧派神探活躍之作品」。

在這樣的「本格」前面冠上「新」的「新本格」稱呼，最早是江戶川亂步為了方便，用來總稱略晚於二十世紀兩次大戰之間阿嘉莎．克莉絲蒂與范．達因等人締造的黃金時代出現的英國作家（尼可拉斯．布雷克（Nicholas Blake）、麥可．伊尼士（Michael Innes）等人），後來有段時期，亦如此稱呼一九六〇年代江戶川亂步獎及寶石獎出身的一群新進推理作家，如笹澤左保、草野唯雄等人，他們積極地將現代風俗寫入故事，並重視戀愛元素及懸疑氛圍。不過現在說到「新本格」，已完全固定指稱以綾辻行人的《殺人十角館》為濫觴、九〇年代為全盛時期的本格推理小說文藝復興（復興．革新運動）所孕育出來的作品。

以充滿不可能趣味的「謎」與邏輯分明的「解明」為骨幹的本格推理小說復興・革新運動——。那麼，綾辻登場之後的新本格，具備什麼樣的特質？雖然略嫌粗糙，但可列出三項特徵：

一、是描寫現代年輕人的青春推理小說。

二、本格推理「形式」格外前衛、極端。

三、古典天才型偵探的復活。

毋須贅言，作品的核心皆為解謎的樂趣，不過這三項特徵當中，只要符合兩項以上，就應該歸類為新本格推理小說。以下將進一步加以闡述。

在新本格運動中，尤其是曾被稱為「第一世代」的五人——依出道順序，分別為綾辻行人（《殺人十角館》一九八七年九月）、歌野晶午（《長屋殺人事件》（長い家の殺人）一九八八年九月）、法月綸太郎（《密閉教室》一九八八年十月）、有栖川有栖（《月光遊戲》一九八九年一月）、我孫子武丸（《8的殺人》（8の殺人）一九八九年三月）——他們皆以弱冠出頭的年紀登場。這些第一世代作家，特別是初期的作品，確實有著將忘了稚氣的「社會派」推理小說世界觀視為壓抑的象徵，加以批判的一面。只要是資深推理小說迷，應該都能想起《殺人十角館》的開頭，大學生艾勒里的大放厥詞，「對我來說，推理小說是一種知性遊戲。也就是以小說形式，使讀者對名偵探，或讀者對作者產生刺激的邏輯遊戲，如此而已。（中略）所以，我不要日本盛行一時的『社會派』現實主義。」新本格第一世代作家，將小說的主要角色設定為距離自身不遠的年輕人，向社會提出「屬於我們的時代的本格」。

此外，新本格運動值得一提的是，它們刻意沿襲既有知名作品的「形式」——世界觀或詭計——發展出形形色色的變化與花樣，同時亦徹底追求敘述詭計的可能性。描述解謎的故事，卻在「描述」本身安插了「欺騙」的技巧——此種做法超越了在小說文本中展開的「犯人對決偵探」的鬥智範疇，大大拓展出突顯「作者對決讀者」的後設層次對決構圖的可能性。

當然，對於讓警方一籌莫展的**名犯人**，天才型神探才有資格與其雙雄並立。奧古斯特・杜邦與夏洛克・福爾摩斯這些古典神探角色個性鮮明，這類不屬於警察偵查機關的「素人偵探」廣受讀者喜愛的傳統，亦在新本格運動中復活了。在這場運動中，承襲北村薰《空中飛馬》流派的「日常之謎」亦扮演了重要的角色，解開尋常的校園生活、社會生活中遭遇的種種謎團（並不一定是殺人事件），使得任何職業的人都有可能成為神探角色。

2 新本格運動的過去與現在

在日本，說到「推理小說」，泛指亦包括冒險小說和恐怖小說在內的廣義娛樂文學。不過為了介紹本格／新本格推理小說的最新動向，筆者重新製作了一份里程碑作品清單。倘若列出的數目過於龐大，可能會失去「閱讀指南」的功用，因此將一九八七年綾辻行人登場後，前後長達三十三年的新本格運動的年數乘以二，精選了六十六部作品（一名作家最多兩部小說作品，但作品集的編纂等例外）。請先瀏覽該份清單後，再回到本文。

——接下來匆促概觀一下關鍵的「重開機期」前，目前仍在持續的新本格運動。一九七〇年代後半，橫溝正史熱潮（一九七六年《犬神家一族》電影版上映所掀起）以及台灣出身的總編島崎博重新出版過往的名作，加上挖掘泡坂妻夫、連城三紀彥等重量級本格派新人的雜誌《幻影城》重新揭露本格推理小說的魅力，一九七九年有笠井潔（第六屆角川小說獎得獎作《再見，天使》（バイバイ、エンジェル））、八一年有島田莊司（第二十六屆江戶川亂步獎決選作《占星術殺人事件》）登場，明確照亮了通往本格推理復興的道路。

一九八七年，綾辻行人獲得島田莊司的推薦，在二十六歲登上推理文壇，接下來同樣立志創作本格推理的第一世代的年輕作家陸續登場。身為先驅的笠井潔與島田莊司除了實際創作以外，並精力充沛地投入評論活動，從理論方面支持本格推理小說的文藝復興（復興・革新運動），締造出所謂的新本格運動。

新本格運動在一九九〇年代前半迎向鼎盛。象徵其巔峰的，是京極夏彥的登場。其處女作《姑獲鳥之夏》引發褒貶兩極的評價，但隔年推出《魍魎之匣》與《狂骨之夢》，展現出其無與倫比的筆力。新本格運動的浪潮竟能孕育出如此特出的才華，猶記得當時整個推理圈皆為此激動不已。

一九九〇年代後半至跨入新世紀，新本格運動迎向成熟期。前面列出了三項新本格的特徵，但其中第二項的「孜孜不倦的實驗精神」有時會失控，或偏離正軌。這在梅菲斯特獎得獎作品身上特別明顯，此獎催生出清涼院流水《COSMIC世紀末偵探神話》、蘇部健一《六塊豬排》（六枚のとんかつ）、浦賀和宏《記憶的盡頭》（記憶の果て，一九九八年）等，在當時及現今都不容錯過的爭議之作。新本格運動比起向心力，離心力更為強烈，可謂是驚險刺激的時代。

總之，一個文學運動當中，倘若沒有實力新人的加入，也就到了盡頭。因為只要運動具有向心力，熟悉既有作家的讀者，一定也願意嘗試似乎潛力無限的新人作家作品。但是在新本格運動身上，這種幸福的輪迴似乎在二〇〇二年，自「KAPPA-ONE登龍門」新人獎出身的四名新銳作家（東川篤哉、石持淺海等人）登場後，進入了空窗期。

二〇〇二年似乎是一個分水嶺。持續關注新本格運動的推理迷在第十六年的此刻，都已經有了各自欣賞的作家。一九九一年泡沫經濟崩壞後，日本經濟陷入低迷，被稱為「失落的十年」，在這樣的拮据時刻，也沒有義務去慷慨解囊，追逐新人的作品吧……事實上就連以閱讀為業的我，也無法否定如此消極的心態。另一方面，同樣是受到新本格運動的影響，海外古典推理小說又重新受到挖掘與流行，因此我認為「比起關注國內的新人，讀遍黃金時代的古典作品，更合我的性子」。《通往謀殺與愉悅之路——一網打盡古今東西經典推理名作，學校修不到的推理小說通識課》就是我偏向這樣的閱讀心態的時期開始連載的評論集。

二〇一二年出版的拙著《讓我們聊聊新本格吧》（新本格ミステリの話をしよう），具有全面俯瞰新本格運動意涵。回顧該書的〈前言〉，我的語氣頗為灑脫，「新本格推理小說運動可以說已經終結。此運動跨越世紀，為後世的推理迷留下了豐碩的『遺產』，（中略）幸福地結束了。幼態持續（neoteny）的本格推理小說，有朝一日必會再次迎向新的輪迴，呈現活絡盛況。」

然而令人欣喜的是，這番幸福終結的預測一眨眼就被顛覆了。沒錯，那就是代表新世代本格派的逸才青崎有吾的登場。二〇一二年十月，就在《讓我們聊聊新本格吧》上梓後第十二天，青崎的出道作出版面市，改變了整個潮流。第二十二屆鮎川哲也獎得獎作《體育館之謎》（体育館の殺人）以艾勒里·昆恩風格的邏輯解開「視線密室」，是一部手法精湛的校園推理小說，帶來了清新的衝擊。青崎生於一九九一年，當時是二十一歲的大學在學生——啊，他出生的時候，新本格運動已經開始，這些在敏感的青春期首先接觸到新本格作品（比歐美黃金時期的本格作品更早！），立志創作推理小說的新世代，終於加入這場運動了。青崎的第二部作品《水族館之謎》（水族館の殺人）出版時，獲得了「平成的昆恩」的別名。以巨大水族箱為舞台發生的殺人事件，不在場證明的破解極盡精巧，證明了他這個別名絕非出版社的誇大宣傳。

結果，就宛如重現四分之一個世紀前，呼應綾辻行人的登場，同世代的二十多歲創作家陸續出現的歷史。一九八八年出生的早坂吝推出《○○○○○○○殺人事件》和《彩虹牙刷》（虹の歯ブラシ，二○一五年），猶如挑釁潔癖的推理小說迷一般，在**性愛方面**開拓出本格的沃野；九○年出生的白井智之的《人臉不便食用》（人間の顔は食べづらい）及《東京結合人》（東京結合人間，二○一五年）儘管描繪醜怪且道德敗壞的另一個世界，卻堅守邏輯，建立起獨特的作風；九四年出生的阿津川辰海則以《名偵探不撒謊》（名探偵は嘘をつかない，二○一七年）及《星詠師的記憶》（星詠師の記憶），拓展科幻特殊設定的謎團可能性，獲得矚目。加上比青崎等新世代早一步出道的八○年代前半出生的圓居挽及森川智喜的活躍，二○一○年代呈現出宛如新本格運動**沒有關機**，便**又直接重新開機**般的盛況。

當然，這些年輕世代的崛起，也對第一世代等資深作家造成了相當大的刺激。比方說有栖川有栖在火村英生系列長篇《獵人的惡夢》（狩人の悪夢）出版之際，於訪談（刊登於《書的旅人》（本の旅人）二〇一七年二月號）中如此應答：

佳多山 二〇一七年是新本格推理小說運動勃興後第三十年。您在創作環境上有什麼變化嗎？

有栖川 除了老化以外嗎？三十年前，我還是個小夥子呢。

（中略）

佳多山 最近青崎有吾和白井智之等二十多歲的本格派作家的活躍令人矚目，整個推理小說圈彷彿活化起來。

有栖川 年輕時候，我喜歡的詞是「世代交替」，但現在最討厭的詞也是「世代交替」（笑）。

這是玩笑話，但沒有新人，圈子便難以活化。類型相同的本格派年輕作家人才輩出，難免令舊人感到焦急，但追求的目標與風格不同，因此我衷心期待各個世代能同心協力，興旺本格推理。如此一來，應該也能開發更多的讀者。

二〇一〇年代出現的這些新的銳作家，無法預測其筆下會創作出什麼樣的作品。梅菲斯特獎出身的井上真偽（年齡不詳的覆面作家），在《這個可能性已經考慮過了》（その可能性はすでに考えた），塑造出一名剔除所有詭計的可能性，證明事件之「謎」無法真正解開的另類名偵探。遲到的新人，一九七六年出生的市川憂人，在以平行世界為舞台的《水母不會凍結》將移動中的飛船塑造成封閉空間，令人印象深刻。今村昌弘（一九八五年出生）的《屍人莊殺人事件》是近年最熱門的話題作，在某種特殊條件下，緻密地刻畫出尋找犯人的過程。

青崎有吾登場後的新循環，我暫且將之命名為重開機期，但其內容就宛如成熟期的再度到來，令人雖然緊張冒汗，卻也難掩興奮之情。我要滿懷希望地這麼說，新本格運動，精彩還在後頭！

在古都京都某私立大學教授推理小說的課程，其實後來仍在持續。儘管對於在台上授課，一年比一年感到勞累，但明年（二〇二〇年）四月起的新年度，終於將邁入第十六個年頭了。

除了本國日本版的內容以外，我也請台灣讀者出席了特別追加的課程。請各位別忘了慰勞一下眼睛和雙腿。

「追加課程」的新稿部分，我最先撰寫的是介紹《13・67》的第五十二回。我刻意在文中點出的寫稿日期——二〇一九年九月二十八日——第六天之後的十月四日，香港特首林鄭月娥啟動了《緊急情況規例條例》（緊急法）——此法讓行政長官可不經立法機關審議即限制集會遊行等自由。依據此法，特首通過了禁止抗議人士蒙面的《禁蒙面法》，並宣布隔日五日零時生效。自英國統治時期的一九六七年，左派人士發起「反英抗暴」運動以來，這是歷經半世紀以來《緊急法》首次啟動，香港實質上形同進入戒嚴。或許這應該解讀為香港的「一國兩制」已面臨前所未見的危機……

如同日本版〈後記〉所提到的，本書《通往謀殺與愉悅之路——一網打盡古今東西經典推理名作，學校修不到的推理小說通識課》是裝滿了身為推理小說迷的我「放不下」的事物的「提包」。光是原本的內容，「提包」就已經快要塞爆了，但可以再塞進我相信絕對必要的東西，交給台灣的推理迷，是我莫大的欣喜。這次為了推出台灣增補版，台日相關人士盡心盡力，謹在此獻上無比的謝意。

二〇一九年十月

附錄　本格／新本格推理小說里程碑作品清單

（依作品出版順序）二〇一九年十月製作

精選單獨著作（小說）六十冊，作品集三冊，評論書籍兩冊，電玩劇本一冊，共計六十六部作品。此外，本書《通往謀殺與愉悅之路——一網打盡古今東西經典推理名作，學校修不到的推理小說通識課》中介紹的作品，以粗體標記。★表示台灣譯本目前不易入手。

勃興期

一九八七……**綾辻行人《殺人十角館》（長篇）**

一九八八……島田莊司《異邦騎士》（皇冠文化，二〇〇三★）（長篇）

法月綸太郎《密閉教室》（長篇）

一九八九……北村薰《空中飛馬》（獨步文化，二〇〇八★）（短篇集）

山口雅也《活屍之死》（皇冠文化，二〇〇八★）（長篇）

島田莊司《本格推理小說宣言》（本格ミステリー宣言）（評論）

隆盛期

一九九〇……**筒井康隆《羅特列克莊事件》（長篇）**

中西智明《消失！》（消失！）（長篇）

一九九一……麻耶雄嵩《有翼之闇：麥卡托鮎最後的事件》（瑞昇文化，二〇一七）（長篇）

竹本健治《銜尾蛇之偽書》（ウロボロスの偽書）（長篇）

一九九二……**有栖川有栖《雙頭惡魔》（長篇）**

宮部美幸《火車》（長篇）

二〇〇二……法月綸太郎《法月綸太郎的功績》（法月綸太郎の功績）（短篇集）

乙一《GOTH 斷掌事件》（皇冠文化，二〇一九）（短篇集）

穩定期

二〇〇三……橫山秀夫《第三時效》（獨步文化，二〇〇九★）（短篇集）

歌野晶午《櫻樹抽芽時，想你》（獨步文化，二〇〇七★）（長篇）

島田莊司《螺絲人》（皇冠文化，二〇〇八★）（長篇）

伊坂幸太郎《家鴨與野鴨的投幣式置物櫃》（長篇）

二〇〇四……乾胡桃《愛的成人式》（尖端出版，二〇一五）（長篇）

辻村深月《時間停止的冰封校舍》（時報出版，二〇一七）（長篇）

二〇〇五……有栖川有栖《摩洛哥水晶之謎》（モロッコ水晶の謎）（短篇集）

東野圭吾《嫌疑犯X的獻身》（長篇）

道尾秀介《向日葵不開的夏天》（長篇）

二〇〇六……三津田信三《如厭魅附身之物》（皇冠文化，二〇一〇★）（長篇）

石持淺海《無臉之敵》（顔のない敵）（短篇集）

二〇〇七……歌野晶午《密室殺人遊戲「將軍抽車」》

笠井潔《哲學家的密室》（哲学者の密室）（長篇）
鮎川哲也／島田荘司編《奇想的復活》
（暫譯，奇想の復活）（作品集）
我孫子武丸《殺戮之病》（獨步文化，二〇〇七★）（長篇）

一九九三……若竹七海等《競作 二十枚五十圓銅板之謎》
（競作五十円玉二十枚の謎）（作品集）
鮎川哲也選《本格推理①》（本格推理①）（作品集）
貫井德郎《慟哭》（獨步文化，二〇〇七★）（長篇）

一九九四……松尾由美《氣球鎮殺人事件》（バルーン・タウンの殺人）（短篇集）
京極夏彥《姑獲鳥之夏》（獨步文化，二〇〇七）（長篇）
我孫子武丸《恐怖驚魂夜》（かまいたちの夜）（電玩劇本）

成熟期

一九九六……森博嗣《全部成為F》（尖端出版，二〇〇五★）（長篇）
西澤保彥《人格轉移殺人》（尖端出版，二〇〇七★）（長篇）
清涼院流水《COSMIC 世紀末偵探神話》
（尖端出版，二〇〇六★）（長篇）

一九九七……北川步實《猿猴的證詞》（暫譯，猿の証言）（長篇）
蘇部健一《六塊豬排》（暫譯，六枚のとんかつ）（短篇集）
笠井潔編《本格推理小說現況》
（暫譯，本格ミステリの現在）（評論）

一九九八……二階堂黎人《恐怖的人狼城》（小知堂文化，二〇〇六★）（長篇）

一九九九……殊能將之《剪刀男》（獨步文化，二〇〇六★）（長篇）

二〇〇〇……**古處誠二《碎片》（暫譯，フラグメント）（長篇）**
真木武志《維納斯的課題》（暫譯，ヴィーナスの命題）（長篇）

二〇〇一……**高野和明《十三階梯》（長篇）**
米澤穗信《冰果》（獨步文化，二〇一一）（短篇集）

（密室殺人ゲーム王手飛車取り）（短篇集）
深水黎一郎《最後的詭計》（最後のトリック）（長篇）

二〇〇八……連城三紀彥《人造花之蜜》（皇冠文化，二〇一二★）（長篇）

二〇〇九……詠坂雄二《放電人》（新雨出版，二〇一一）（長篇）
綾辻行人《Another》（皇冠文化，二〇一四）（長篇）
圓居挽《丸太町的面紗》（丸太町ルヴォワール）（長篇）

二〇一〇……東川篤哉《推理要在晚餐後》（尖端出版，二〇一一）（短篇集）

二〇一一……長澤樹《消失漸層》（消失グラデーション）（長篇）
【額外】佳多山大地《通往謀殺與愉悅之路——一網打盡古今東西
經典推理名作，學校修不到的推理小說通識課》（評論）

重開機期

二〇一三……森川智喜《白雪》（暫譯，スノーホワイト）（長篇）
葉真中顯《失控的照護》（天培，二〇一五）（長篇）
青崎有吾《水族館之謎》（水族館の殺人）（長篇）

二〇一四……下村敦史《黑暗中芬芳的謊言》（悅知文化，二〇一七）（長篇）
早坂吝《〇〇〇〇〇〇〇〇殺人事件》（長篇）
白井智之《人臉不便食用》（暫譯，人間の顔は食べづらい）（長篇）

二〇一五……井上真偽《這個可能性已經考慮過了》
（その可能性はすでに考えた）（長篇）

二〇一六……青崎有吾《圖書館之謎》（図書館の殺人）（長篇）
市川憂人《水母不會凍結》（尖端出版，二〇一八）（長篇）

二〇一七……今村昌弘《屍人莊殺人事件》（獨步文化，二〇一九）（長篇）

二〇一八……阿津川辰海《星詠師的記憶》（星詠師の記憶）（長篇）

二〇一九……白井智之《一個都不少》（そして誰も死ななかった）（長篇）

國家圖書館出版品預行編目資料

通往謀殺與愉悅之路：一網打盡古今東西經典推理名作，學校修不到的推理小說通識課／佳多山大地著；王華懋譯. –初版. – 臺北市：獨步文化，城邦文化出版：家庭傳媒城邦分公司發行，民108.12
面；　公分
譯自：謎解き名作ミステリ講座
ISBN 978-957-9447-54-6
1. 日本文學　2. 小說　3. 文學評論
861.57　　108019110

通往謀殺與愉悅之路

一網打盡古今東西經典推理名作，學校修不到的推理小說通識課

原著書名／謎解き名作ミステリ講座
作者／佳多山大地
原出版者／講談社
行銷業務／徐慧芬、陳紫晴
譯者／王華懋
責任編輯／張麗嫺
編輯總監／劉麗真

總經理／陳逸瑛
榮譽社長／詹宏志
發行人／凃玉雲
出版社／獨步文化
城邦文化事業股份有限公司
104 台北市中山區民生東路二段 141 號 5 樓
電話：(02) 2500-7696　傳真：(02) 2500-1967
發行／英屬蓋曼群島商家庭傳媒股份有限公司
城邦分公司
104 台北市中山區民生東路二段 141 號 2 樓
網址／ www.cite.com.tw
讀者服務專線／ (02) 2500-7718；2500-7719
服務時間／週一至週五：09：30 ～ 12：00　13：30 ～ 17：00
24 小時傳真服務／ (02) 2500-1900；2500-1991
讀者服務信箱 E-mail ／ service@readingclub.com.tw
劃撥帳號／ 19863813
戶名／書虫股份有限公司
香港發行所／城邦（香港）出版集團有限公司
香港灣仔駱克灣道 193 號東超商業中心一樓
電話／ (852) 2508-6231　傳真／ (852) 2578-9337
城邦（馬新）出版集團
Cite (M) Sdn Bhd
41, Jalan Radin Anum, Bandar Baru Sri Petaling,
57000 Kuala Lumpur, Malaysia.
Tel: (603) 90578822　Fax:(603) 90576622　email:cite@cite.com.my

封面與版型設計／高偉哲
印刷／中原造像股份有限公司
排版／陳瑜安

2019 年（民 108）12 月初版
售價 470 元
NAZOTOKI MEISAKU MISUTERI KOUZA